Walter Buchenau

Der Trockenregen
und andere Unmöglichkeiten

Geschichten – Fabeln, Berichte – Ein Lesebuch

 tredition®

Impressum:

© 2018 Walter Buchenau

Korrektorat und Satz: Angelika Fleckenstein, Spotsrock
Bild Titelseite: © Walter Buchenau

Verlag und Druck:
tredition GmbH
Halenreie 40–44
22359 Hamburg

ISBN: 978-3-7469-8141-3 (Paperback)
      978-3-7469-8142-0 (Hardcover)
      978-3-7469-8143-7 (eBook)

Walter Buchenau

Der Trockenregen

und andere Unmöglichkeiten

Geschichten – Fabeln, Berichte – Ein Lesebuch

Inhalt

Der Trockenregen

Von Trockenmilch und Trockenfrüchten hat man ja schon oft gehört, auch von Trockenfleisch oder Trockenfisch, dem Stockfisch von den Lofoten, oder von Trockenblumen und Trockengemüse, aber von Trockenregen? Nein!

Das Wort allein klang schon nach einem Witz, und die Vorstellung davon war noch witziger: Regen, der nicht nass machte, Schirmproduzenten, die alle deswegen pleitegingen genauso wie diejenigen von wetterfester Bekleidung. Kinder, die in den Regen hinausrannten und Spaß ohne Ende haben würden und Mütter, die sie nicht mehr ängstlich davon zurückzuhalten versuchten. Das alles hörte sich nach dem alten Joke an: Das Trockenwasser sei erfunden worden! Sehr praktisch und sparsam, man brauche nur einen Teelöffel davon. Den müsse man nur noch in einem Krug mit Wasser auflösen – haha ... Aber witzig ist die Angelegenheit ganz und gar nicht.

Es begann ohne Ansage und wurde zuerst auch überhaupt nicht bemerkt. Ins Rollen kam sie nur durch die Beobachtung von Jessica, die ihren Garten über alles liebte. Deswegen hatten sie und ihr Mann das Gehöft vor ein paar Jahren das Gehöft gekauft, einen ehemaligen Vierkanthof mit großem, altem Bauerngarten darum herum. Jens konnte es sich leisten, er war Wissenschaftler, hatte sich vor einigen Jahren mit einer Reihe seiner Erfindungen selbstständig gemacht und arbeitete nun freiberuflich für bedeutende Firmen der Energiewirtschaft.

Das Anwesen lag zwar etwas außerhalb eines kleinen Städtchens am Niederrhein, aber quasi auf halbem Wege zur Firmenzentrale des derzeitigen Auftraggebers im Industriegebiet der Nachbarstadt. Dort wurde momentan ein Projekt verwirklicht, um das es allerlei Geheimniskrämerei gab.

Selbst seiner Frau gegenüber war Jens recht einsilbig, meinte, es sei besser, wenn sie nicht zu viel davon wüsste, dann könnte sie sich auch nicht verplaudern. Denn die Konkurrenz hätte Lunte gerochen und wollte unter allen Umständen mehr in Erfahrung bringen. Einige Kollegen wären schon auf vermeintlich harmlose 'Zufallsbekanntschaften' hereingefallen, die aber keineswegs so zufällig gewesen wären. Die hätten sie in eine Bar eingeladen, zuerst abgefüllt und dann ausgehorcht. Zum Glück jedoch wären es nur untergeordnete Angestellte mit wenig Insiderwissen gewesen. Das Vorhaben wäre sehr wichtig und unter Umständen für die Zukunft des ganzen

Planeten von Bedeutung. Wer diese Technologie beherrsche, hätte nicht nur einen immensen wirtschaftlichen Vorteil, sondern könne sogar politisch Macht ausüben!

Seine Frau gab sich zufrieden mit dieser Erklärung, weiteres Insistieren hätte bei Jens auch nichts genützt.

Jessica war voll beschäftigt mit den drei kleinen Kindern, den Fahrten zu Kindergarten und Schule, dem Haushalt mit allem Drum und Dran und dem Garten, auch wenn der für sie pure Erholung bedeutete. Eigentlich war sie Biologielehrerin. Da sie aber seit den drei kurz nacheinander folgenden Schwangerschaften nicht mehr im Beruf arbeitete, tobte sie ihre botanische Leidenschaft zwischen Liebstöckel, Rosmarin und Kohlrabi aus. Oder sie schnitt die Rosen rund um den Teich sowie die vielen Sträucher und Stauden, harkte die Blumenbeete, die alle von Unkraut befreit werden mussten. Und im Sommer war unendlich viel zu gießen. Sie hatten sich dazu einen Brunnen bohren lassen, was sich angesichts der Lage des Gehöfts ziemlich schwierig gestaltete. Das Gelände war auf der einen Seite etwas erhöht und fiel zur anderen zu einem Bachlauf in einiger Entfernung leicht ab. Der Boden bestand aus einer recht mageren Mischung von Erde und Sand, und das Grundwasser lag in fast zwanzig Metern Tiefe. Schließlich hatten sie es doch geschafft, was wegen des Sandes auch bitter nötig war, meinte sie ihrer Freundin Ameli gegenüber. „Die Wasserrechnung hätte uns sonst arm gemacht." Da halfen auch die Komposthaufen mit der erzeugten Humuserde, durch die sie den Boden zu verbessern suchte, nicht viel. Bei wenig Regen konnte es schon einmal vorkommen, dass das Wasser fast augenblicklich im Boden verschwand.

Ameli war ihre direkte Nachbarin und lebte mit den erwachsenen Söhnen und vier Pferden auf dem Nachbarhof, keine fünfhundert Meter entfernt in Richtung Stadt. Sie war so, wie man sich eine Bäuerin vorstellt: nicht ganz schlank, zupackend und praktisch, mit einem deftigen, trockenen Humor, und sie buk wunderbare Kuchen! So waren sie und Jessica sich nach dem Hauskauf schnell nähergekommen, denn Jessica konnte auch kräftig hinlangen, unumgänglich bei ihrem Arbeitspensum, und lachte ebenfalls gern!

Das Thema Garten vereinte sie zusätzlich, wenn auch Ameli fast nur Blumen und weniger Gemüse anbaute. Das besorgten ihre Söhne in großem Stil auf den Feldern. Darüber hinaus konnte Jessica bei ihr einer Jugendliebhaberei nachgehen und gelegentlich ausreiten – oder auch nur einen ihrer köstlichen Kuchen genießen, wenn es regnete!

Der Sommer in diesem Jahr war lang und heiß. Das Gießen wollte kein Ende nehmen. Die Verrieselungsanlagen und Sprenger arbeiteten seit Juni andauernd. Als Jessica mit den Buben in die Ferien fuhr, instruierte sie ihren Mann und Ameli genauestens über die verschiedenen Wasserwege und Pumpen und Sprenger, damit die Pflanzen keinen Schaden nähmen. Jens würde nur an den Wochenenden zu ihnen an die holländische Küste kommen, er steckte mitten in der entscheidenden Erprobungsphase der besagten geheimen Anlage, und man brauchte ihn vor Ort.

Die drei Wochen in Holland vergingen rasch. Das Wetter hielt sich, die Sonne strahlte mit den Kindern um die Wette, die sich an dem endlosen Strand wunderbar austoben konnten. Aber überall, wo nicht gewässert wurde, sah es nicht gut aus. Die Bäume und Sträucher ließen die Blätter hängen, der Rasen war braun, die Felder dürr und ausgetrocknet. Durch die Trockenheit blieb die Kornernte erheblich hinter den Erwartungen zurück und wurde schon früh eingefahren.

Jens kam wie verabredet an den Wochenenden, war aber in Gedanken eigentlich gar nicht anwesend wegen des Projektes. Als sich „Je & Je", wie ihre Freunde sie zu nennen pflegten, an einem Sonntag Ende Juli mit den Kindern wieder auf den Heimweg machten, fuhren sie durch weite, abgeerntete, gelbe Steppen. Allerdings zogen sich über denen zum ersten Mal seit Wochen dicke Gewitterwolken zusammen. Ihr Zuhause erreichten sie dann in einem mittleren Wolkenbruch.

Nach dem Heimkommen und einer kurzen Verschnaufpause sowie dem Umschauen im Haus, ob auch alles in Ordnung war, musste Jessica noch vor dem Auspacken dringend ihren geliebten Garten inspizieren. Sie fand es draußen, kaum dass die letzten Tropfen gefallen waren, erstaunlich trocken. Das Wasser vom Wolkenbruch war an einigen Stellen offensichtlich oberirdisch abgeflossen und hatte Muttererde weggeschwemmt, zurück blieben sandige Furchen. Der Boden war wohl so hart durch die Trockenheit, dass er die Fluten gar nicht aufnehmen konnte, dachte Jessica. Lediglich um die mit Grundwasser gespeisten Sprenger war noch Feuchtigkeit zu erkennen. Sonst erschien alles soweit im Lot. Dank der Wasservorsorge hatten die meisten Pflanzen überlebt.

An den nächsten Tagen stieg das Thermometer gleich wieder bis in subtropische Höhen, die kurze Abkühlung war vorüber, und die Bewässerungspumpen traten erneut in Aktion, bis am Dienstag nach ihrer Rückkehr eine Pumpe unten im Brunnen, zwanzig Meter in der Tiefe, ausfiel!

Jessica bemerkte es erst am Abend, aber da war telefonisch natürlich niemand mehr erreichbar, der hätte helfen können. Am Mittwoch klingelte sie lange bei der Firma an, die ihnen den Brunnen gebohrt hatte, bis sie endlich jemandem das Problem schildern konnte.

Der Mann war verbindlich und freundlich, doch machte er ihr keine Hoffnung, dass jemand rasch hinauskommen könnte. Das Pumpenproblem hätten viele andere auch in diesem Sommer, und die Monteure wären völlig überlastet.

Am Donnerstag schleppte Jessica Kanne um Kanne aus dem Wasserbehälter, um wenigstens die empfindlichsten Blumen zu wässern und blickte voll Hoffnung auf die Wolken, die sich von Westen her über dem Industriegelände auftürmten. ‚Jetzt ein Gewitter wie letztens, das wäre es!', dachte sie.

Ameli rief an und bat sie, ob sie rasch mal zu ihr rüberkommen könnte, ihre Söhne seien über das verlängerte Wochenende nicht da, und die Pferde vor dem aufkommenden Gewitter extrem unruhig. Jessica lief ins Haus und schnappte sich für alle Fälle Schirm und Jacke. Die Buben waren unterdessen bei Freunden. Sie schloss das Haus ab und sauste los.

Die Wolken zogen mit atemberaubender Geschwindigkeit herauf und auf halbem Weg zu Amelis Gehöft platschten die ersten Tropfen auf den Boden. Jessica spannte den Schirm auf und ging schnell weiter, aber es prasselte so heftig, dass sie sich im Häuschen an der Bushaltestelle unterstellen musste. Die Landstraße führte leicht den Hang hinauf und Jessica beobachtete von ihrem Unterstand aus, wie das Wasser über den Asphalt kullerte – ja, es *kullerte!* Jessica traute ihren Augen nicht.

Das Wasser floss nicht, es kullerte, die Tropfen bildeten kleine und größere Kügelchen oder etwas erhabene Plaques und rollten seitlich zum Graben hin. Wenn ein Windstoß über den Straßenbelag fegte, war der Boden darunter für einen Moment völlig trocken, wo noch gerade eben das Wasser darüber geflossen – nein, gekullert war! Seitlich am Straßenrand blieb die sandige Erde hell und wirkte ebenfalls brottrocken trotz der Wassergüsse.

Jessica schüttelte ungläubig den Kopf. So etwas hatte sie noch nie gesehen. Es sah aus, als bestünde der Regen nicht aus Wasser, sondern aus Quecksilber, das über den Boden rollte. Ihr kamen die merkwürdigen Fließspuren in ihrem Garten in den Sinn, die sie nach ihrer Rückkehr aus Holland entdeckt hatte. Ungläubig streckte sie ihre Hand in den Regen hinaus: Er perlte von der Haut ab, als ob sie mit Paraffin bedeckt wäre; sie trat ganz ins Freie, und das Wasser rollte nicht nur von der Haut, sondern auch von der Kleidung einfach ab, ohne sie zu benetzen. ‚Lotuseffekt!', dachte Jessica, ‚wie auf den Lotusblättern oder bei dieser besonderen Farbe.' Sie stand eine kleine Ewigkeit wie angewurzelt da und sah dem Phänomen zu.

So rasch wie er gekommen war, hörte der Guss auch wieder auf. Die letzten Tropfen erreichten die Straße, rollten zur Seite, verschwanden im Graben. Auf dem abgeernteten Feld nebenan das gleiche Bild, als würde ein riesiger unsichtbarer Besen das Wasser zur Seite gekehrt haben, wo es sich sofort in Richtung Bach verzog, die Erde völlig trocken hinterlassend. Nur in größeren Vertiefungen standen zwischen den Schollen noch einzelne Wasserkugeln, ohne in die Erde einzudringen.

Jessica lege die Hand auf den Boden: staubtrocken!

Bei Ameli angekommen musste sie erst einmal helfen, die aufgeregten Tiere zu beruhigen, die gegen die hölzernen Verschläge traten. Die Stute, die sie öfters ritt, wirkte unglaublich nervös und wieherte ein paarmal unversehens, so als ob sie sich spontan durch irgendetwas erschreckt hätte. Jessica trat neben die Box und redete auf sie ein, klopfte ihr besänftigend den Hals, hielt ihr eine Mohrrübe hin und strich ihr über den Nasenrücken. Erst nach geraumer Zeit nahm das Tier die Mohrrübe an. Draußen hatten sich inzwischen die dicken Wolken verzogen, es nieselte nur noch etwas, und die anderen drei Pferde gaben ebenfalls Ruhe.

Ameli und ihre Freundin ließen sich erleichtert auf zwei Strohballen fallen, um jederzeit sofort wieder bei den Tieren sein zu können. Was sie wohl so aufgeregt hatte? Ameli hatte keinerlei Erklärung dafür, obwohl sie schon seit Kindesbeinen mit Pferden umgegangen war. Irgendetwas Eigenartiges lag schon in der Luft. Tiere sind da viel sensibler als Menschen.

Nun fiel Jessica auch wieder ihr Erlebnis auf dem Weg zu Ameli ein, und sie beschrieb lange und ausführlich ihre Beobachtung. Ameli hörte aufmerksam zu, hatte aber selbst nichts dergleichen bemerkt, sie war zu dem Zeitpunkt zu sehr auf die Pferde fixiert gewesen. Dass allerdings etwas Ungewöhnliches vor sich ging, das spürte auch sie. Ein Leben auf dem Lande und in der Natur, das prägt die Menschen schon.

Trotz allen Grübelns kamen die beiden Frauen bei ihren Erklärungsversuchen nicht weiter, und Jessica verabschiedete sich' nach einer halben Stunde, weil ihre Buben mittlerweile wohl wieder zurück sein müssten und sicher Hunger hätten.

Jens kam am Abend todmüde, aber dennoch bemerkenswert aufgekratzt nach Hause.

„War was Besonderes?", fragte Jessica.

Jens ließ sich auf die Eckbank in der Küche plumpsen und langte kräftig beim Abendessen zu.

„Wir haben es geschafft, die Chose läuft!", meinte er und biss in ein mit Gouda überladenes Butterbrot. „Haben wir noch ein Bier?"

Jessica staunte. „Bier? Du?" Sie ging in den Vorratsraum neben der Küche.

„Ja, heute brauche ich mal ein Bier. Wir haben ziemlich geschwitzt," sagte er und grinste. „Aber dann lief es. Endlich!"

Jessica brachte ihm das Bier. „Was lief?", wollte sie wissen.

„Du weißt doch, ich kann nicht darüber sprechen."

„Blöde Geheimnistuerei", maulte Jessica, aber sie wusste, wenn Jens nicht wollte, oder durfte, wie er sagte, dann war nichts zu machen. Mit seiner Zielstrebigkeit und Konsequenz in der Verfolgung eines einmal eingeschlagenen Weges hatte er es ja weit gebracht. Also gab sie sich zufrieden, schmierte den zwei Kleineren die Brote. Marco war schon neun und lehnte so etwas empört ab, und sie aßen zu Ende, ohne das Thema noch einmal zu berühren.

Anschließend, nach der Tagesschau, setzten sie sich auf die Terrasse hinaus, weil es draußen zu schön war ,um im Zimmer vor der Glotze zu bleiben. Die Kinder hatten sich in ihre Zimmer verzogen, spielten Lego, oder Marco hing wahrscheinlich vor einem Computerspiel; was sollte man dagegen sagen, es waren ja noch Ferien.

Jens lobte den Anblick ihrer Blumen rundum, die Rosen blühten prächtig, am Teich prangten große Büsche mit dottergelben Blüten und die Stockrosen standen an der Mauer aufgereiht wie die Grenadiere.

„Wir haben es wirklich schön hier," sagte er, was selten genug vorkam, denn das Reden war nicht so seine Sache. Die ganze Arbeit im Garten nahm er meistens gar nicht wahr. Wenn er einmal mehr Zeit hatte und nicht außer Haus war wegen irgendwelcher Projekte, dann verschwand er oft in seinem Privatlabor im alten Schweinestall und tüftelte an neuen Ideen herum.

Jessica genoss es, heute einmal ruhig mit ihm in der Abendsonne sitzen zu können. Sie erzählte von ihrem Nachmittag, den unruhigen Pferden bei Ameli und wie sie sie endlich besänftigt hatten. Dann kam sie auch auf ihre Beobachtungen mit dem Wasser zu sprechen, die sie während des plötzlich aufgezogenen Gewitters gemacht hatte. Sie beschrieb ausführlich die merkwürdigen Fließeigenschaften, das Kullern auf der Landstraße und den Feldern, dass der Boden nach Abfluss des Wassers überhaupt nicht befeuchtet war und sie sich mit Ameli schon den Kopf darüber zerbrochen hatte, was wohl die Ursache dafür gewesen sein könnte. Fragend wandte sie sich zu Jens, aber Jens war inzwischen eingenickt. Er musste wohl tatsächlich sehr erschöpft gewesen sein.

Vier Tage später braute sich am Nachmittag wieder ein Gewitter zusammen, die Wolken türmten sich höher als beim letzten Mal, und wieder kam es sehr rasch von Westen her über das Industriegebiet gezogen. Doch der Wind stand heute etwas anders und bei „Je & Je" fiel kaum ein Tropfen.

Das Handy summte, Amelis Nummer erschien auf dem Display, und Jessica stellte den Sprenger ab. Ehe sie sich noch richtig melden konnte, hörte sie Amelis aufgeregte Stimme: „Bei mir war das heute auch! Ich habe es auch gesehen!"

„Was? Wie?", fragte Jessica.

„Den Regen! Den Trockenregen! Die Erde wurde nicht nass, nicht ein bisschen. So etwas habe ich noch nie erlebt!"

Es folgte eine ausführliche Beschreibung des Gewitters und des Verschwindens jedweder Feuchtigkeit, ebenso der Unruhe der Pferde – diesmal nicht so heftig wie zuletzt, aber immerhin – und am Ende ihres längeren Gesprächs stand der Beschluss der beiden Frauen fest, der Sache auf den Grund gehen zu wollen.

Auf gezielte Nachfragen bei zwei weiteren Nachbarn noch am gleichen Abend hörten sie von ähnlichen Beobachtungen. Beim vierten, etwas weiter entfernt Wohnenden, nichts mehr. Warum hier, nur hier und nicht weiter entfernt? Wodurch so exakt begrenzt? Jessicas und Amelis Detektivinstinkte waren endgültig geweckt, sie wollten sich unbedingt noch gezielter umhören.

Wiederum zwei Tage später ereignete es sich zum dritten Mal. Wieder am Nachmittag. Die Haufenwolken waren womöglich noch höher als vorvorgestern, wieder zogen sie vom Industriegebiet herauf, und diesmal schüttete es, was das Zeug hielt. In Jessicas Garten entstanden kleine Bachläufe und trugen jede Menge Erde davon in Richtung Senke und Bachlauf. Und mit dem unvermittelten Aufhören des Gusses war die Erde auch schon wieder trocken. Jessicas und Amelis sofortige Rundrufe bei Bekannten und Nachbarn und von diesen wiederum bei ihren Nachbarn und Bekannten ergaben schließlich nach einigem Abwägen folgendes Bild: Das Phänomen zeigte sich nur östlich des Industriegebietes in einem zirka zwei Kilometer breiten Streifen, wurde in dieser Zone in der Längsausdehnung nach und nach schwächer, und nach etwa fünf Kilometern hörte es ganz auf. Dort fiel bei diesen Gewittern gar kein Regen mehr, ja es gab überhaupt kein Gewitter. Erklärung? – Keine!

Die Erscheinung wiederholte sich in ähnlicher Weise noch vier Mal in den folgenden zwei Wochen, bestätigt von den umliegenden Nachbarn. Sie ereignete sich unter der Woche in unregelmäßigen Abständen, nur nicht an den Wochenenden.

Jessica kam ein Verdacht, aber mit Jens wollte sie nicht sprechen – noch nicht.

Nicht nur Jessica war hellhörig geworden, auch die Presse hatte Wind davon bekommen und berichtete im Lokalteil darüber. Zunächst waren die Artikel noch zurückhaltend, doch durch das offensichtliche Interesse der Leser wurde der Ton in den darauffolgenden Tagen immer drängender, die Fragen aggressiver.

Ein Landwirt wandte sich an einen Bekannten im Nabu, welcher wiederum Beziehungen zu einem Landtagsabgeordneten hatte, und so wurde mitten in der Sommerpause in einem Dringlichkeitsantrag der Grünen von der Landesregierung Auskunft darüber verlangt, ob, und wenn ja, was sie über die Herkunft des Phänomens wüsste, was über mögliche Auswirkungen oder Gefährdungen für die Bevölkerung bekannt wäre und was man gegebenenfalls dagegen zu tun gedächte. Die Antwort ließ leider auf sich warten, denn es war Sommer und viele Beamte und Regierungsmitglieder in Urlaub oder nicht erreichbar oder schlicht nicht interessiert an diesem Thema. Und gar den Landtag aus den Ferien zurückzurufen, erschien zu lästig oder unnötig. So blieb alles zwei weitere Wochen in der Schwebe und die Unsicherheit bestehen.

Jessica hatte ihrem Mann schließlich doch davon erzählt, und auch davon, was man mittlerweile in der Gegend munkelte: dass das Gewitter merkwürdigerweise immer über dem Industriegebiet heraufzöge, sonst käme es auch öfters von Süden her und dass das Kullerphänomen bestimmt nicht natürlichen Ursprungs wäre.

Jens hörte aufmerksam zu, schien angestrengt nachzudenken, sagte aber nichts.

Als Jessica am anderen Morgen die Kinder mit dem Auto in den Kindergarten und zur Schule gebracht hatte und nach Hause zurückkam, erwartete sie eine Überraschung. Auf dem Hof standen drei schwarze Limousinen, ein Polizeiauto und ein Kastenwagen. Zwei Herren stiegen sofort aus, als sie um die Ecke bog, und erwarteten sie schon beim Aussteigen mit einem Schrieb in der Hand. Sie grüßten höflich und eröffneten ihr, dass das Papier ein Durchsuchungsbefehl sei, erkundigten sich gezielt nach dem Arbeitszimmer ihres Mannes, seinem Labor und ob es im Hause einen Tresor gäbe.

Jessica fragte verblüfft, was das denn bedeuten solle, wieso sie so einfach ihr Haus durchsuchen könnten. Man entgegnete, dass die Aktion durch einen Staatsanwalt abgesegnet sei, zeigte ihr Stempel und Unterschriften und sagte, dass man aus ermittlungstechnischen Gründen nicht darüber sprechen dürfe.

Am Sekretär im Wohnzimmer, wo Jens zuweilen arbeitete, räumten sie alle Ordner aus dem Regal, schauten hinter Bildern nach, ob sich dort ein Schließfach versteckte, selbst die Nachtkonsolen im Schlafzimmer blieben nicht verschont, ehe sie Jessica aufforderten, den ehemaligen Schweinestall, also Jens Labor, aufzuschließen. Sie waren offensichtlich sehr gut informiert! Und das Labor räumten sie dann fast komplett leer. Nicht nur Computer und alles Schriftliche, sondern auch diverse Apparate, deren Funktion Jessica nie begriffen hatte, kamen in große Plastikwannen und verschwanden im Lieferwagen. Zum Abschluss bekam sie eine Bescheinigung darüber, was man mitgenommen hatte und die Zusicherung, dass alles, was nicht mit den Ermittlungen zu tun habe, umgehend zurückerstattet würde.

Jessica blieb im leeren Schweinestall zurück und wählte mit zitternder Hand Jens Nummer. Er ging nicht dran; sie ließ es so lange läuten, bis sich der Anrufbeantworter meldete. So kurz wie in ihrer Aufregung möglich berichtete sie vom dem, was passiert war und forderte ihn auf, sofort heimzukommen. Diese Aufforderung war unnötig, denn eine Viertelstunde später hörte sie seinen Wagen auf den Hof fahren. Die Autotür klappte, und Jens hastete ins Wohnzimmer.

„Waren sie auch hier?" Sein Gesicht war fahl und drückte Fassungslosigkeit aus.

„Hast du die Nachricht nicht bekommen?", fragte Jessica.

Nein, hatte er nicht. In der Firma hätten ihn heute in der Früh, gleich als er aufs Gelände fuhr und sich ärgerte, dass sein Parkplatz von werksfremden Autos besetzt war, schon einige Herren erwartet und ihn daran gehindert, sein Büro zu betreten. Dann wäre er in einen Raum der Geschäftsleitung gebracht und ausgefragt worden. Sein Handy musste er abgeben und warten, während er durch die Glasabtrennung beobachten konnte, wie sein Arbeitsraum und die einiger Mitarbeiter durchsucht wurden. Bald darauf traf ein Tross von LKWs ein sowie jede Menge Leute, die in die Werkshalle stürmten, alle Anwesenden nach draußen schickten und anschließend alles, was nicht niet- und nagelfest war, abbauten. Die Laster füllten sich mit jeder Menge Equipment aller Art. An einem LKW meinte er, das ‚Y' für Militärfahrzeuge auf dem Nummernschild erkannt zu haben, andere trugen gar keine Kennzeichen! Unter dem Vorwand die Toilette aufzusuchen, hatte er sich später durch einen Seiteneingang davonmachen können und war dankbar, dass er sein Auto am Morgen nicht auf dem gewohnten Platz abgestellt hatte. Als er fuhr, war man in der Halle noch immer nicht fertig.

„Was soll das?", fragte Jessica.

Jens saß ratlos im Sessel. „Sie haben alles beschlagnahmt. Die ganze Arbeit umsonst. Wir waren sooo nah dran!"

„Woran? Nun sprich doch endlich!"

Zögerlich rückte Jens mit den Fakten heraus, nicht ohne ihr vorher einzuschärfen, um Gottes Willen mit niemandem, wirklich *niemandem* zu sprechen, auch mit den sogenannten Busenfreundinnen nicht! **Die** – er machte dabei eine vage Kopfbewegung in Richtung Eingang – verstünden keinen Spaß!

Sie hätten an einem Regenprojekt gearbeitet. Wasser, das wäre der Stoff, um den in Zukunft Kriege geführt würden. Wer es kontrollierte, kontrollierte die Menschen, die Gesellschaft, den Staat, ja vielleicht die Welt. Ohne Wasser kein Leben. Aber sie wollten es nicht wie üblich machen, nicht mit Salzen oder Chemikalien die Wolken ‚impfen', damit sie das Wasser entlassen, das sie gespeichert haben. Nein, sie wollten wirklich Wolken erzeugen, Kristallisationskerne produzieren, um die sich die Luftfeuchtigkeit anlegen könnte zu Wassertröpfchen. Und wenn man das über dem Ozean machte, würde bei entsprechender Luftströmung jede Trockenheit behoben, jede Wüste bewässert werden können!

Die Fluchtbewegungen aus der Sahelzone zum Beispiel, wo es seit Jahren zu wenig regnete, wären gestoppt, der Hunger beseitigt. Trinkwasserreservoire könnten gezielt aufgefüllt werden. Es sei unabsehbar welche Anwendungen noch alle möglich wären, allerdings auch katastrophale wie Fluten und Überschwemmungen!

Bis vor kurzen hätten sie mit bestimmten Laserkanonen und ungewöhnlichen Wellen experimentiert, natürlich streng geheim, es sollte ihnen kein anderer zuvorkommen. Jens kam auf die Idee die Longitudinalwellen, mit denen der berühmte Physiker Nicola Tesla vor achtzig Jahren bereits drahtlos Elektrizität verschickt hatte, zu modifizieren, mit Information zu impfen, sodass vor ein paar Wochen der Durchbruch gelungen wäre. Nur noch die Verbesserung der Energieeffizienz hätte der allgemeinen Nutzung im Wege gestanden. Das Auftreten dieser seltsamen Fließeigenschaften oder Nebenwirkungen hätte aber niemand vorhersehen können. Dadurch wäre die Arbeit leider vorzeitig publik geworden.

„Ihr arbeitet mit solchen Strahlen und Lichtkanonen und habt keine Ahnung, was damit passiert?" Jessica schüttelte den Kopf. „Das glaube ich doch nicht!"

„Hatten wir nicht", widersprach Jens. „Wasser ist ein so alltäglicher Stoff, und trotzdem ist er das Seltsamste, was ich auf dieser Erde kenne! Es gibt schweres Wasser, lineares Wasser, kohärentes Wasser, es hat eine Aura, es speichert Information ..."

„Das will ich alles gar nicht wissen", unterbrach ihn Jessica. „Ich will wissen, warum euer Wasser nicht nass macht! Und was es mit uns macht, oder den Pflanzen oder der Erde", fügte sie hinzu.

Jens zuckte mit den Schultern. „Es muss eine Veränderung im energetischen Feld sein. Manchmal kann man ja auch Tröpfchen von Wasser auf der Wasseroberfläche entlang perlen sehen, so wie Wasserläufer, die wegen der Oberflächenspannung des Wassers darüber laufen können, wahrscheinlich ist alles völlig harmlos."

„Glaubst du!", sagte Jessica wenig überzeugt. „Und wer hat nun euer ganzes Zeug mitgenommen?"

Jens zuckte wieder einmal mit den Schultern. „BND, Militär, MAD,

Regierung, was weiß ich? Alles war höchst geheim. Und ich habe eine einstweilige Verfügung ausgehändigt bekommen, dass ich mit niemandem über die Arbeit sprechen darf – und die habe ich gerade eben gebrochen. So, jetzt weißt du's. Also bitte, zu niemandem ein Wort!"

„Ich kann mir schon vorstellen, dass die so eine Sache in die Hand bekommen wollten," sinnierte Jessica, „schon damit niemand anderes sie bekommt."

Beide schwiegen eine Weile vor sich hin. „Und was ist mit den Kosten?", fragte Jessica unvermittelt. „Da steckt doch jede Menge Zeit und Geld drin?!"

„Frauen und Geld!", Jens wiegte den Kopf hin und her. Trotz der ganzen vertrackten Situation musste er ein bisschen lächeln. „Ist das jetzt wichtig?"

„Aber das ganze Material, deine Arbeit, die Angestellten, ganz zu schweigen von dem Gewinn, den ihr machen wolltet – und den es jetzt nicht gibt. Wer zahlt das?"

Man hätte zugesagt, dass es eine angemessene Entschädigung geben würde und eventuell auch Regierungsaufträge, wenn man sich arrangiere, weil ja ein Arbeitsfeld jetzt wegfiele. Nur an diesem Projekt wäre jede weitere Arbeit untersagt.

„Und das können die?"

„Anscheinend ja!"

„Friss, Vogel – oder stirb", meine Jessica lakonisch.

„Und im Zweifelsfalle entscheidet sich eine Firma dann fürs Fressen."

Jens nickte stumm.

Der Sommer ging zu Ende – ohne weiteren ‚Trockenregen'. Wenn es schüttete, dann richtig, und die Erde wurde auch nass. Und genauso schnell, wie das Wasser nach einem Gewitter im Boden versickerte, versickerte auch die Erinnerung an diese seltsame Erscheinung. Ein Teil der Laboreinrichtung wurde Jens Ende August kommentarlos zurückgebracht. Die kleine Anfrage der Grünen an die Regierung war merkwürdigerweise noch vor Ende der Parlamentsferien stillschweigend zurückgezogen worden. Die Presse schwieg zu diesem Thema total.

Jens wurde im Herbst überraschend Vorstandsmitglied in dem Betrieb, in dem er freiberuflich tätig gewesen war und verdiente plötzlich besser denn je.

Der Betrieb arbeitete jetzt an lukrativen, öffentlichen Entwicklungs- und Forschungsaufträgen. Von dem Regen, der nicht nass machte, war nie mehr die Rede.

Die Buche und das Buschwindröschen

Die mächtige Buche beugte sich indigniert herab zu einem Buschwindröschen, das es gewagt hatte, unversehens am Rande ihres großen Schattens zu erblühen.

„Sag mal", sprach sie, „weißt du denn nicht, wer hier im Wald der Herr ist und über alle Pflanzen das Sagen hat?"

„Nein!", antwortete das Buschwindröschen unbefangen. „Ich bin noch ganz jung und neu hier! Du wirst es mir sicher sagen! Ich vertraue dir!" Sie drehte ihr Blütengesichtchen ein wenig nach oben, wo die Sonne zwischen den Blättern hindurch blinzelte. „Du bist so groß und stark! Ich mag dich!"

Das verblüffte die Buche doch sehr, denn eigentlich war sie Bewunderung nur von den anderen, ein wenig kleineren Bäumen gewohnt. So etwas Winziges wie das Buschwindröschen hatte sie sonst nie beachtet.

„Nun", fragte das Blümchen, „sagst du es mir? Wer hat im Wald denn das Sagen?"

Die Buche räusperte sich vernehmlich, schüttelte ein bisschen verlegen ihr Blätterkleid, als hätte sich ein kleiner Wind darin verfangen, und wusste im Moment nicht so recht, wie sie antworten sollte.

„Weißt du", begann sie und machte eine Kunstpause, um Zeit zu gewinnen und die Gedanken zu sammeln.

„Ja?", sagte das Buschwindröschen.

„Äh, weißt du," wiederholte die Buche und war vom Anblick des strahlenden Blütenauges noch verwirrter als eben. „Das ist …", und wieder schüttelte sie dabei ein wenig die Blätter, „nicht so einfach zu erklären!"

„Bitte versuch es!", bettelte das Buschwindröschen. „Denn ich muss das ja wissen, damit ich niemandem die gehörige Achtung versage!"

„Jaja," nickte die Buche bedeutsam, „das ist ein schöner Zug von dir! Also: das ist so," und sie knarzte wie beiläufig mit den Ästen, um ihrer Stimme mehr Nachdruck zu verleihen. „Derjenige, der einzig und allein – wie soll ich sagen …?"

„Der Herr hier ist?", unterbrach sie das Pflänzchen.

„Jaja, der Herr, du sagst es!", und ihr war plötzlich so peinlich zumute, weil sie ja von sich selbst hatte sprechen wollen, was allerdings unter den vornehmen Hochstämmigen im Wald ziemlich verpönt war.

„Nun?", insistierte das Buschwindröschen und klimperte ein wenig kokett mit ihren Pollenfädchen.

„Der Herr von allem", und das sagte die Buche mit Entschlossenheit, auch wenn ihr gar nicht so danach war, aber da kam ihr plötzlich eine Idee, „also der hier alles bestimmt, das ist derjenige, der hier alles hervorgebracht hat!" Der Buche fiel hörbar ein Stein vom Herzen.

„Hervorgebracht? – Wie meinst du das?"

„Na ja," stotterte die Buche, „der alles wachsen lässt!"

„Der Regen!", triumphierte das schmächtige Blümchen.

„Nein, nein, der auch, aber ich meine …"

„Die Sonne?", tönte es von unten.

Der Buche wurde es warm, und sie fächelte sich mit ihren Zweigen etwas Kühlung zu. „Das ist schon richtig und doch falsch", begann sie wieder umständlich.

„Das verstehe ich nicht." Das Buschwindröschen ließ die Blättchen hängen. „Ist nicht richtig und doch nicht falsch, wieso?"

Die Buche seufzte. Einige Nachbarbuchen seufzten ebenfalls, denn ihnen war die Unterhaltung natürlich nicht entgangen. So seufzten sie also gemeinsam, und das klingt bei Bäumen so, als wenn eine Windböe ihre Kronen zaust.

„Der Herr aller Dinge", begann die Buche zum dritten Male und bemühte sich dabei, ihrer Stimme noch mehr Festigkeit und eine gewisse Würde zu verleihen – einerseits um nicht wieder unterbrochen zu werden, andererseits in der geheimen Hoffnung, dass ihr noch ein zündender Einfall kommen würde. „Es ist derjenige", und da war er plötzlich, der Einfall, „der die Sonne geschaffen hat und auch den Regen und der sich überhaupt erst die Gestirne und all das andere ausgedacht hat!" Dabei wiegte die Buche ihren Wipfel hin und her, denn es gefiel ihr selbst, was ihr da in den Kopf gekommen war.

„Ach so", lachte das Buschwindröschen, „du meinst den lieben Gott! Warum sagst du das nicht gleich?" Und sie fügte ein wenig zögerlich hinzu. „Und ich hatte fast schon Angst, das wärst du, und du hättest es nicht gern, dass ich am Rande deines Schattens blühe."

„I wo", lachte die Buche etwas künstlich, weil sie sich ertappt fühlte. „Wo denkst du hin? Wie könnte ich denn! Ein jedes Wesen unter der Sonne hat schließlich das gleiche Recht. Und außerdem," fuhr sie fort und beugte sich tief hinunter, dass es fast schon wie eine wirkliche Verbeugung aussah, „so ein schönes Blümchen unter mir, das schmückt doch den ganzen Wald."

Und alle Nachbarbäume, die immer noch gespannt zugehört hatten, wie sich die Unterhaltung denn entwickeln würde, denn sie waren selbst viel jünger als die große Buche und darum auch ein wenig dümmer – also alle Stämme in der Runde rauschten zustimmend und befreit ihren Beifall zu dieser Erklärung mit sämtlichem ihnen zur Verfügung stehenden Blattwerk. Das hörte sich dann an wie ein großer Applaus oder wie der Wasserfall am Rand des Waldes, wenn im Frühjahr das Schmelzwasser den Bach randvoll gefüllt hatte.

„Dann ist es ja gut!", konstatierte das Buschwindröschen. „Dann können wir alle ja wirklich gute Freunde sein!"

Und die große Buche, die zu Beginn eigentlich ihr vermeintliches Recht hatte einfordern wollen, fühlte sich nun sehr erleichtert, so gut aus der Situation herausgekommen zu sein. Insgeheim war sie auch ein bisschen stolz auf ihr Geschick bei dieser Unterhaltung und darüber hinaus gerührt oder auch beschämt, so ganz genau konnte sie das nicht definieren, von dem zutraulichen Wesen des kleinen Blümchens, das da leicht wie eine Feder auf den Ausläufern ihrer Wurzeln stand.

Das Buschwindröschen aber hatte bereits selig sein Blütenauge geschlossen, denn die Sonne war soeben untergegangen.

Das unerklärliche Verschwinden des K.

Es fing damit an, dass er gelegentlich, wenn er jemanden ansprach, keine Antwort bekam, ja auch keinerlei andere Reaktion bei dem Angesprochenen feststellen konnte. Keine Geste oder Körperbewegung oder Veränderung in den Gesichtszügen, es war so, als sei dort nichts angekommen, der Schall seiner Worte wie von einer unsichtbaren Wattewolke einfach verschluckt worden. Er wiederholte seine Ansprache in gleicher Weise, und das Gespräch verlief wieder normal, wie eben ein Gespräch verlaufen sollte: wahrgenommen werden und eine Erwiderung erhalten.

K. vergaß anfangs solche Vorfälle sofort wieder.

Die Erfahrungen traten allerdings im Laufe der Zeit mehrfach auf, erst selten, dann immer häufiger. Es dauerte eine ganze Weile, bis er dies überhaupt registrierte. Bei genauerer Beachtung stellte er in der Folge eine gewisse Gesetzmäßigkeit fest. Anfängliches Nichtbeachten durch sein Gegenüber, dann erneute, aber intensivere Ansprache seinerseits, wobei er sich innerlich darauf konzentrierte dem anderen seine Nachricht zu senden. Daraufhin erfolgte die erwartete Reaktion. Doch sie kam vom Angersprochenen völlig unbefangen und ohne jegliches Anzeichen, vorher etwas mitbekommen zu haben. Wenn man angesprochen wird und gerade einmal mit den Gedanken nicht bei der Sache ist, bleibt doch meist ein Nachhall davon im Ohr übrig, und man entschuldigt sich oder macht eine entsprechende Bemerkung. Bei seinen Gesprächspartnern allerdings war das nicht der Fall. Es war, als ob er seine ersten Worte nie gesagt hätte.

Zu seiner Beruhigung redete er sich ein, dass er wohl nur zu leise und mit mangelhafter Konzentration gesprochen hätte, also nur nicht genügend bei der Sache und seinem Gesprächspartner gewesen wäre. Früher war es für ihn keinerlei Problem, die Aufmerksamkeit auf sich zu ziehen, wann immer er wollte, und seine Gedanken bis in den hintersten Winkel des Saales vernehmbar zu machen. Schließlich bestand ja seine Ausbildung zu einem guten Teil aus Rhetorikunterricht und Sprachbildung. Es machte ihm sogar Spaß, das Interesse der Zuhörer mit kleinen Tricks wieder zu fesseln, sollte einmal eine Störung oder Ablenkung auftauchen, während er sprach. Dann senkte er seine Lautstärke – nicht aber seine innerliche Intensität – machte plötzlich mitten in einem Satz eine Kunstpause, sog die Luft ein und ließ seine Bewegungen für eine gefühlte kleine Ewigkeit erstarren, bis das

Publikum, von der plötzlichen Stille irritiert, aufhorchte und er die Aufmerksamkeit wieder eingefangen hatte. Eine andere Methode bestand darin, Wörter eines Satzes plötzlich laut und mit Nachdruck, aber unverhältnismäßig großen Pausen dazwischen zu sagen, so als habe er Mühe, sich auf den Sinn zu konzentrieren. Das erweckte ebenfalls die Neugier der Zuhörerschaft. Bei den einen das Mitgefühl mit jemandem, der gerade den Faden zu verlieren drohte, bei den anderen Schadenfreude und das Gefühl von Überlegenheit, denn man selbst hätte das ja viel eleganter sagen können. Jedenfalls aber spitzten sie die Ohren!

Eingedenk dieser früheren Erfahrungen nahm er sich vor, konzentrierter und mit mehr Einsatz zu sprechen. Doch die befremdlichen Wahrnehmungen wiederholten sich, wurden fast alltäglich, alle rhetorischen Kniffe halfen nichts. Vielleicht, dachte er sich, fehle ihm mit siebzig ja wirklich schon die Energie, die Töne zu transportieren? Oder vielleicht gehöre er ja auch schon zu den Selbstrednern, die in Ermangelung anderer Gesprächspartner gedanklich mit dem eigenen Schatten sprächen? Doch anschließend an diese Phasen von Unvernehmbarkeit konnte er durchaus größere Gruppen von Menschen mit seiner Rede erreichen und fesseln – ganz wie früher.

Dennoch, die Unsicherheit blieb. Daher meldete er sich in Unterhaltungen immer seltener zu Wort, wenn er nicht ausdrücklich angesprochen wurde. Seine Freunde merkten an, dass er in letzter Zeit so schweigsam geworden sei und gar nicht mehr diskutieren wolle, was er früher bei entsprechender Gelegenheit mit Leidenschaft getan hatte. Es waren genau diese Personen, bei denen ihm zuerst die merkwürdigen Löcher in der Kommunikation aufgefallen waren. Doch das wollte er ihnen auf keinen Fall sagen, zu verworren schien ihm das Ganze. Sich mit dieser Geschichte eventuell noch lächerlich zu machen, das wäre das Letzte, was er zurzeit brauchen konnte.

Ihm kam die Idee, ob er die Anrede, wenn jemand wieder nicht reagierte, vielleicht nur geträumt, quasi den physischen Ausdruck seiner Gedanken mit Stimme und Sprache im Geiste vorweggenommen habe. Blitzschnell, wie das Denken eben ist, habe er vielleicht den gedanklichen Vorentwurf seiner Äußerung schon als die Tat registriert. Beim nächsten ‚In-die-Watte-Sprechen' versuchte er, sich in die Hand zu kneifen um sein Wachbewusstsein zu testen. Aber er fühlte den Schmerz, war wach, und trotzdem stand eine unsichtbare Schallmauer zwischen ihm und dem Gesprächspartner.

Einmal wartete er mit einem Bekannten auf dem Bahnsteig auf einen verspäteten Zug. Die Bahnhofsuhr im Blick unterhielt er sich lebhaft mit dem anderen. Plötzlich kam auf seine Fragen wieder keine Reaktion. Der Bekannte schaute sich unbefangen um und meinte, der Zug könne nun langsam kommen. Während der ganzen Zeit sah er den Sekundenzeiger ungerührt weiterlaufen, alles war ganz normal, nur seine eigenen Worte einfach nicht vorhanden. Die Erklärung, die Rede im Geiste vorweggenommen zu haben, erwies sich also auch als falsch.

Ein weiteres Erlebnis kurze Zeit später machte es endgültig unmöglich, das Verschwinden des Tones als eine Art fake news seines Bewusstseins abzutun. Es geschah während eines Theaterbesuches im hiesigen Stadttheater. K. hatte sich kurzfristig entschlossen, den neuen Ballettabend des renommierten Ballettdirektors anzuschauen. Diese Produktionen waren in der Regel für ein Theater dieser Größenordnung wirklich gut. Das Gebäude lag praktischerweise nur einen Steinwurf von seinem Haus entfernt. Er beachtete die blinkende Laufschrift nicht, die am Gebäude das jeweilige Abendprogramm anzeigte, als er kurz vor Beginn der Vorstellung in den Kassenraum stürmte um eine Karte zu erstehen. Man fragte ihn, ob er von der Programmänderung wisse? Ein Tänzer sei erkrankt, und es würde stattdessen die „Antigone" von Sophokles aufgeführt. Weil er nun schon einmal da war, kaufte er trotzdem eine Karte und begab sich in den recht dürftig besetzten Zuschauerraum.

Mit einer älteren Dame neben ihm kam er bald ins Gespräch und war angenehm berührt von ihrer lebhaften Art zu reden und ihrem wachen Verstand. Die Aufführung begann, und er bereute es nicht, dageblieben zu sein. Besonders der Kreon, dargestellt von einem älteren Schauspieler mit einer wunderbar tiefen und vollen Stimme, fesselte ihn. Er kannte ihn bereits von verschiedenen Produktionen, in denen er immer sehr authentisch wirkte. Die Problematik der Macht in der Gestalt des Kreon, das Spannungsfeld zwischen persönlicher Verbundenheit mit Antigon und seinem Befehl als Herrscher ihr gegenüber, die Leiche ihres Bruder Polyneikes, des Rebellen, nicht angemessen bestatten zu dürfen, kam hautnah herüber.

In der Pause führte K. die begonnene Unterhaltung mit seiner Nachbarin fort. Sie drehte sich um die Frage, wie Kreon sich hätte verhalten sollen. Er spielte den advocatus diaboli und meinte, dass er Kreon in seiner Position schon verstehen könne. Als Erwiderung erzählte ihm seine Gesprächspartnerin von einer Begebenheit aus dem dritten Reich, als ein Cousin ihrer Mutter, ein junger Jurastudent, sich gegen die Deportation und drohende Ermordung einer jüdischen Schulfreundin und deren Eltern einsetzte. Das Pikante an der Angelegenheit war, dass sein Onkel einen hohen Posten in der Nazihierachie bekleidete, was den jungen Mann wahrscheinlich in dem irrigen Glauben ließ, man würde ihm nichts anhaben können. Seine juristische Argumentation bestand darin, dass die im Reichstag verabschiedeten Judengesetze zwar von Umsiedlung, Rassentrennung oder -reinheit etc. sprachen, womit eine Deportation dem Gesetz nach abgedeckt war, nicht aber die Ermordung. So viel Einblick in die Maschinerie der ‚NS-Herrschaft' hatte er durch seinen Verwandten, um zu wissen, wohin die Transporte der Juden führten. Und dies sei unzulässig, ein Gesetzesverstoß der Behörden! Seine Einlassungen bei den unteren Justizbehörden wurden noch unter den Teppich gekehrt, doch als er sich in einer Versammlung der Universität lautstark zu Wort meldete und dort öffentlich seine Argumentation wiederholte, hatte er den Bogen überspannt. Er wurde unter einem Vorwand verhaftet, deportiert und starb irgendwann, irgendwo im Lager an einer Lungenentzündung – so die offizielle Nachricht. Sein Verwandter hatte ihn nicht geschützt.

„Nicht schützen können oder nicht wollen?", fragte K.

„Keine Ahnung", entgegnete die Dame. „Vielleicht wäre sonst ein Schatten auf ihn selbst gefallen, wenn nicht mehr. Was weiß man in einer Diktatur?"

Da seine Lust am Diskutieren einmal geweckt war, suchte er nachvollziehbare Begründungen zu finden, weshalb Macht so rigoros reagieren müsste. Andernfalls drohte in der Bevölkerung nicht nur allgemeiner Zweifel an der Rechtmäßigkeit aller erlassenen Gesetze, sondern auch der Herrschaftsverlust, damit letztlich Aufruhr, Anarchie, der Untergang der Gesellschaft. Für dessen Verhinderung hätten Einzelschicksale zurückzustehen, so könnte die Argumentation des Kreon lauten.

Seine Nachbarin schwieg nach Ende seiner Ausführungen, lächelte ihm ein wenig zu, aber machte keinerlei Anstalten auf seine Provokationen zu antworten. Er wartete einen Augenblick, ehe er nachfragte, wie sie denn dazu stünde. Sie blickte ihn irritiert an und verstand nicht.

„Wozu stünde?"

Nun war K. verunsichert. Er antwortete, dass er doch eben gesagt hätte … und brachte nochmals seine Argumente vor.

Sein Gegenüber schüttelte leicht den Kopf, er hätte nach ihrer Erzählung gar nichts erwidert, was sie als Betroffenheit interpretiert und auch geschwiegen hätte.

K. schluckte vernehmlich. Nach einem kleinen, ratlosen Schweigen lief das Gespräch noch einen Augenblick weiter, dann endete die Pause. K. fiel es schwer sich auf den weiteren Ablauf der Handlung zu konzentrieren. Zu sehr beschäftigte ihn, dass sich diese Blackouts nun für länger und mitten in einer engagierten Rede ereigneten.

Eingedenk der jüngsten Erfahrungen verlegte er sich darauf, seine Gesprächsbeiträge gleich zweimal hintereinander zu sagen, was ihm ab und zu verwunderte Blicke eintrug, warum er sich wiederhole, aber eben nur noch ab und zu.

Eine neue Qualität der sonderbaren Ereignisse erlebte er, als er wie des Öfteren Freunde besuchte, um ein geliehenes Buch zurückzugeben. Sie waren eine pensionierte Lehrerin und ein ehemaliger Redakteur der heimischen Zeitung, der gelegentlich noch Beiträge zu lokalen Kulturereignissen für das Blatt schrieb.

Zur Begrüßung an der Tür fasste K., wie es seine Art war, mit beiden Händen die Hand der Hausfrau, um ihr damit seine Zuneigung zu zeigen, aber sie reagierte nicht im Geringsten auf die vertraute Geste. Und er bemerkte plötzlich, dass er diese, ihre Hand gar nicht spürte. Denn seine eigenen Hände schienen durch die der Freundin hindurch geglitten zu sein und schwebten nun verunsichert irgendwo darunter in der Luft. Er selbst konnte sie fühlen. Er meinte zuerst, sich getäuscht, nicht richtig zugefasst zu haben, aber als er die Hände zurückzog, fuhren sie erneut widerstandslos durch die Hand seines Gegenübers. Ein Schock!

Zu plötzlich für ihn, er schwankte ein bisschen und griff nach dem Türstock, den er zum Glück zu fassen bekam und sich daran festhalten konnte. Seine Freundin schaute besorgt. ‚Ob ihm nicht gut sei?‘ und bot etwas zu trinken an. K. winkte stumm ab, versuchte sich zu sammeln und antwortete beschwichtigend, es sei nur ein kleiner Schwindel gewesen.

Noch am gleichen Nachmittag gab es ein ähnliches Ereignis, wie zur Bestärkung des vorhergegangenen. Sie saßen am Kaffeetisch und unterhielten sich über die kleinen Wehwehchen des Älterwerdens, den Schwindelanfall von eben oder das Zwacken im Rücken, das die Bewegungen jetzt etwas langsamer und sanfter ablaufen ließ sowie den gelegentlichen Mangel an Konzentration. K. deutete an, dass er manchmal das Gefühl habe gar nicht mehr gehört zu werden. Seine Freunde lachten und meinten, das würden sie auch kennen, ohne allerdings von K.s wirklichen Erfahrungen zu ahnen. Man sei eben für die Gesellschaft nicht mehr so wichtig, da schwinde die

Beachtung. Und die Gelenke rosteten eben.

K. erinnerte sich bezüglich der Bewegungen älterer Menschen an ein Erlebnis während seiner Ausbildung. Der bekannte Pantomime Samy Molcho, erzählt er, besuchte einmal das Seminar und arbeitete auch ein wenig mit der Klasse. Dazu führte er zuerst eine Tierpantomime vor: einen Vogel. Er stolzierte mit jeweils ziemlich hoch gehobenen Knien durch den Raum, machte aus den Schultern kommend fließende Bewegungen mit den Armen wie ein Flügelschlagen, der übrige Körper und besonders der Brustkorb blieben steif bis zum Hals, und den Kopf drehte er mit weit aufgerissenen, starren Augen ruckartig in verschiedene Richtungen – die perfekte Illusion von einem Vogel. Anschließend erkläre er ihnen, warum er sich so bewegte.

„Das Brustbein der Vögel muss steif sein, damit die Flügel einen stabilen Ansatzpunkt haben. Die Flügel biegen sich durch im Luftwiderstand, aber ihre Kraft setzt bei den Schultern an. Die Augen wirken starr, weil viele Vögel keine Augenlider haben, und die Kopfbewegungen der Vögel resultieren aus der Tatsache, dass bei diesen Tieren der optische Eindruck auf der Netzhaut wie ein Ton nach kurzer Zeit verschwindet. Einerseits ist das ein Schutz vor Reizüberflutung, denn somit zeigt das Auge nur Bewegungen an, die eventuell von anderen ausgehende Gefahren bedeuten könnten. Andererseits zwingt diese Besonderheit die Vögel dazu den Kopf ständig zu drehen um das Bild auf der Netzhaut zu erneuern."

Bei uns ‚höheren Tieren', ergänzte K., hätte sich die Natur einen besonderen Trick einfallen lassen, um diese Hürde bei der weiteren Evolution zu überwinden. Unser Auge schwinge mit fünfzig Hertz in der Sekunde, wodurch ein ständiges Bild erhalten bliebe. Das hätten Experimente mit winzigen Spiegelchen direkt auf dem Augapfel belegt.

Die Hausfrau war von seiner Erzählung sehr angetan, da sie auch ein Buch von Samy Mocho besaß.

K. kam auf den Ausgangspunkt des Gesprächs zurück, wie sich ältere Menschen bewegten. Das war eine der Aufgaben, die Samy Molcho ihnen gestellte hatte. Alle bekamen Masken zur Verfremdung der jeweiligen Person aufgesetzt, und sie sollten nun so gehen, wie es eben sehr alte Menschen tun. Alle liefen irgendwie nach vorne gebeugt und langsam, aber es wirkte unnatürlich und weit entfernt vom Vorbild des Pantomimen. Auch als er erklärte, dass das Gehen alter Menschen aus ihrer Schwäche heraus oft nur ein verhindertes Fallen sei, das lediglich durch das Nachziehen der Füße aufgefangen würde und die Bewegungen wegen der Steifheit im Rücken etwas Statuarisches besäßen, schienen die Übenden nur etwas ‚älter' zu werden. Das bloße muskuläre Nachahmen gemäß Molchos Anweisungen brachte es immer noch nicht. Erst die emotionale Vertiefung der Studenten in ältere Menschen, ihre Körperlichkeit und ihr seelisches Befinden änderte das dramatisch. Nun wirkten sie beim Gehen mit ihren Masken plötzlich wirklich alt.

K.s Freundin war von der Erzählung über die Vogelpantomime noch immer fasziniert und bat ihn, während sie weiter darüber redete, um die Zuckerdose, die vor seinem Gedeck stand. Er reichte sie ihr mit einer Armbewegung hinüber, die ein Flügelschlagen darstellen sollte, und musste sich dabei weit über den Tisch beugen. Aus Jux ließ er das Porzellangefäß noch einen Augenblick vor ihrer Nase hin und her schweben. Sein Gegenüber stutze einen Moment, lachte dann laut auf, als sie den Zucker ergriff und frage ihn erstaunt, wie er denn das gemacht habe, die Dose von alleine zu ihr über den Tisch schweben zu lassen! K. verstand nicht.

Der Hausherr hatte das Ganze ebenso verfolgt und merkte an, der Zaubertrick sei perfekt, K. sei nach so langer Zeit ihrer Freundschaft immer noch für eine Überraschung gut. K. schwieg.

Der andere beschwichtigte, ‚er wolle ja nicht in ihn dringen, Zauberer müssten ihre Tricks für sich behalten'. Dann ging die Unterhaltung weiter.

K. begann zu begreifen, dass beide seine Bewegungen tatsächlich nicht gesehen hatten. Eine unbegreifliche Vorstellung: unsichtbar zu sein, zumindest partiell! Unter einem Vorwand verabschiedete er sich ziemlich bald, um allein zu sein mit seiner neuen Erkenntnis.

In den folgenden Wochen erlebte K. mehrere Situationen, in denen er körperlich wirklich nicht mehr ganz präsent zu sein schien und begann, Aufzeichnungen darüber anzufertigen. Beim Einkauf an der Backtheke im Vorraum des Supermarktes hielt er der Verkäuferin nach dem Hinüberreichen einer Banknote wie gewöhnlich die offene Hand hin, um das Wechselgeld in Empfang zu nehmen und ohne nachzuzählen in sein Portemonnaie gleiten zu lassen, weil er solche Kleinigkeiten für überflüssig hielt.

Die Verkäuferin blickte ihn lächelnd an und zählte dann die Münzen einzeln nebenan auf die Glasplatte. Hatte sie seine Hand nicht gesehen? Oder wollte sie ihn provozieren? Aber weshalb?

Ein anderes Mal saß er mit seinen Skatfreunden wie alle vierzehn Tage in einer Kneipe und spielte. Der Abend war schon etwas vorgerückt, und die

Biergläser auf dem Tisch wieder einmal leer. Im Vorbeigehen fragte die Kellnerin

„Wollt ihr noch was?"

K., der über sein Blatt gebeugt, gerade beim Reizen war, blickte kurz auf und hielt stumm drei Finger in die Luft, um sich sofort wieder dem Spiel zu widmen. Nach einer längeren Atempause kam von der Seite die Nachfrage

„Wollt ihr denn noch was?"

Er drehte sich zu ihr um, schaute ihr direkt in die Augen und zeigte grinsend nochmals seine drei Finger. Dann wandte er sich erneut den Karten zu.

„Ja was denn nun?", kam es nach einem weiteren Augenblick etwas unwirsch von der Seite.

K. war mit einem Mal hellwach. Er hatte ihr doch deutlich seine drei Finger gezeigt, oder etwa nicht? Nun bestellte er etwas zu laut „Drei Bier," was aus seiner Irritation heraus fast wie ein Vorwurf klang. Ganz offensichtlich hatte sie seine Geste nicht gesehen. Die Bedienung entfernte sich mit einem halblauten: „Na also, geht doch."

Der Abend endete kurz darauf, er konnte sich sowieso nicht mehr konzentrieren, es rumorte in seinem Kopf. ‚Erst nicht hörbar, jetzt auch nicht mehr sichtbar?', schrieb er zu Hause in seine Kladde. Lange fand er keinen Schlaf.

Von nun an beobachtete und notierte er akribisch jede seiner Handlungen. Je mehr ähnliche Ereignisse eintraten, um so realer wurde das Unverständliche, um so mehr erfüllte ihn Ratlosigkeit. Dann keimte die Neugier auf, wo das alles hinführen sollte. Das half vorübergehend. ‚Wie ein Forscher bei Rattenversuchen', dachte er, nur dass er selbst seine eigene Versuchsratte war. Er bemerkte, wie er manches Mal im Bus oder Kaufhaus von jemandem angerempelt wurde und es nicht spürte. Das heißt, das Anrempeln war so unvermeidlich, weil ein Mann breitschultrig geradewegs auf ihn zukam, es musste geschehen, aber es geschah nichts, nicht für ihn, nicht für den anderen, kein physischer Kontakt, er spürte nichts davon. Zur Überprüfung seiner Wahrnehmung verlegte er sich darauf, solche Zusammenstöße zu provozieren und schubste im Gedränge absichtlich mit der Schulter oder schob jemanden beim Aussteigen kräftig zur Seite. Das eine oder andere Mal bekam er daraufhin noch böse Kommentare hinterhergerufen. In solchen Fällen fühlte er auch den Zusammenprall.

Doch das wurde immer seltener; zunehmend öfter empfand er gar nichts mehr. Man nahm ihn zumindest teilweise körperlich nicht mehr wahr. Eine gehbehinderte Frau in der Bahn erschreckte sich zutiefst, als er ihr beim Aussteigen hilfsbereit die Hand hinhielt und sie diese auch ergriff, das spürte er noch, dann aber plötzlich nichts mehr, und die Frau wäre um ein Haar gestürzt, mit einem Mal ihres Halts beraubt. Sie schaute ihn entgeistert an, dann in Richtung seines Armes und wieder zurück in sein Gesicht, und er verzog sich rasch in der Menge, schuldbewusst, obwohl ihn keine Schuld traf.

K. musste akzeptieren: Er war nicht nur partiell un*hörbar*, sondern auch un*sichtbar*, stofflich nicht mehr vorhanden. Was war er dann?

Junge Menschen sind schön oder hässlich, träge oder lebhaft, haben Phantasie oder keine. Werden sie älter, dann sind sie versiert oder gestanden, fett oder drahtig, charmant oder Kotzbrocken, und die noch Älteren werden als erfahren oder honorig wahrgenommen, manche sogar als weise, als Gewissen der Nation. Sollten sie zufällig in Indien wohnen, vielleicht sogar als heilig. Aber gewöhnliche Alte, so wie er – zwar fühlte er sich noch nicht so, aber die Zeit war wohl da – was ist mit denen? Werden sie zuerst nur übersehen und überhört, dann überflüssig, und schließlich von anonymer Unsichtbarkeit verschluckt, wie er?

Nach einiger Zeit gelang es ihm, die besondere Empfindung zu identifizieren, die mit seinem körperlichen Verschwinden einherging. Er fühlte sogar, wenn es sich eben erst anschickte zu kommen. Ganz in Gedanken und in sich selbst zurückgezogen zu sein, das, so erschien ihm, zog auch seine physische Existenz aus dieser Welt ab. Nur: wohin? Das war die Frage.

Wochen darauf, in denen andere ihn immer seltener wahrnahmen, begann er mit seiner körperlichen ‚Nichtexistenz' zu spielen, sie absichtlich hervorzurufen und zu benutzen. Spürte er wieder einmal diese Welle aufsteigen, ließ er es nicht mehr nur beim Anrempeln bewenden, sondern lief frontal auf Passanten zu und zu seiner grenzenlosen Verwunderung komplett durch sie hindurch. In weiteren Experimenten und nach mehreren Anläufen (sowie einer Reihe blauer Flecken) gelang ihm das Gleiche auch bei nicht allzu massiven Gegenständen wie Türen. Im Anschluss an eines dieser Auflösungserlebnisse konstatierte er dann noch eine weitergehende Veränderung seiner Wahrnehmungen, beziehungsweise: Sie verschwanden!

Die Wahrnehmung seines eigenen Körpers nämlich. Sie wurde während seiner Absencen immer dürftiger, immer dünner. Schließlich empfand er sich selbst gar nicht mehr. Absencen, also die geistige Abwesenheit, die Epileptiker erleiden, so nannte er für sich diese Vorfälle. Das war zwar nicht das richtige Wort, denn hier verhielt es sich ja gerade anders herum: Er war geistig da, aber körperlich nicht. Doch ihm fiel keine geeignetere Bezeichnung ein. Jeder weiß sonst, wo sein Fuß ist, welche Haltung sein Arm einnimmt, oder wie der Kopf gedreht ist, ohne es zu sehen. Das alles registrierte er dann zwar mit seinem Verstand, sah auch, was mit ihm vorging, aber er spürte es nicht. Nichts von diesem Körper, der ihn all die Jahrzehnte getragen und beherbergt hatte. Er musste höllisch aufpassen sich nicht zu verletzen, weil ihm jede Kontrolle durch seine sensiblen Nerven entglitt.

Wie war das damals bei Samy Molcho? Sie hatten sich in Geist und Körper eines anderen Menschen hineingefühlt, sich zum Beispiel als Greis empfunden, daraus waren Gesten, Bewegungen und Haltungen entstanden und ein innerlich verändertes Bewusstsein. Wenn auch nur temporär, so war dieses Gefühl auch bei den Mitstudenten angekommen. Es war so konkret, dass es sich anhand des eigenen Körpers auf andere übertrug. – Und nun nichts mehr.

Im Grunde war K. alles andere als furchtsam. Er hatte sich den Ereignissen gestellt, sie wie ein Wissenschaftler beobachtet und zu interpretieren gesucht, doch das Gefühl sich jetzt materiell aufzulösen ängstigte ihn erheblich. Nach einem Skatabend blieb er in der Kneipe mit einem der Mitspieler an der Theke hängen. Er fühlte sich bedrückt, hatte keine Lust, nach Hause zu gehen, wo ihn doch nur die gleichen Fragen bedrängten.

Sein Nachbar hatte ebenfalls Probleme, wenn auch mehr häuslicher Natur, und so begannen sie sich gegenseitig das Herz auszuschütten, immer begleitet von Bier und Korn. Die Frau des Skatbruders ging wohl fremd, oder er argwöhnte es zumindest und spionierte ihr nach. Schließlich kam K. auf seine eigenen Probleme zu sprechen. Erst vorsichtig, dann immer lebhafter berichtete er von den verschiedenen Stadien seiner Erlebnisse, zuletzt auch von dem Hindurchgleiten durch Menschen und Gegenstände.

Sein Gegenüber hörte ihm zu, obwohl er zu diesem Zeitpunkt bereits ziemlich abgefüllt und daher nicht mehr voll bei der Sache war. K. ereiferte sich so sehr, dass er ihm anbot seine Auflösungserscheinungen unter Beweis zu stellen. Er stand auf und kollidierte absichtlich mit der am Nebentisch stehenden Kellnerin, die zum Glück gerade nur ein leeres Tablett trug. Dieses landete scheppernd auf dem Boden.

K. war so verdutzt, dass die Bedienung ihn erst schnippisch auffordern musste, ihr wenigstens das Tablett aufzuheben, wenn er sie schon umrannte. Dem folgte er, begriff aber nun noch weniger. Sein Kumpel feixte ein bisschen, meinte, er sei doch noch ganz schön beieinander, wenn auch zurzeit vielleicht nicht ganz im Oberstübchen. Damit war das Thema für ihn gegessen. Beide gingen nach Hause. Wieder folgte eine unruhige Nacht.

Als am Morgen der Nebel von Bier und Korn verschwunden war und K. seine Gedanken wieder beieinander hatte, begann er so nüchtern wie möglich alle Fakten über seine diversen Zustände zusammenzufassen. Beginn: vor zirka einem Jahr, erst Unhörbarkeit, dann partielle Unsichtbarkeit, d. h. scheinbares Verschwinden von Teilen seiner physischen Existenz, schließlich Sensitivitätsverlust für den eigenen Körper sowie das Auftreten dieses besonderen Gefühls, wenn sich die Zustände ankündigten. Zuletzt in immer kürzeren Abständen die totalen „Absencen". Was also wäre die logische Weiterentwicklung? Die temporären Aussetzer seiner Existenz würden dauerhafter werden bis zu dem Zeitpunkt, wo es überhaupt kein Zurück mehr gäbe in den normalen Zustand.

Dies wollte er nicht untätig abwarten, – das war der letzte Eintrag in seinen Aufzeichnungen.

Im Abschlussbericht über K.s Verschwinden zählte der bearbeitende Polizeibeamte, der K. sogar persönlich gekannt hatte, alle Fakten auf, die er im Laufe der Ermittlungen zusammengetragen hatte, ohne allerdings zu einem schlüssigen Ergebnis zu gelangen.

K. war am Samstag, den 3.5. mit seinen Freunden um elf Uhr dreißig für die „Orgelmusik zur Marktzeit" verabredet gewesen, die regelmäßig in der Hauptkirche am Marktplatz stattfand. Sie hatten ihn auch im Eingang getroffen, dann aber irgendwie aus den Augen verloren. Die Kirche am Markt war verhältnismäßig gut gefüllt. Die Freunde hatten sich deswegen keine weiteren Gedanken gemacht, weil sie hinterher sowieso noch gemeinsam in den Ratsstuben essen wollten.

Dort war K. nicht erschienen.

Erst als sie auch Tage später nichts von ihm hörten, er weder zum üblichen Kaffee kam noch telefonisch oder per E-mail erreichbar war, begannen sie stutzig zu werden. Nachfragen bei Nachbarn erbrachten kein Resultat, weder hatte er von einer Reise gesprochen, noch jemandem für alle Fälle die

Schlüssel dagelassen. Es fiel lediglich auf, dass sein Briefkasten von Post und Tageszeitungen überquoll, und zwar den Zeitungen ab dem Montag nach der Orgelmusik, wie die Polizei feststellte.

Bei einer zufälligen Begegnung von K.s Freunden mit der Küsterin der Marktkirche, deren Tochter mit ihrer und K.s Tochter gemeinsam zur Schule gegangen war, bestätigte die Kirchenfrau, K. bei der letzten Samstagsmusik kurz im Treppenhaus zur Empore gesehen zu haben, aber später oben in den Bänken nicht mehr, als sie dem Kantor ein vergessenes Notenblatt brachte. Erst im Nachhinein erinnerte sie sich, wie merkwürdig rasch K. die Treppe vor ihr hinauf gegangen sei, als würde er die Stufen gar nicht berühren. Dann hatte sie ihn auch schon aus dem Blick verloren.

Der nicht geleerte Briefkasten hatte K.s Freunde veranlasst, bei der Polizei vorstellig zu werden, denn K. war, was Ordnung anbelangte, immer äußerst penibel. Bei einer unvorhergesehenen Reise hätte er dafür Sorge getragen, dass zu Hause alles in Ordnung bliebe, hätte die Zeitungen den Nachbarn vermacht und ihnen selbst bestimmt eine Nachricht zukommen lassen.

Weitere Nachforschungen der Behörde nach dem Vermissten ergaben, dass auch die Skatbrüder nichts vom ihm wussten. Ein Marktbesucher hatte die Küsterin am fraglichen Samstag noch darauf aufmerksam gemacht, dass oben auf der Balustrade der Besuchergalerie am Kirchturm ein Bündel läge oder säße, das wie ein Mensch aussähe. Und die Frau am Gemüsestand, die direkt in Richtung Kirche schauen konnte, wollte so etwas wie einen lang gezogenen Ruf von dort oben mitbekommen haben. Allerdings war sie sich nicht sicher. Die Küsterin konnte später beim Blick hinauf zum Turm nichts Auffälliges entdecken, der Marktbesucher war auch mittlerweile verschwunden, so beließ sie es dabei.

K.s Wohnung wurde auf richterliche Anordnung hin geöffnet, doch ihre Begutachtung erbrachte keinerlei neue Erkenntnisse. Sie war aufgeräumt, nichts schien zu fehlen Man förderte unter seinen Unterlagen auf dem Schreibtisch lediglich eine Kladde mit Eintragungen über die oben erwähnten Ereignisse zu Tage, die das Rätsel um sein Verschwinden nur noch vergrößerten.

K.s Freund, der ehemalige Redakteur, nahm sich der Sache an und schrieb einen Bericht für die Lokalseite. Aber der blieb ohne Folgen, keine Leserbriefe, keine weiteren Beobachtungen wurden gemeldet. Und ziemlich rasch, wie in unserer Zeit üblich, verblasste das Interesse an dieser

Angelegenheit – auch das der Freunde und Bekannten, die sich wieder ihrem Alltag zuwandten.

Zwei Monate nach K.s Verschwinden gab es in der Stadt einen „Tag des offenen Denkmals", an dem eine Reihe interessanter Gebäude, die sonst nicht so ohne weiteres zu besichtigen waren, für das Publikum öffneten. Unter anderem konnte man den Turm der Hauptkirche besteigen, von wo aus sich ein weiter Rundblick über die Stadt und in die Umgebung bot.

Während einer der Führungen entdeckte eine junge Frau hinter einer steinernen Verzierung des Baus eine kleine Umhängetasche. Sie machte die Küsterin darauf aufmerksam, und diese nahm die Tasche an sich. Das Fundstück musste dort wohl schon einige Zeit gelegen haben, wie unschwer am Untergrund des Lageplatzes zu erkennen war. Die Küsterin öffnete vorsichtig die Verschlüsse, das Leder war bereits etwas brüchig von den Witterungseinflüssen, und sie fand ein Portemonnaie, eine Brieftasche und einen Schlüsselbund darin. Sie brachte den Fund zur Polizei, denn sie argwöhnte einen Zusammenhang mit den Ereignissen um K. vor einiger Zeit. Er bestätigte sich.

Die Polizei untersuchte die Teile und fand K.s Ausweis mit seiner Anschrift darauf, den Führerschein, drei Kreditkarten, diverse Quittungen sowie einiges an Bargeld. Die Schlüssel passten zweifelsfrei zu Haustür, Briefkasten und Wohnung des Verschwundenen. Nach Lage der Dinge war es sehr unwahrscheinlich, dass die Tasche gestohlen worden oder verloren gegangen war; ein Dieb hätte mit Sicherheit das Bargeld entnommen und bei der genauen Kenntnis der Anschrift wahrscheinlich auch K.s Wohnung ausgeräumt. Außerdem sprach das sorgfältige Deponieren des Gegenstandes hinter einem geschützten Mauervorsprung ebenfalls gegen diese Annahmen. Lediglich eine Notiz auf der Rückseite seiner Visitenkarte wurde noch entdeckt, ein weiteres Rätsel.

Dort stand mit K.s flüchtiger Handschrift: „Ich werde weniger. Oder mehr? Doch ich bin. Lebt wohl!"

Nach Würdigung aller Indizien schloss der Beamte die Akte und legte sie als unaufgeklärt ab.

K. blieb verschwunden.

Wie der Mond zu seinem Hof kam

Zu den Zeiten, als der Mond noch ein junger unabhängiger Asteroid war und durch das Weltall streunte, gefiel ihm die Erde zwar schon sehr gut. Aber er dachte noch nicht daran, sich irgendwo zu binden oder dauerhaft einen festen Platz einzunehmen, so wie es andere seiner Artgenossen schon gemacht hatten. Bei allen Reizen des blauen Planeten war die Venus schließlich auch sehr ansehnlich oder der rote Mars und gar erst der gewaltige Jupiter! Aber der hatte schon genug Begleitung um sich herum, und so als x-tes Rad am Wagen zu existieren, das war nichts für ihn. Also verbrachte er noch ein paar weitere Millionen Jahre mit Vagabundieren und Herumstreichen durch die Unendlichkeiten des Universums, irgendwo weit jenseits des Königreiches dieser gelben Sonne und der Erde. Für einen Himmelskörper wie ihn waren das ja keine langen Zeiträume und auch keine Entfernungen.

Trotzdem fiel ihm die Einsamkeit zuweilen nicht leicht. Begegnungen mit anderen Mitbewohnern, oder sagen wir besser: Mit-Vagabunden des Weltraums waren auch nach seinen Zeitbegriffen eher selten und nur vorübergehend, nichts, was ihn zu einer längeren Bindung angeregt hätte. Außerdem bewertete er die meisten von ihnen als zu klein und zu unansehnlich, als Grobzeug und Gewimmel. Da hatte er bei seiner Größe schon andere Ansprüche. Unabsichtlich kreisten seine Gedanken dann doch wieder um jenes Sonnensystem in weiter Ferne, in dem ein kleines, blaues Juwel um das Zentralgestirn tanzte. Selbst eine gelegentliche Supernova, dieses riesige Spektakel im Universum, wenn ein Stern explodierte, oder die Passage bei einem der geheimnisumwitterten Spiralnebel vermochten diese Gedanken nicht auszulöschen. Und so fand er sich eines Tages für ihn selbst unerwartet auf einer Wanderung wieder, d. h. einem Flug durch die unendliche Leere zwischen den Galaxien, und zwar in Richtung eines bestimmten, kleinen, gelben Pünktchens unter den vielen inmitten der Schwärze rundum. Als ihm klar wurde, dass er sich tatsächlich zur Erde aufgemacht hatte, stellte er fest, dass die Entfernung selbst für seine Begriffe beträchtlich war und wurde immer ungeduldiger und schneller. Schließlich sauste er mit einer solchen Geschwindigkeit durch die Leere, dass er bestimmt Mühe haben würde, sich am Ziel wieder abzubremsen. Doch seine Ungeduld ließ ihm keine Wahl. Und immer noch dauerte sein Flug weltallmäßig ziemlich lange.

Die Eintönigkeit der Reise musste ihn wohl eingelullt haben. Die Zeiträume, die eben noch so lange erschienen, waren plötzlich überwunden, und das Ziel tauchte mit einem Mal zum Greifen nahe vor ihm auf. Er stemmte sich mit aller Macht gegen den rasenden Lauf auf seiner Bahn und bremste so stark er nur konnte, trotzdem kam die Erde immer rascher immer näher und er vermochte es schließlich nicht zu verhindern, dass er sie höchst uncharmant und sehr heftig anrempelte. Einiges, was er bei sich hatte und so einiges, was sie trug, flog in der Gegend herum und wirbelte durch den Raum, dass es nur so staubte. Es war ein beträchtliches Durcheinander, das er angerichtet hatte, ein Taumeln und sich mühsam wieder aufraffen, ein Einsammeln, was da herumgeschleudert worden war und daran anschließend ein allmähliches Ordnen des eigenen Ichs. Das alles ging anfangs ziemlich rasch und ohne große Überlegung vonstatten. Als er danach aber wieder einigermaßen denken konnte, fand er sich mit plötzlich in geringer Entfernung zur Erde wieder, die er zu seinem Erstaunen unablässig umzirkelte; noch recht derangiert und zerzaust, genauso wie die Erde selbst. Er fühlte sich gelähmt und zu schwach, seine eigene Bahn zu ziehen, war vielmehr gefangen und in den Bann gezogen von dem Objekt seiner Zuneigung, das aber leider keinerlei Interesse an ihm oder einer erneuten Annäherung zeigte. So hatte er sich ihre erste Begegnung nicht vorgestellt! Er umkreiste sie ohne Unterlass, den Blick konstant auf ihre Oberfläche gerichtet und unfähig sich abzuwenden. Ab und zu kam er ihr zwar etwas näher, fühlte sich dann aber doch wieder abgestoßen.

Ganz allmählich erst gewöhnte er sich daran, dass der neue Zustand nicht vorübergehend sein würde, dass er nun nicht mehr frei und unabhängig war wie vorher. Aus Gram darüber bedeckte er zuweilen sein Gesicht mit einem dunklen Schatten, aber das dauerte nie lange, dann musste er sie, die Unnahbare, die im Laufe der Zeit schöner denn je erstrahlte, wieder gebannt ansehen. Schließlich ergab er sich in sein Schicksal. Nie mehr würde er von ihr weichen, sondern für immer gefangen bleiben von ihrer Nähe, ihr treuer Begleiter im Dunkel des Alls und der endlosen Nacht.

Natürlich war der Umkreisten seine Anwesenheit nicht entgangen. Wie sollte sie auch von einem Trabanten, der ständig um sie schwebte, keine Notiz nehmen können? Was zuerst als ein überaus unangenehmes Zusammentreffen begonnen hatte, wurde allmählich auch für sie zur Gewohnheit. Ja, aus bloßer Gewöhnung erwuchs nach einigen Milliarden Jahren sogar eine nicht zu übersehende Zuneigung. Seine Gefühlsbewegungen dehnten sich zwar mittlerweile etwas langsamer aus, die Entfernung vom Objekt seiner Begierde vergrößerte sich nach und nach ein wenig, doch ihre grundsätzliche Verbundenheit hielt dem stand. So wie bei alten Ehepaaren die Glut der Leidenschaft mit der Zeit übergeht in ein wärmendes Feuerchen, an dem es sich in der Kälte der Einsamkeit angenehm ruhen lässt, blieben auch die beiden ungleichen Partner in der Enge des Sonnensystems miteinander verbunden.

Als die Wasser des dritten Planeten im Hofstaat der Sonne sich endlich in großen Meeren gesammelt hatten und deren Blau sie intensiver denn je erstrahlen ließ, konnte, wer aus gehöriger Entfernung genau hinschaute, das rhythmische Wogen ihrer Ozeane hin zu ihrem Begleiter beobachten. Und auch ihn bewegte ihre Gegenwart immer noch, wenngleich seine innere Wallung durch die alte Geliebte nicht so sichtbar wie bei ihr in Weltmeeren Ausdruck finden konnte, denn er besaß leider keine.

In besonderen Stunden und Stimmungen zwischen Himmel und Erde – die einen bezeichnen sie als sentimental, die anderen nennen es nur eine gewisse Wetterlage, denn so ganz genau kennt man sich mit dem Gemütsleben von Himmelskörpern nun doch nicht aus – also bei derlei Gelegenheiten geschah es, dass die Erde zuweilen ihrem treuen Gefährten einen feuchten Luftkuss zuhauchte. Der Mond hob den Schleier seiner Angebeteten zu sich empor, schlang ihn zärtlich um sein Gesicht, und das weiße Licht um ihn verschwamm am Nachthimmel zu einem weiten Hof. Die Aureole um den Erdtrabanten schimmerte dann in milderen Farbtönen herab zur Erde.

Ein Abglanz seines eigenen, großen Gefühls aber wogte kräftig in den Herzen von zahllosen Betrachtern auf dem Rücken seiner Geliebten, wenn sie zur Nacht in den Himmel blickten und in der Heimlichkeit der dunklen Stunden enger zueinander rückten, um gegenseitig ihre Nähe zu suchen oder einander Liebe zu schenken.

Der Drache

Der Kronprinz rief den Thronrat ein – das konnte er, seit sein Vater schwer erkrankt war und er die Regierungsgeschäfte führte – und alle kamen zur vereinbarten Stunde pflichtbewusst in den kleinen Audienzsaal: der Kämmerer, der Haushofmeister, der oberste General und die Minister für Handel, Wissenschaft, Bauerntum sowie der oberste Medizinalrat. Ja, sogar der Hofastronom war erschienen, obwohl er bei solchen Anlässen oft durch Abwesenheit glänzte, denn seine Himmelskörper nahmen ihn in der Regel viel zu sehr in Anspruch.

„In unserem Königreich gibt es einen Drachen!", verkündete der Prinz ohne große Umschweife. „Fragt nicht, woher ich das weiß – ich habe meine Quellen." Er blickte sich in der Runde um, in der sich erst ein ungläubiges Murmeln, dann immer lautere Stimmen, Rufe und Fragen hören ließen. Der Prinz erhob seine Stimme und rief in den Tumult: „Was ist zu tun?"

„Wo lebt er?"

„Was will er?"

„Wie groß ist er?"

„Wer hat ihn schon gesehen?

„Hat der den Sturm am letzten Dienstag gemacht?"

„Sicher speit er Feuer und hat den Brand in der Scheune von Bauer Heinze verursacht!"

Die Fragen und Vermutungen überschlugen sich, und alle gestikulierten und argumentierten, eiferten und empörten sich und griffen dann den General an, er solle sie schützen, warum täte er nichts? Ein Skandal! Wofür zahle man schließlich Steuern?

„Ruhe!", rief der Haushofmeister auf einen Wink des Prinzen hin und klopfte mit seinem Zeremonienstab dreimal auf den prächtigen, reich mit Intarsien verzierten Fußboden. Sogleich verebbte das Stimmengewirr, und aller Augen richteten sich wieder auf den Regenten.

„Also, was ist zu tun?", wiederholte der Prinz. „Ich erwarte eure Vorschläge!"

Es folgte betretenes Schweigen, denn keiner hatte eine Ahnung, was und wozu etwas geschehen sollte, und durch wen und womit und wann und überhaupt ...

Als erster fand sich der Wissenschaftsminister zu einer Aussage bereit. Er räusperte sich kurz, ehe er mit seiner leisen, hohen Fistelstimme umständlich zu sprechen begann. Und ausnahmsweise hörten ihm einmal alle gespannt zu.

„Es wäre ratsam, ja, um nicht zu sagen notwendig, nein, geradezu unabdingbar unter den gegebenen Umständen, die ja noch nicht im Einzelnen bekannt sind, sodass ich der Meinung bin, dass ein folgerichtiger Schluss, ehe man nichts Genaueres weiß, zu diesem Zeitpunkt ... äh ... also, dass man zuförderst bedenken sollte ...", er holte Luft ...

„Ja, was denn?", polterte der General dazwischen und ein beifälliges Gemurmel der anderen bekräftige seine Frage.

„... dass man zuerst", fuhr der alte Mann fort „alle Fakten und Informationen, Augenzeugenberichte, so vorhanden, aber auch mündliche Aussagen aus sekundären Quellen oder Artefakte vor Ort ... äh, äh ... Indizien äh ... sichtet, beziehungsweise zusammenträgt, um sich daraus ein erstes, natürlich noch vorläufiges Bild, bis auf weiteres von der Lage und diesem Drachen zu machen! Meine ich!", fügte er fast entschuldigend hinzu.

Der Bauernminister, ein richtiger Spaßvogel, gluckste: „Na, endlich hat er sein Ei gelegt!"

Ein leises Kichern ging durch die Runde, selbst der gestrenge Haushofmeister hatte Mühe sein Lächeln zu verbergen. Der Prinz erhob seine Hand, und es kehrte wieder Ruhe ein. „Gut" sagte er, „wir wollen also die Fakten zusammentragen. Nun?" – und er wies den Schreiber an, sich Notizen zu machen – „Erstens: Der Drache lebt meinen Informationen zufolge in den nördlichen Bergwäldern zum Nachbarreich."

„Nördlich," mischte sich unversehens der Astronom ein, der allerdings auch Astrologe war. „Das heißt, unter den Sternbildern des Adlers, Andromeda, Achterschiff, Becher, Delphinus, Draco, Triangulum ..."

„Ist ja gut!", stöhnte der General.

„Das könnte aber von Bedeutung sein! Wenn man nämlich den Aszendenten kennt, wären doch gewisse, wichtige Vorzeichen zu beachten, die unter Umständen ..."

„Nicht jetzt," sagte der Wissenschaftsminister, sichtlich bemüht, die unpassende Tirade seines akademischen Kollegen zu bremsen.

„Nun, wenn das nicht wichtig ist …", entgegnete der Astronom beleidigt und drehte sich zur Seite.

„Jetzt nicht!", beschied der Prinz salomonisch. „Also weiter!"

Der Handelsminister, der sich im Reich dank seiner vielen Beziehungen gut auskannte, hob die Hand, und der Prinz erteilte ihm das Wort.

„Ich bin auch dafür, dass den Informationen, über die unser allergnädigster Regent verfügt, genauer nachgegangen wird. Wo genau lebt der Drache? Wovon ernährt er sich, welche eventuellen Forderungen erhebt er …"

„Sehr richtig", ließ sich der General vernehmen, „und welche Bedrohung stellt er für die Untertanen des Reiches dar?" Er machte eine kurze Pause und blickte sich selbstbewusst zwischen den vielen auf ihn gerichteten Augenpaaren um. „Eine Aufgabe, wie geschaffen für den militärischen Erkundungsdienst. Ich verfüge über eine ausgezeichnete Spezialtruppe, hochgerüstet und motiviert für den Einsatz in Krisengebieten. Sie kann sofort aufbrechen."

„Gibt es denn überhaupt Forderungen?", warf der Kämmerer ein, ein stiller, kluger Mann mit rundem, kahlem Kopf und ebenso runder, goldfarbener Brille. „Und wenn ja, welche?", fuhr er fort. „Wieviel Gold, wenn es denn so wie meistens ist, will er haben? Ich denke, bevor wir uns auf militärische Abenteuer einlassen und den damit verbundenen enormen Kosten, ist es vielleicht vorteilhafter, den Frieden zu erkaufen!"

„Auf keinen Fall!", brauste der General auf. „Unsere nationale Ehre und territoriale Unversehrtheit sind unverkäuflich!"

Der Prinz wiegte den Kopf.

„Aber unsere Finanzen nicht unerschöpflich!", entgegnete der Kämmerer hartnäckig.

„Angesichts einer allgemeinen Bedrohung wäre es eventuell nicht verkehrt, eine Sondersteuer zu erheben. Die wäre unter den gegenwärtigen Umständen wohl auch ohne weiteres durchsetzbar!"

Das Argument zog, denn die Staatskasse war ebenso chronisch leer wie die Steuern schon hoch waren. Anerkennendes Gemurmel erfüllte den Raum.

Nur der General murrte weiter vor sich hin von ‚Krämerseelen' und ‚Strategie' und ‚Nationalgefühl'.

Schließlich hob der Prinz wieder die Hand, der Haushofmeister klopfte mit seinem Stab erneut auf den schönen Parkettboden, und der Prinz holte tief Luft.

„Wir werden also eine Erkundungskommission einsetzen", entschied er. „Aber keine militärische, wir wollen niemanden unnötig provozieren. Darum sollte es auch keine offizielle Drachenerkundung werden."

„Wie wäre es mit dem Titel einer Wirtschafts- und Handelsdelegation zur Entwicklung dieses Landesteiles", warf der Handelsminister ein. „Der Norden ist ja, wie man weiß, recht zurückgeblieben, das klänge plausibel."

Das nördliche Grenzgebiet war in der Tat relativ rückständig, dünn besiedelt und nach einer Periode der Spannungen mit dem Nachbarland, das ihm für kurze Zeit einige Aufmerksamkeit gesichert hatte, gegenwärtig wieder mehr oder minder ganz im Dornröschenschlaf versunken, beziehungsweise aus der Wahrnehmung der Reichsadministration verschwunden. Weder besaß es besondere Bedeutung als Agrarregion – dazu gaben die Böden nicht genug her – noch nannte es bis auf einige Töpfereien, Steingutproduzenten und einen mittleren Porzellanhersteller andere nennenswerten Manufakturen sein eigen.

Der Plan zur verdeckten Erkundung gefiel, wurde beschlossen und eine Kommission von fünf Personen ernannt, die sich nach erstaunlich kurzer Vorbereitung auch schon auf den Weg machte. Der Handelsminister und ein Wirtschaftsexperte waren dabei, ein Schreiber, ein Geologe, der sich aber in seiner Freizeit mehr als Literat verstand und den Abschlussbericht verfassen sollte, und der Kammerdiener des Prinzen gehörten zur Delegation.

Eben dieser Diener hatte nämlich vor einiger Zeit die Drachengeschichte von einem Heimaturlaub mitgebracht, wo sie dem Vernehmen nach der Freundin einer Schwägerin aus der weit verzweigten Familie widerfahren sein sollte. Er hatte das Gerücht seinem Herrn nur beiläufig zur Unterhaltung erzählt. Dass aber der Prinz dieses aufgriff und daraus eine solche Staatsaffäre machte, verwunderte ihn schon. Doch die Aussicht auf ein Abenteuer und eine Abwechslung von dem täglichen Einerlei und den Etiketten im Schloss sowie das unverhoffte Wiedersehen mit Familie und Freunden stimmte ihn freudig erregt, noch dazu, da er sich jetzt zusätzlich mit Titel und Funktion eines ortskundigen Führers der kleinen Truppe brüsten konnte.

Der stille Medizinalrat, ein Vertrauter des alten Königs, registrierte all diese Vorgänge aufmerksam und gab sein Wissen anschließend am Krankenbett des Königs weiter.

Nach vielstündiger Anfahrt über die grottenschlechten Verkehrswege des Nordens, die der Wirtschaftsexperte stirnrunzelnd zur Kenntnis nahm und den Schreiber anwies, eine Notiz darüber zu machen, erreichte man bei Einbruch der Dunkelheit Hinterwalden, die Haupt‚stadt' der Region, und bezog Quartier in der einzig nennenswerten Herberge des kaum siebentausend Einwohner zählenden Fleckens. Die Herberge hieß sinnvollerweise auch noch „Drachenbau", gemäß einer alten Sage aus der Gegend. Sie grenzte an die Mauern der früheren Stadtbefestigung, die bis heute noch gut erhalten war. Besonders gefiel der markante Torturm am Platz gegenüber der Herberge, der mit den anderen Fachwerkhäusern in der Runde einen malerischen Anblick bot.

Doch die Ankommenden besaßen dafür im Moment keine Augen und strebten nur ihren Quartieren zu.

Im Mittelalter genoss der Ort als Bollwerk gegen Bedrohungen aus dem Nachbarland größere Bedeutung, dann aber mit dem Frieden verlor er immer mehr an Beachtung, mit Ausnahme der erwähnten Spannungsepisode in jüngerer Zeit. Aber die lag auch schon Jahrzehnte zurück. Und deren Ende fiel zu allem Unglück auch noch mit einem Bergrutsch im hinteren Verlauf der Schattenschlucht zusammen, bei dem die alte Handelsstraße nach Norden meterhoch verschüttet worden war und den bis dahin einigermaßen florierenden Warenverkehr in und durch die Stadt völlig zum Erliegen gebracht hatte. Danach versanken der Ort und die Gegend in Bedeutungslosigkeit.

Am Abend versammelte sich die kleine Truppe zum Essen in der Schankstube der Herberge. Bis auf den Schreiber, dem die holprige Fahrt auf den Magen geschlagen war und der daher eher Hunger auf frische Luft verspürte. Man hatte verabredet, dass man bei dieser Gelegenheit schon einmal die Ohren offen halten wollte, da ja eine Gaststube seit eh und je ein guter Platz für allerlei Klatsch und Tratsch war.

Der Kammerdiener, der den heimischen Dialekt beherrschte, fing sogleich ein Gespräch mit der rundlichen Kellnerin an, als sie die Menükarte brachte.

Diese war eigentlich überflüssig, denn die Auswahl an Speisen, zwar typisch für die Gegend, war doch recht überschaubar.

Der Handelsminister genehmigte sich zum Auftakt des Abends an der Theke ein kühles Blondes, um den Staub der Reise herunter zu spülen und stellte nach dem ersten, tiefen Zug überrascht fest: „Bier brauen können sie hier! Das muss man sagen!"

Schon war das Eis gebrochen, und er tauschte mit einem Nachbarn am Tresen Freundlichkeiten und allerlei Informationen aus der Hauptstadt und der Provinz aus. Man sprach über das Wetter und die Ernte, die Verkehrswege, die so sehr zu wünschen übrigließen, sodass auch zu wenig Fremde in diese Gegend kämen. Beiläufig fragte er dann nach besonderen Ereignissen in letzter Zeit, auf die er natürlich besonders erpicht war, doch selbst nach dem dritten und vierten Bier und merklich gelöster Zunge seines Nachbarn, den er listigerweise zum Trinken eingeladen hatte, konnte er ihm keine irgendwie bedeutsamen Informationen entlocken.

Das Essen kam: Rippe, Kraut und Knödel, deftig und zünftig, und der Wirtschaftsexperte haute kräftig rein.

„Endlich mal was Reelles!", ließ er sich kauend vernehmen. „Nicht so was Pseudo-Feines, das nach nichts schmeckt und nicht satt macht!"

Und als er dann den dritten Teller davon geleert hatte, entfuhr ihm wie zur Bestätigung ein deftiger Rülpser, den der Handelsminister mit einem süffisanten Lächeln quittierte. Der Minister war in seiner Funktion schon viel herumgekommen und hatte die seltsamsten Tisch-Gepflogenheiten kennengelernt, sodass ihn nichts so schnell aus der Fassung brachte. Er schwieg vornehm trotz seiner vier vorangegangenen Halben vom guten Hinterwaldener Bier. Am Hof wusste man übrigens insgeheim zu berichten, dass einige der vorteilhaftesten Verträge, die er für das Reich im Ausland abgeschlossen hatte, nicht etwa ausgehandelt, sondern ‚ausgesoffen' worden waren mit seinen trinkfesten Handelspartnern aus den Ländern im Osten!

Der Geologe verbrachte den Abend recht schweigsam, beobachtete mit wachen Augen die kleine Truppe und noch mehr die einheimischen Gäste. Einige, zumeist ältere, trugen noch die traditionelle Tracht. Die Frauen hatten die Haare zu einem Knoten aufgesteckt und mit gestickten Bändern verziert. Hin und wieder notierte er sich etwas in ein kleines Buch und schmunzelte in sich hinein, wenn am Stammtisch in der Ecke weiter hinten wieder einmal ein zünftiger Trinkspruch losgelassen wurde.

In seinem Heimatdialekt hatte der Kammerdiener zwar noch mehrfach sein Glück bei der Kellnerin versucht, um ihr etwas Interessantes zu entlocken, doch sie war entweder völlig ahnungslos, oder sie verstand ihn völlig falsch. Sie gab ihm nämlich zu verstehen, dass sie ab Mitternacht frei habe und ebenfalls hier wohne, im Gesindetrakt gleich über den Hof und die Treppe hinauf. Woraufhin der Kammerdiener umgehend noch eine Halbe bestellte und trank und dann ziemlich rasch so betrunken wurde, dass er am Tisch fast einschlief und der Wirtschaftsexperte ihn am Arm in den ersten Stock hinaufziehen musste. Außer Sichtweite der drallen Kellnerin allerdings verschwand seine Benommenheit ebenso rasch, wie sie gekommen war, und er lief behände die zweite Treppe zu seiner Kammer hinauf.

Das Frühstück am Morgen nahm man ganz unter sich ein, kein Fremder verirrte sich um diese Jahreszeit in die Gaststube. Man kaute an den Semmeln und beratschlagte das weitere Vorgehen, da sich ja am Vorabend bei der Kontaktaufnahme mit den Einheimischen leider nichts Verwertbares ergeben hatte.

Lediglich der Schreiber wusste noch etwas von Bedeutung zu berichten. Als er bei seinem Spaziergang gestern Abend am Brunnen einen Schluck Wasser trinken wollte, hatte er ein paar Wortfetzen aufgeschnappt von einigen Frauen, die sich auf der Bank nebenan ausruhten. Von einer ‚Lisbeth‘ war da die Rede, die es ja selbst gesehen habe, da wo es auch eine ‚Hanna‘ beschrieben habe, nahe der Eishöhle, seltsam, seltsam. Und ganz verbrannt sei es damals gewesen, ein runder Fleck von zehn bis fünfzehn Schritten im Durchmesser, das könne unmöglich natürlichen Ursprungs gewesen sein. Mehr hatte er leider nicht mitbekommen, denn die Frauen waren gegangen, als sie ihn bemerkten.

Diese Information regte die Fantasie der Runde an und man beschloss, in Erfahrung zu bringen, wo dieser Ort denn sei, um ihn selbst in Augenschein nehmen zu können. Wenn es einen Drachen gäbe, dann sprach man ihm im Allgemeinen auch die Fähigkeit zu Feuer zu spucken, und die verbrannte Stelle könnte ein erster Beleg dafür sein. Also sollte der Geologe eine Erkundung durchführen, da er dank seines Berufes mit Sicherheit der richtige Mann für diesen Feldversuch sei.

Sehr glücklich sah der bei dieser Aussicht allerdings nicht aus, doch der Handelsminister beschied seine Einwände wegen möglicher Gefahren mit einem „Punktum und Schluss! Wir haben anderes zu tun.“ Und die Sache war beschlossen.

Der Kammerdiener sollte in sein Heimatdorf laufen, kaum eine halbe Stunde zu Fuß entfernt, dort seine Schwägerin und Urheberin der Geschichte auftreiben und zum Bericht mitbringen. Der Wirtschaftsexperte und der Handelsminister dagegen würden den Bürgermeister in Personalunion mit dem Bezirksverwalter von Hinterwalden und eventuell noch andere geeignete Personen einbestellen und aushorchen, alles unter dem Vorwand der Förderung von Handel und Gewerbe.

Ein ortskundiger Knecht wurde aufgetrieben, ein Esel mit allerlei Gerätschaften des Geologen beladen, und beide zogen los. Der Kammerdiener steckte sich noch rasch vom Frühstücksbuffet zwei Wurstsemmeln ein und machte sich auf die Socken. Den Wirt betraute man mit der Aufgabe, den Bürgermeister, den Rektor der Schule und den Bibliothekar sowie jemanden vom Hinterwaldener Boten in den „Drachenbau" zu zitieren. Den Referenten für Handel und Handwerk und den Stadtschreiber ließ man ebenfalls kommen – zur Verschleierung der wahren Absichten.

Die Ausbeute all dieser Aktionen war allerdings recht mager, wie sich beim gemeinsamen Abendessen herausstellte. Der Bürgermeister hatte alle Fragen nach der Wirtschaft in der Region brav beantwortet, Pläne der Gemeinde zur Ankurbelung von Handel und Wandel vorgelegt, die bisher mangels finanzieller Unterstützung durch das Reich nicht verwirklicht werden konnten, und er hoffte, dass die Kommission nun Bewegung in die Angelegenheit brächte. Auf andere, gezieltere Fragen, etwa nach besonderen Vorkommnissen, Schwierigkeiten oder außergewöhnlichen Ereignissen – der Handelsminister wand sich dabei, wägte seine Formulierungen sorgfältig ab, schlich wie die Katze um den heißen Brei herum, ehe er nochmals diskret auf sein eigentliches Anliegen zurückkam – gab der Bürgermeister aber keine Auskunft. Er schaute sein Gegenüber begriffsstutzig an und verstand nichts; er hatte keine Ahnung.

Immerhin trug am Ende der Schreiber wieder etwas zur Aufklärung bei, denn sein Kollege, der hiesige Stadtschreiber, erwähnte im Gespräch mit dem Zeitungsredakteur beiläufig die alte Sage von „Lugur, dem Feuermolch und der standhaften Adele".

Der Zeitungsmann, erst seit kurzem hier in der Redaktion, hörte ihm aufmerksam zu, der Schreiber aus der Hauptstadt ebenfalls. Und die Mär besagte: Adele, eine arme Ziegenhirtin, hätte für ihre Tiere kein Futter mehr gehabt, und keiner der reichen Bauern wollte sie auf die eigenen Weiden lassen. In ihrer Not trieb sie ihre kleine Herde dorthin, wo sich sonst kein anderer hin traute, in die Schattenschlucht nämlich, um ihre Tiere dort weiden zu lassen. In dem Tal aber hauste Lugur, der Feuermolch, in einer der vielen Höhlen des Kalksteingebirges. Der Drache erschien und wollte ihre Tiere fressen. Die standhafte Adele schrie ihn laut an und trieb ihre Ziegen fort in den Wald bis hoch hinauf auf einen Felsen. Als der Feuermolch ihr nachkam und sie in höchster Gefahr stand, verschlungen zu werden, stieß sie ihm einen dicken, verzweigten Ast gleich in beide der aufgerissenen Rachen seiner zwei Drachenköpfe, an denen der Molch erstickte. Das geschah der Sage nach auf dem heute noch zu bewundernden ‚Adelestein‘, oberhalb der Schlucht. Soweit die Ausführungen des Stadtschreibers.

Der Kammerdiener kehrte ohne die erhofften Informationen zurück. Es war ihm nicht gelungen, in seinem Heimatort seine Schwägerin Lisbeth aufzutreiben, denn die war mit einem Holzfäller aus dem Nachbarland durchgebrannt und keiner wusste, wo sie sich derzeit aufhielt. Andere Personen wie Hanna, eine ihrer Freundinnen, die ihr die Drachengeschichte mutmaßlich zuerst erzählt hatte, konnte ebenfalls nicht befragt werden, sie war unbekannt verzogen. Eine zweite Freundin sogar tödlich verunglückt; sie war beim Pilzesuchen nahe der Eishöhle von einem der Felsen abgestürzt, was allerdings wiederum Anlass zu Vermutungen gab, wie: Was sie dort oben auf dem nackten Felsen wohl gesucht hat? Oder: Warum eine so umsichtige und geschickte Person von einem Felsen einfach abstürzen konnte? Oder ob es vielleicht noch eine andere Erklärung gab, dass sie zum Beispiel vor jemandem oder etwas weggelaufen sei und deshalb den fatalen Fehltritt getan hatte? Von da aus war es natürlich nicht mehr weit bis zu dem hinter der hohlen Hand verbreiteten Gerücht, dass an der Sache mit dem Drachen etwas dran sein müsste. So ganz geheuer schien es in den Schluchten und Wäldern dort oben ja sowieso nie zu sein. – Das auffällige Interesse des Kammerdieners an den Gerüchten blieb dabei nicht unbemerkt.

Auch der Wirtschaftsexperte hatte nichts zur Erhellung beizutragen. Zwar war er nach der Bürgermeisterbefragung auf eigene Faust zu einer ‚Exploration‘ aufgebrochen, so sagte er, d. h. er hatte mittags in einem anderen Lokal der guten heimischen Küche zugesprochen, aber ebenfalls ohne informelle Ergebnisse, zumal er die ganze Angelegenheit sowieso nicht so recht ernst nahm.

Nur der Geologe kam aufgekratzt von seinem Ausflug zur Eishöhle, Schattenschlucht und dem Adelefelsen zurück und schwärmte von der wunderschönen Landschaft. Den Brandfleck mit einem verkohlten Baumgerippe hatte er oben gefunden, allerdings war der schon kaum mehr als solcher erkennbar und von jungen Trieben überwuchert. Der einheimische Knecht hatte ihm dann von sich aus noch eine weitere Besonderheit gezeigt, deren Name verheißungsvoll klang: Lugurs Fußspur, so der Volksmund. Voller Spannung war er ihm zu einer Lichtung im Wald gefolgt, wo eine durch das Gras hindurch sichtbare Felsplatte lag mit zwei merkwürdigen Vertiefungen. Sie sahen tatsächlich fast wie Fußabdrücke aus, der eine etwas deutlicher als der andere, mit drei langen Krallen und typischen Vertiefungen von den Fußballen, insgesamt etwa zwei Ellen lang und eine breit. Aber der Geologe erkannte bei näherer Betrachtung sofort, dass es sich nur um eine Laune der Natur handelte, die im weichen Kalkgestein des Öfteren kuriose Formen hervorbrachte.

Der Schreiber seinerseits erzählte den anderen wohlweislich nicht, dass er auf einem weiteren Spaziergang durch den Ort heute wieder an dem Brunnen vorbeigekommen war, der so etwas wie den Mittelpunkt der dörflichen Nachrichtenbörse darstellte. Wieder saßen dort einige Frauen und alte Männer im lebhaften Gespräch zusammen, und er hörte heraus, dass es um die Ankunft der Kommission ging und was man denn davon zu halten habe.

In einem so kleinen Städtchen blieb nichts lange geheim. Eine der Frauen von gestern Abend erkannte ihn wieder und sprach ihn deshalb an. Von Natur aus sehr neugierig beherrschte diese exzellent die Technik des Ausfragens, und bald schon waren alle anderen Anwesenden auch an dem Fragespiel beteiligt, und der Schreiber befand sich im Zentrum der Gruppe. Er fühlte sich geschmeichelt von so viel Aufmerksamkeit und verplauderte sich prompt, ließ etwas von einer geheimen Mission verlauten, über die er nicht sprechen dürfe, was natürlich die Neugier in der Runde noch mehr anstachelte.

Nach einigen Versuchsballons der Frauen, in der Absicht, noch mehr heraus zu kitzeln, kam die Sprache eher beiläufig auf die Sage vom Feuermolch. Dem Schreiber wurde plötzlich bewusst, wie weit er schon gegen seine Pflicht zur Geheimhaltung verstoßen hatte und schüttelte nur, wie er meinte, ablehnend den Kopf. Das war bereits genug! Er ahnte nicht, dass die Hauptredeführerin die Frau des öffentlichen Nachrichtenausrufers war, der seine Tätigkeit in jedem Winkel der Provinz ausübte.

Das Wochenende kam, die Kommission besichtigte die Porzellanmanufaktur sowie ein wassergetriebenes Sägewerk und besuchte am Sonntag die Kirche. Darauf wurde in dieser Gegend sehr viel Wert gelegt. Anschließend begab man sich auf eine kleine Wanderung in die vom Geologen so sehr gepriesene Schattenschlucht und zum Adelefelsen. Den Tag beschloss man mit Schinkenfleckerln und süßen Marillenknödeln zum Nachtisch.

Der Montagmorgen begann mit einem Paukenschlag. Noch ehe der Wirt des ‚Drachenbaus' den Kaffee an den Tisch brachte, legte er, sichtlich blass um die Nase, dem Handelsminister die neueste Ausgabe des ‚Hinterwaldener Boten' auf den Teller. Auf der Titelseite prangte in fetten Lettern: IST LUGUR ZURÜCK? Darunter fanden sich im Leitartikel allerlei Vermutungen und Hinweise ‚aus sicherer Quelle', dass der Regent persönlich die vor einigen Tagen in Hinterwalden angekommene Kommission entsandt habe zur Aufklärung von merkwürdigen Vorkommnissen besonderer Art ... – obwohl die bisher niemanden gekümmert hatten. Jetzt aber wurden sie alle zwingend mit der Existenz eines wie auch immer gearteten Ungeheuers in Verbindung gebracht – so suggerierte es der Zeitungsschreiber. Man roch in der fetten Druckerschwärze förmlich den Stolz und Eifer des Redakteurs heraus, einmal mit einer veritablen Sensation aufwarten zu können.

Draußen vor dem Hotel erschienen erste erregte Bürger und forderten Aufklärung von der Kommission. Der Hausknecht konnte sie nur mit Mühe vom Eindringen in die Gaststube abhalten. Auch der Wirt war ein einziges Fragezeichen auf zwei Beinen.

Die Gäste mussten erkennen, dass die Geheimhaltung ihrer Mission gründlich in die Hose gegangen und an deren weitere Fortführung nicht mehr zu denken war. Also packten sie eilig die Sachen, und ebenso plötzlich, wie sie in die Provinz eingefallen waren, reisten die Hauptstädter mit der Kutsche wieder ab, noch ehe man – zum Leidwesen des Wirtschaftsexperten und des Kammerdieners – das gute Frühstück eingenommen hatte.

Derweil brodelte in Hinterwalden auf dem Feuer, das der Drache einstmals gespien haben sollte, die Gerüchteküche, und so mancher kochte darauf sein ganz eigenes Süppchen. Der Redakteur des Hinterwaldener Boten zum Beispiel berichtete lang und brein von der verbrannten Stelle im Wald, die mitnichten auf einen banalen Blitzeinschlag zurückzuführen sei und von dem Felsensturz der jungen Frau unter Bezugnahme auf die standhafte Adele. Jeden Tag trat er ein anderes Kapitel der Sage breit und tat alles, um die Auflage möglichst hoch zu halten. Da die Berichte erstaunlicherweise auch in die Hauptstadt gelangten und dort sensationslüsterne Beachtung fanden, würzte er die Legenden mit ansehnlichen Illustrationen von Lugurs Fußabdruck und der malerischen Felsenschlucht sowie einigen nachgeschalteten Angeboten für Logis und Verpflegung bei örtlichen Gastwirten, von wo aus Neugierige die Gegend persönlich in Augenschein nehmen könnten.

Eine Gruppe ewig Gestriger im Ort hatte alsbald eine Bewegung „Rettet die Heimat" gegründet, und sie redeten sich beim guten Hinterwaldener Bier so lange in Rage, bis sie schließlich eines Tages mit selbstgefertigten Transparenten in die Hauptstadt und vor den Palast zogen, um lautstark den Schutz der bedrohten Heimat einzufordern. Dort nahm man sie zu ihrem Leidwesen nicht allzu ernst und ihnen die Transparente weg, um sie dann wieder nach Hause zu schicken.

Der General war mit seiner Einsatztruppe höchst zufrieden. Das Ganze kam ihm sowieso nicht ungelegen, denn er sah seinerseits eine Chance, im Interesse der Sicherheit des Reiches – versteht sich! – umgehend die Bewaffnung seiner Truppe mit den neuen Hinterladern zu verlangen, um möglichen Unruhen entgegentreten zu können. Ebenso forderte er als strategisch wichtig den Ausbau der Straßenverbindung nach Hinterwalden, sein altes Lieblingsprojekt, das bis dato immer an der Finanzierung gescheitert war. Jetzt wäre ja die Heimat in Gefahr, die Gelegenheit schien günstig.

Neben den „Rettet-die-Heimat"-Leuten sprach auch eine seriöse Abordnung aus der Region beim Regenten vor und bat um Aufklärung, was man angesichts der unsicheren Lage und der wirtschaftlichen Schwäche des Nordens zu unternehmen gedenke. Die Öffentlichkeit war ziemlich in Aufruhr.

Den Regenten überraschte die Entwicklung seiner Initiative einigermaßen, ebenso die eingeschlagene Stoßrichtung. Doch er war klug genug, darüber nachzudenken, wie er die allgemeine Unruhe in eine allgemeine Aufbruchsstimmung zur Entwicklung des Landes ummünzen könnte – in Projekte, die Ansehen und Fortschritt versprachen.

Als der Handelsminister nun gleichfalls den Straßenausbau nach Hinterwalden befürwortete, gab der Prinz nach und die Straße in Auftrag, und zwar gleich weiter durch die Schattenschlucht bis an die Grenze zum Nachbarland hin, um die verschüttete, alte Handelsroute wiederzubeleben – aus strategischen Gründen, wie er dem General versicherte. Aus Gründen der Staatsraison lehnte er allerdings die Anschaffung der Hinterlader ab, um den Nachbarstaat nicht zu irritieren und nutzte die freiwerdenden Geldmittel für die Finanzierung der Bauarbeiten. Der General knurrte wie ein alter Hofhund, dennoch konnte er dem von ihm selbst geforderten Projekt jetzt schlecht widersprechen.

Der ursprüngliche Anlass für diese Aktionen, nämlich die Drachengeschichte, geriet über den herrschenden Aktionismus ziemlich in Vergessenheit …

Einige Jahre nach dem Besuch der ersten Kommission erschien eine andere Kommission in der Gegend, und zwar eine Handelsdelegation aus dem Nachbarland, welche über die mittlerweile wiedereröffnete Handelsstraße eingereist war, um weitere Verbesserungen des Warenverkehrs zu besprechen. Die heimische Porzellanmanufaktur hatte schon eine Reihe von guten Geschäften im Ausland gemacht. Auch die Steingutwaren verkauften sich jenseits der Grenze hervorragend. Die Gäste waren überdies am Bezug von Holz aus den großen Wäldern des Nordens interessiert.

Der Besitzer mehrerer Sägewerke vom Flusslauf auf der anderen Seite des Gebirges nebst Gattin war zu diesem Zweck eigens mit der Abordnung erschienen. Die Delegation wohnte übrigens gleichfalls im „Drachenbau", der sich inzwischen durch den Ausbau des Gesindetraktes hinten über den Hof erheblich vergrößerte hatte.

Eben jene Gattin des Sägewerkbesitzers in der Kommission war die damals vom Kammerdiener so vergebens gesuchte Lisbeth, die Schwägerin, die mit dem vermeintlichen Holzfäller durchgebrannt war. In Wirklichkeit jedoch hatte sie zu dem Zeitpunkt ihre erste Ehe längst hinter sich, und als ihre Eltern versuchten sich ihrer erneuten Heirat in den Weg zu stellen – noch dazu mit einem Ausländer! – hatte sie beschlossen, alleine und ohne deren Segen in den Hafen der Ehe einzulaufen. Und Lisbeth traute ihren Augen nicht, als sie ihre Heimat wiedersah.

Die sonst so verschlafenen Gassen Hinterwaldens quollen am Wochenende förmlich über von Menschen. Viele Fremde aus der Hauptstadt waren zu sehen, was man unschwer an der noblen Kleidung bemerkte, aber auch Einheimische, die nicht mehr nur ihre Tracht trugen, sondern in Kleidung und Habit mit den Fremden mitzuhalten suchten.

Neue Kaufläden lockten die Fremden zum Geldausgeben. In ihnen wurden allerlei Figuren und Anhänger feilgeboten: vom Feuermolch, von Adele, der Standhaften, nebst ihren Ziegen, Schutzamulette und kleine versilberte Adelezweige, die gegen allerlei Bedrohung zu tragen wären, sowie zweiköpfige Plüschmolche für die lieben Kleinen. Das Angebot war erstaunlich.

Der Bäcker bot Drachenstriezel und Drachengebäck an sowie den „Lugurkuss", eine Art in Fett gebackener Krapfen mit zwei Ausbeulungen, die Lugurs Köpfe darstellend. Dies sei eine alte heimische Spezialität, wie der Mann versicherte, ohne dabei rot zu werden.

Auch der Stadtschreiber hatte ein Geschäft eröffnet, in dem die früher fast vergessene Drachensage im Buchdruck, in Illustrationen und auf Wanderkarten fröhliche Urstände feierte. Ebenfalls konnte man dort Fremdenführer anheuern und für das Abenteuer passende Drachenhüte und Wanderstöcke erstehen. Im Schaufenster prangte ein Plakat mit Adele in voller Drachenstich-Aktion und der Ankündigung, dass der diesjährige Drachenstich am Sonntag pünktlich um drei Uhr nachmittags auf dem Platz vor dem Nordtor stattfände; Billetts seien im Laden käuflich zu erwerben.

Durch den Geruch des Geheimnisses und den Straßenbau war die schöne Hinterwaldener Region vor einiger Zeit in der Hauptstadt ins Gerede gekommen. Zuerst nur bei politisch Interessierten, dann in den Kaffeekränzchen und feinen Salons und schließlich überall in den Gassen. Ebenso waren auch die Natur und Ausflüge auf das Land seit kurzem letzter Schrei der Mode. Den Norden konnte man jetzt besser erreichen, so zog man die Gegend immer häufiger als Sommerfrische in Betracht. Alsbald galt in der feinen Gesellschaft, dass jeder, der etwas auf sich hielt, sie höchsteigen entdeckt haben musste. Wer konnte, leistete sich nicht nur einen Aufenthalt im Hinterwaldener Land, sondern gleich ein Landhaus, weil ein wichtiger Würdenträger damit den Anfang gemacht hatte.

Die Hinterwaldener ihrerseits erkannten rasch die Chancen der unerwarteten Popularität. Sie vermieteten Quartiere, verkauften Selbsteingekochtes, fertigten in Heimarbeit Andenken und Mitbringsel, was jetzt sogar im Winter für Beschäftigung und Einkommens sorgte. Bald bevölkerten ganze Armeen von Feuermolchen die Schaufenster der neuen Läden für die Städter: in Porzellan, Ton, Steingut oder Stoff, als Trinkgefäß, Vase oder Glücksbringer. Das Gleiche noch einmal von Adele mit oder ohne Ziegenherde oder als ausgeklappte Pappfigur in einem Bilderbuch, den gegabelten Ast in der erhobenen Hand, im Kampf mit dem Papp-Drachen.

Als neugierige Reporter den Bürgermeister einmal interviewten und den Wahrheitsgehalt des Drachengerüchts hinterfragten, verwies der nur listig auf die alte Sage vom Feuermolch, ohne das Gerücht nachdrücklich zu dementieren. Ein gefundenes Fressen für die Klatschspalten und die gelangweilten Hauptstädter. Der Strom der Besucher wuchs.

Für die Sommerfrischler war mittlerweile ein Ausflug zu Lugurs Fußspuren und der Eishöhle obligatorisch. Hin und wieder wurde die Höhle sogar mit Fackeln illuminiert. Inzwischen hieß sie werbewirksam „Drachenhöhle".

Der Geologe quittierte seinen Dienst bei Hofe und blieb wegen der landschaftlichen Schönheit des Kalkgebirges gleich dort. Der Rektor und hiesige Bibliothekar machte einen Herzenswunsch wahr und eröffnete ein Heimatmuseum, in dem historische Illustrationen der Sage, alte Bauerngerätschaften, aber auch ein veritabler Drachenzahn (unbekannter Herkunft!) ausgestellt waren. Die szenische Darstellung von Adeles Tat fand einmal im Sommer während des alsbald ins Leben gerufenen Drachenfestes statt – zur Freude des Wirts vom „Drachenbau" direkt gegenüber seinem Etablissement, das sich übrigens seit dem Umbau „Hotel" nannte.

Drachenfest und Historienspiel wiederum gingen auf den Erfindungsreichtum des rührigen Stadtschreibers zurück, nun auch Fremdenverkehrsreferent der Stadt. In seinem Auftrag wurde eigens das Drama von einem Neubürger verfasst: niemand anderem als dem Geologen und Hobbyliteraten. Und unter dessen Regie wirkte dann auch fast die halbe Gemeinde mit: als Jungfrau mit den Ziegen, als Bauern und Reiter, Feuerwerker und Garderobieren. Oder als jugendlicher Held und Ehrenretter der Jungfrau. Das gab die Sage zwar nicht her, aber so viel dichterische Freiheit musste sein. Zum Höhepunkt des Spektakels schoben vier junge Burschen versteckt unter der überhängenden ‚Drachenhaut' den Leiterwagen mit dem zweiköpfigen Drachen in die Platzmitte, wo ihn die mutige Adele mit ihrem Drachenstich spektakulär erledigte. Die Burschen unter der Plane betätigten eine Vorrichtung, der Drache ließ dekorativ seine zwei Köpfe hängen, und auf seinem Rücken explodierten einige Feuerwerkskörper. Adele umarmte ihren Helden und alle Damen schluchzten ergriffen. Beim dritten Jahrestag des Drachenstichs weilte sogar der junge König vor Ort!

Der Vater des Regenten, der alte König, hatte nach längerer Zeit doch glücklich das Krankenbett verlassen können und war im Begriff, auf den Thron zurückzukehren. Bei dieser Gelegenheit gestand ihm sein Sohn, dass er das ganze Drachengerücht nur als Vorwand benutzt hatte, um den Thronrat aus seiner Trägheit aufzurütteln. Dass unerwartet daraus ein Aufbruch für das ganze Land entstanden war, entsprach ursprünglich nicht seinem Plan. Der König quittierte die Geschichte höchst amüsiert mit einem aufmunternden Schulterklopfen, und da er sich in der Zeit der Rekonvaleszenz schon sehr an den gemütlichen Tageslauf eines Rentiers gewöhnt hatte, meinte er, der Sohn sei alt und reif genug, das Land weiter zu regieren, und trat zurück. Sein Freund, der alte Medizinalrat, war sehr zufrieden mit ihm.

Bleibt zum Schluss noch zu erwähnen, dass Lisbeth, die Sägewerksgattin, natürlich die Umstände des Aufbruchs in ihrer Heimat mitbekommen hatte und ihrem ehemaligen Schwager, dem Kammerdiener einen Brief zukommen ließ.

Sie schrieb: Hanna, ihre Freundin, wäre vor Jahren einmal im Wald von einem heftigen, trockenen Gewitter überrascht worden und hätte nach einem Blitzeinschlag ganz in ihrer Nähe in einer Höhle Zuflucht gesucht, während draußen ein kleiner Brand um einen getroffenen Baum und einen Reisighaufen darunter entstanden wäre. Der einsetzende Regen hätte das aber bald geregelt. Nur hätte sie in der Höhle einige schlafende Fledermäuse gestört, die fast wie ein Schwarm kleiner Drachen aus der Höhle gestoben wären, gut passend zu Blitz und Feuer in der Natur draußen, wie sie scherzhafterweise formulierte.

Die besagte Freundin erzählte die Geschichte natürlich sofort weiter, nicht nur ihr, sondern auch der nächsten Freundin, und so weiter und so fort … und mit der Zeit fielen „scherzweise", „klein" oder „fast wie" unter den Tisch – übrig blieb nur: der „Drache"! Und der passte gut zu der alten, fast vergessenen Lugur-Sage, besonders, wenn in einem Landstrich wie diesem sonst wenig los war und man sich mit derlei Schauer-Erzählungen wichtig machen konnte.

Die Hinterwaldener allerdings lieben ihren „Lugur" sehr – heute mehr denn je. Und das aus gutem Grund.

Lisa und der Flederwusch

Lisa war Rentnerin, so um die siebzig Jahre, aber dafür sah sie noch blendend aus. Sie lebte in einer hübschen Vierzimmerwohnung, die viel zu groß für sie war, seitdem ihre Kinder ausgezogen und Friedhelm, ihr Mann, vor vier Jahren plötzlich gestorben war. Sie hatte ihn sehr geliebt. Er muss auch ein außergewöhnlicher Mensch gewesen sein, sonst hätte sie ihn wohl kaum mit knapp zwanzig als blutjunge Studentin geheiratet. Damals studierte sie Kunstgeschichte, er war Dozent an der Uni. Sie hatten sich gesehen und den Blick nicht mehr voneinander lassen können. Das geschah in der ersten Vorlesung im zweiten Semester, eine ganze Zeit bevor er seine Lehrtätigkeit aufgab, um nur noch zu schreiben, womit er auch ziemlich bekannt wurde. Sie habe ihn dazu inspiriert, erzählte er gerne: Sie sei wie eine Traumfee, wie ein bunter exotischer Schmetterling in sein Leben gegaukelt, und alles, was er vorher in Büchern studiert, in Bildern bewundert und in den Fantasien anderer nachempfunden habe, sei plötzlich lebendige Wahrheit geworden. Nicht dass ihre Ehe eine einzige Harmonie gewesen wäre, dazu waren beide viel zu impulsiv, zu selbstständig und voller Ideen, aber die Faszination vom anderen war viel zu groß, als dass eine Meinungsverschiedenheit sie lange hätte stören können. Und sie hielt ihr Leben lang an.

Lisa war Kunsterzieherin geworden, ein Beruf, in dem sie aufging. Von ihren Schülern wurde sie sehr verehrt. Die üblichen Schwierigkeiten eines Lehrers blieben ihr weitgehend erspart, dafür war sie zu inspirierend und liebenswürdig. Und sollte es den einen oder anderen Rabauken unter den Schülern gegeben haben, so wurde er meistens von den Mitschülern selbst zur Raison gebracht. Deshalb hatte sie auch gerne bis zum Datum ihrer regulären Pensionierung gearbeitet.

Als ihr Mann starb, fiel sie in ein tiefes Loch. Abends hatte er nicht schlafen können, wie zuletzt des Öfteren und wollte noch etwas im Sessel sitzen bleiben und lesen. Am Morgen saß er noch immer dort, die Brille etwas zur Seite gerutscht, das Buch war aus den Händen zu Boden geglitten und die Stehlampe brannte. Ein schöner Tod. Und ein Schock für sie, wenngleich sie sich immer wieder sagte, dass es für ihn eine Gnade gewesen wäre und sie ihm diese von Herzen gönnte. Trotzdem vermisste sie ihn unendlich.

Ihre Kinder kümmerten sich hingebungsvoll um sie, dafür war sie ihnen auch sehr dankbar. Beide waren längst verheiratet, wenn auch die Enkel auf sich warten ließen. Sandra, die ältere, wohnte nach dem Tod des Vaters sogar eine Zeit lang bei ihr. Aber die Leere blieb. Wie in Trance verrichtete sie ihre Arbeiten im Haus und bei der Tafel, wo sie ehrenamtlich Lebensmittel ausgab, sowie bei einer Gruppe von Jugendlichen, die unbegleitet als Flüchtlinge ins Land gekommen waren. Viele von ihnen hatten noch nie in ihrem Leben etwas mit Kunst zu tun gehabt und eigentlich nur auf leichten Druck einer Sozialarbeiterin zu ihr gefunden. Doch die Sozialarbeiterin war eine alte Bekannte von Lisa, deren Kinder selbst bei ihr zur Schule gegangen waren, und so wusste sie, dass Lisa begeistern und überzeugen konnte. Das war so weit auch alles ganz schön und gut, lief erfolgversprechend, eine willkommene Ablenkung, doch kein Ersatz für ihren Verlust.

Zu Hause ertappte sie sich bisweilen dabei, dass sie mit ihrem Friedhelm sprach, was sie teils tröstete, teils belustigte, weil sie es nun auch tat, wie die sonst belächelten alten Leute eben. Bei der wenig geliebten Hausarbeit redete sie bald mit allem, was sie umgab: dem Putzeimer oder dem Staubsauger, wenn der wieder einmal voll war, gerade wenn sie anfangen wollte zu saugen. Oder dem ‚Flederwusch‘, so nannte sie ihren Staubwedel mit den Straußenfedern, den sie häufig in Gebrauch hatte. Es standen auch zu viele Objekte bei ihr herum, viele selbst hergestellte oder eigens aus diversen Urlauben von überall auf der Welt mitgebrachte. Friedhelm und sie hatten häufig Reisen unternommen, mit Vorliebe in ganz fremde Länder und Kulturen. Von dort stammten die Buddhas, elefantenköpfigen Ganeshas, Phra nam Quacks aus Hinterindien, die Göttin, die mit dem Handrücken nach oben zu sich herzuwinken schien, oder Gott Indra auf dem Pferd sowie die aus schwarzem Ebenholz geschnitzten afrikanischen Figuren. Alle wollten abgestaubt werden, ebenso wie ihre eigenen Arbeiten. Die waren meist abstrakt, aber mit ganz eigenen, besonderen Rundungen und Kurven, die an lebendige Strukturen erinnerten. Ihre Wohnung war vollgestopft davon und begeisterte jeden Besucher. Und der ‚Flederwusch‘ trat ständig in Aktion. Früher war das meist Sandras Aufgabe gewesen, denn ihr Vater hatte immer darauf bestanden, dass die Kinder ihrer Mutter bei irgendetwas im Haushalt halfen und sich nicht nur bedienen ließen. Und da er selbst mit gutem Beispiel voranging, gab es darüber auch keine Diskussionen.

Jetzt schimpfte Lisa häufiger mit ihrem gefiederten Staubfänger, weil er ein Eigenleben zu führen schien. Er war nie da, wo sie ihn vermutete, auch wenn sie ganz sicher war, ihn an der betreffenden Stelle abgelegt zu haben. Dafür stand er manchmal am späten Nachmittag, wenn sie von ihrer Arbeit mit den Jugendlichen nach Hause kam, plötzlich im Flur direkt in ihrem

Blickfeld, sobald sie die Tür öffnete. Es sah so aus, als hätte er auf sie gewartet. Allmählich wurde er so etwas wie ihr Beichtvater. Sie erzählte ihm von ihren Gefühlen, Erlebnissen, von den Hoffnungen und Fragen, und ob es denn nie aufhören würde mit ihrem Kummer.

Nach und nach fing sie wieder mit ihren künstlerischen Arbeiten an, und es entstanden ganz neue Gebilde, mehr dynamisch, mit kühnerem Schwunge, wie Stein- oder Ton-gewordene Frage- oder Ausrufezeichen. Sie gefielen ihr selbst, und sie befragte ihren Flederwusch, was er dazu meine, so wie sie früher Friedhelm befragt hatte. Der antwortete ganz wie ihr Mann mit leichtem Spott, dass die Hormone bei ihr jetzt in Gips oder Marmor Purzelbäume schlagen würden. Sie erwiderte spitz, dass sie das auch professoralen Bücherwürmern noch beibringen könne. Und sie lachte in sich hinein, weil sie sich vorstellte, wie ihr Friedhelm sie bei einer solchen Antwort geschnappt und in der Luft herumgewirbelt hätte. Das half für den Moment. Trotzdem kamen die unerwünschten Stunden immer wieder mit der gleichen Frage: Warum ich?

Bei der Tafel traf sie an den Ausgabetagen jetzt immer öfter Menschen, die nicht so aussahen, als ob sie schon immer bedürftig gewesen wären. Einige wirkten schüchtern oder verlegen, weil sie dort anstehen mussten. Aber die Not schien sich ungebremst weiter auszubreiten. Mit einem Spanier kam sie einmal gegen Ende der Ausgabezeit ins Gespräch. Er mochte etwa gleichaltrig sein wie sie, wirkte im Gegensatz zu einigen anderen in seiner abgewetzten Kleidung doch gepflegt und strahlte etwas Besonderes aus. Es war seine Haltung, die sie zuerst ansprach. Er lehnte leicht an dem Ausgabetisch, als trüge er eine unsichtbare Last, der er aber stumm zu trotzen schien.

Nachdem sie einige Worte gewechselt hatten, ergab sich der Wunsch, ihre anfangs beiläufige Unterhaltung nach dem Schließen der Ausgabestelle in einem Café in der Nähe fortzusetzen. Bald stellte sich heraus, dass Ernesto, so stellte er sich vor, auch ein Künstler war, Autodidakt und vor einigen Jahren noch ein gefragter Maler. Vor Jahrzehnten war er einmal für eine Saison als Gastarbeiter nach Deutschland gekommen und dann geblieben. Durch die zufällige Bekanntschaft mit einem namhaften Maler hatte er selbst zur Malerei gefunden und die anfängliche Liebhaberei zu seinem Hauptberuf ausgebaut. Aber wie so viele Künstler hatte auch er in der Zeit seiner Erfolge nicht genügend an die Alterssicherung gedacht. Und als seine Frau erkrankte und er sie lange selbst pflegte bis zu ihrem Tode vor mehr als drei Jahren, gingen das Haus und alle Ersparnisse drauf. Gemalt hatte er seitdem auch nicht mehr, er fühlte sich ausgebrannt und leer. Lisa konnte ihn nur zu gut verstehen.

Zu Hause sprach sie darüber mit ihrem Flederwusch, dem stummen Vertrauten. Der entgegnete etwas anzüglich, der Spanier gefiele ihr wohl. Sie wischte diese Vorstellung unwirsch beiseite. Trotzdem kreisten ihre Gedanken immer wieder einmal um diesen Mann, wie sie sich selbstkritisch eingestehen musste.

An den nächsten Ausgabetagen kam Ernesto regelmäßig zur Tafel, und es wurde zu ihrer Gewohnheit, dass sie hinterher noch einen Kaffee zusammen tranken. Er erzählte, dass ihn eigentlich nichts mehr hier hielte. Kinder hätte er nicht, seine Frau wäre am Meer aufgewachsen und hätte ein Seebegräbnis gewünscht, so wäre es auch geschehen. Was wollte er also noch hier? In Spanien besäße sein kleiner Bruder eine ebenso kleine Hazienda, und er habe ihn schon öfters eingeladen zurückzukommen. Doch dazu könne er sich bis jetzt nicht aufraffen. Nach so vielen Jahren als Bettler heimzukehren, verbot ihm sein Stolz.

Eines Tages erschien Ernesto nicht zur Tafel und dann ein weiteres Mal nicht, und Lisa wurde plötzlich bewusst, wie sehr sie mittlerweile diese Tage herbeigewünscht hatte. Sie stellte Erkundigungen über ihm an, was aufgrund seiner relativen Bekanntheit in der Kunstszene gar nicht so schwerfiel. Man wusste dort nur, dass er nicht mehr aktiv war, ausgebrannt und abgetaucht, wie man vermutete. Lisa machte seine Adresse ohne Schwierigkeiten in einem nicht sonderlich begehrten Stadtteil ausfindig, war sich aber nicht schlüssig, was sie damit anfangen wollte.

Der Flederwusch wusste es. ‚Wenn du dir schon so viel Mühe gegeben hast, dann liegt dir etwas an diesem Ernesto. Und wenn dir etwas an ihm liegt, dann unternimm etwas. So jung bist du auch nicht mehr, dass du dich lange zieren könnest. Was hast du schon zu verlieren?‘

Er hatte recht, das sagte auch Friedhelm, mit dem sie in Gedanken gesprochen hatte. ‚Mach was daraus, ich bin ja bei dir, was soll schon geschehen?‘

Trotzdem pochte der Puls in ihren Schläfen, als sie in ihrem apricot-farbenen Kostümchen, das ihre sportliche Figur wie die einer Dreißigjährigen aussehen ließ, Ernestos Klingelknopf an der Haustür eines in die Jahre gekommenen Wohnblocks drückte. Zu ihrer Überraschung summte der Türöffner ziemlich rasch und unterbrach ihr Gedankenkarussell; sie trat in den Flur.

Oben öffnete Ernesto und blickte sie sprachlos an. Ob es nur Erstaunen oder Erschrecken oder Freude oder eine gewisse Ängstlichkeit war, blieb ungewiss. Erst als sie ihn so leichthin wie es ihr möglich war, ansprach, bat er sie etwas verlegen herein.

Er lebte in einer mehr als bescheidenen kleinen Wohnung, vollgehängt mit seinen Bildern, die auch noch neben dem Schreibtisch, im Flur und hinter dem Fernseher standen. Es wirkte nicht sonderlich aufgeräumt bei ihm, wofür er sich sofort entschuldigte. Das wäre sonst nicht seine Art, aber er hätte sich in der letzten Zeit nicht recht wohl gefühlt und zwei Arzttermine gehabt. Damit war die erste Verlegenheit überwunden und das Gespräch im Gange. Keine gewöhnliche Krankheit, nein, er wäre eigentlich völlig gesund. Nur die Mutlosigkeit und eine fehlende Zukunftsperspektive hätten ihm zuletzt so zugesetzt, dass er die Hilfe eines Psychologen in Anspruch genommen hätte.

Es wurde noch ein wunderbarer Nachmittag. Sie betrachteten seine Bilder, die man vielleicht einem ‚fantastischen Realismus‘ zurechnen könnte, er erklärte und wurde dabei immer lebhafter, und sie genoss es: seine Kunst und seine Gegenwart und den Nachmittag. Man beschloss, die triste Wohnung zu verlassen für einen Spaziergang im nahen Stadtpark. Für einen Apriltag war er sehr belebt wegen des schönen Wetters und in der „Vitrine“, dem Ausflugslokal an der großen Wiese, verflog die Zeit. Sie hatten so viel zu reden, dass sie erst gegen Abend überrascht feststellten, wie spät es geworden war.

Als Ernesto beim nächsten Mal zur Tafel kam, berichtete er, dass er seit Jahren zum ersten Mal wieder gemalt hätte, und dass es sich anfühle, als ob ein Knoten geplatzt wäre. Etwas wäre von ihr ausgegangen, das er unmöglich beschreiben könne. Aber nicht mehr missen möchte, fügte er leiser hinzu. Lisa wurde es warm im Gesicht.

In der folgenden Woche hatte Lisa zwei Behördengänge und etliche Besorgungen zu machen. Das war zwar lästig, lenkte aber von dem, was sie da in sich aufsteigen fühlte, erst einmal ab. An einem der folgenden Ausgabetage schien Ernesto sehr wortkarg. Auf ihre direkte Frage, ob etwas passiert sei oder was ihn denn beschäftige oder bedrücke, rückte er zögerlich heraus: Er hätte nachgedacht. Vielleicht wäre das Licht zum Malen in Spanien doch schöner als hier, und das Angebot seines Bruders stünde ja immer noch. Die Worte schienen ihm nicht leicht zu fallen. Nach einer weiteren Pause und ein, zwei Ansätzen zum Reden meinte er so betont beiläufig: Wo Platz für einen wäre, gäbe es sicherlich auch noch eine Nische für einen zweiten Menschen. Er blickte kurz hoch. Lisa schwieg überrascht. Nach einer kleinen Pause meinte er, er habe heute noch einen Termin und ging.

Lisa haderte zu Hause mit ihrem Flederwusch: Warum hatte er sie bloß zu diesem ersten Treffen ermutigt, jetzt sei sie total durcheinander, ihr ganzes, in vier Jahren wieder mühsam aufgebautes Gleichgewicht wäre dahin.

Draußen dämmerte es bereits, und der letzte Apriltag ging zu Ende. Die Schatten krochen die Zimmerwände hinauf, doch sie schaltete das Licht nicht ein. Die Gedanken rollten wie Kegelkugeln, die sich selbstständig gemacht hatten, in ihrem Kopf hin und her. Sie sah eine helle spanische Sonne, die Bruchsteine eines kleinen Bauerngehöfts, den Ton auf ihrem Arbeitstisch unter einem schattigen Schilfdach und nebenan eine Staffelei, hinter der ab und zu ein voller, grauer Schopf zum Vorschein kam, wenn Ernesto wieder einmal drei Schritte zurückging, um seine Arbeit zu kontrollieren. Das Zirpen von unzähligen Zikaden schwirrte durch die Luft und etwas weiter entfernt hinter einer Hügelkette würde später die Sonne untergehen, rascher als zu Hause, dafür aber einen warmen, sanften und erholsamen Abend hinterlassend. Dann war es ganz dunkel im Zimmer, nur die entfernten Lichtreflexe der am Garten vorbeifahrenden Autos zogen quer durch den Raum. Dreißigster April, dachte Lisa, Walpurgisnacht!

Der Flederwusch stand dunkel in der Ecke zum Flur, wie eine gespenstische Figur. Nein, er stand nicht nur da, er *wartete*, eine einzige Aufforderung an sie, das sah sie deutlich. Und sie dachte: ,Was, wenn ich mich jetzt auf ihn setzte, flöge er dann mit mir zu den Hexen auf den Brocken? Oder vielleicht weiter in den Süden? Zu einer kleinen Hazienda mit einem schattigen Schilfunterstand und einer Staffelei nebst Maler?'

Sie sei wohl Hals über Kopf in den Süden gezogen, vielleicht des Klimas wegen. Sie könne sich das ja leisten bei zwei Pensionen und den Tantiemen, die sie bezöge, so hieß es in ihrem Bekanntenkreis. Ihr Kleiner – von einem Meter neunzig, aber so ist das eben mit den ,Kleinen', sie bleiben es ihr Leben lang – Marcus besuchte sie ein Vierteljahr später auf der Farm in Galizien im Norden Spaniens und war von der Landschaft restlos begeistert. Und der bärtige Maler, mit dem er und seine Mutter die Abende beim Wein verbrachten, sei ein richtig cooler Typ, so berichtete er seiner Schwester. Die wollte, sobald ihr Baby da wäre (!), mit ihrem Mann unbedingt zu Besuch kommen.

Der Flederwusch übrigens ist verschwunden. Sandra wollte ihn bei der Wohnungsauflösung von ihrer Mutter haben, denn es hingen so einige Erinnerungen daran. Beide suchten sie ihn – lange und überall, aber vergebens.

Herr Donnerstag und Maos Ruf

Herr Donnerstag lag eingerollt in seinem Bananenkarton und hob nicht einmal ein Augenlid, als jemand vorbeiging, denn es war ja zurzeit alles in Ordnung. Genügend Futter im Bauch, kein Fremder, der ihm sein Revier streitig machen wollte und den Schritt dessen, der da gerade passierte, kannte er auch – also nichts, wofür es angezeigt gewesen wäre, eine überflüssige Bewegung zu riskieren. Und tagsüber lohnte es sich auch nicht, auf die Jagd zu gehen oder die Umgebung unsicher zu machen. Abends war das schon etwas anderes. Wenn dann eine bekannte Autotür klappte, deren Ton für ihn unverkennbar war, und die Bewegungssensoren die Lichter hinter der Gartentür einschalteten, war das ein Signal für ihn, dass es nun an der Zeit sei, die heimkehrende Herrschaft zu empfangen und sie auch daran zu erinnern, den Napf wieder aufzufüllen. Seine Aufforderung mit dem lang gezogenen „Morrau" verstand diese schon ganz gut, auf dem Gebiet hatte sich die Erziehungsarbeit bereits gelohnt. Was den Schlafplatz anging, war man sich auch einig. Sie, die Dame des Hauses, wollte nun einmal nicht, dass er ins Haus kam und hatte ihm dafür unter der weitläufigen Terrassenüberdachung etwas erhöht neben dem Pfotenmanikürebaum einen Bananenkarton hingestellt, der teilweise sogar überdacht und mit einer Isoliermatte ausgeschlagen war. Darin lag man einerseits recht geschützt, hatte andererseits aber keinerlei Einschränkung der persönlichen Bewegungsfreiheit hinzunehmen. Selbst im Winter konnte man Dank des dicken Winterpelzes dort bequem ruhen und leicht auf das bisschen Mehr an Wärme, die das Haus zu bieten gehabt hätte, verzichten.

Diese Idylle änderte sich schlagartig mit dem Einzug einer neuen Herrschaft im Nachbarhaus und damit verbunden dem Auftauchen eines schwarz-weiß geflecktena Art- und Geschlechtsgenossen. „Mutzi", so wurde er gerufen, aber die verniedlichende Anrede täuschte nicht darüber hinweg, dass er ein ausgemachter Satansbraten war, wie Herr Donnerstag bald feststellen musste. Nicht nur, dass der Neue wie selbstverständlich in fremde Reviere eindrang und es heftiger Gegenwehr bedurfte, die eigenen Ansprüche zu bewahren, nein, er hatte auch keinerlei Respekt vor dem Eigentum anderer in deren engerer Wohnumgebung und missachtete die angebrachten Grenzmarkierungen. Und sollte man sich einmal, wie bei der eigenen freien Lebensweise üblich, von seinem Futter wegbewegen, machte sich der Gefleckte sogar darüber her.

Nun war Herr Donnerstag von Hause aus ein eher zurückhaltender Charakter, sodass er sich zunächst sagte, alles werde sich mit der Zeit wieder einspielen, weil der Neue die Regeln erst kennenlernen musste, um sie zu respektieren. Donnerstag ging also weiterhin seinen gewohnten Beschäftigungen nach, besuchte die Nachbargärten, die Wiesen und die angrenzenden Felder, von denen er gelegentlich seiner Herrschaft ein kleines Geschenk mitbrachte als Anerkennung für ihre doch recht anhängliche und fürsorgliche Art. Leider begriffen diese die Geste nicht so ganz. Die weibliche Herrschaft quittierte die Gabe manchmal mit einem langen „Iiihh!" in Verkennung der Tatsache, dass er sich doch manchmal richtig hatte bemühen müssen, das Kaninchen oder den Vogel zu überlisten. Hier war bei der Dame wohl noch Aufklärungsarbeit angesagt.

Gelegentlich versuchte er, die Herrschaft mit einfacheren Übungen an das Thema heranzuführen, wenn er ihr zu deren Verrichtungen in den Garten folgte. Im Vorbeigehen angelte er sich dann einen der kleinen, dunklen Fische aus dem Teich und verzehrte ihn demonstrativ vor ihr. Die weibliche Herrschaft, die den einsamen Koi im Teich und die zwei anderen gepanzerten, uninteressanten und trägen Teichbewohner gelegentlich mit Katzenfutter fütterte, hegte zwar für die kleinen, schwimmenden Leckerbissen keine Sympathie, trotzdem wendete sie sich stets entsetzt von ihm ab, wenn er an seinem kleinen Snack kaute. Er dagegen nahm ihr übel, dass sie Teile der ihm zustehenden Mahlzeiten für die Fische verschwendete und versuchte, sie durch seine unübersehbare Anwesenheit von der Unrechtmäßigkeit ihres Handelns zu überzeugen. Auch hier war wohl noch weitere Schulungsarbeit zu leisten.

Die männliche Herrschaft schien da einsichtiger zu sein und teilte ihm einen gebührenden Anteil zu, wenn sie gelegentlich die Aufgabe übernahm, den etwas unintelligenten schwimmenden Krabbeltieren mittels einer langen Gabel darauf aufgespießte Fleischstückchen zu reichen.

Auf den gefleckten Konkurrenten von nebenan war Herr Donnerstag allerdings schon bald ziemlich sauer, weil der sich nicht eingewöhnte und seine Bequemlichkeit ständig störte. Er dachte über Abhilfe nach, doch war er wegen seines nicht mehr ganz jugendlichen Alters zu besonnen, um irgendetwas zu unternehmen, dessen Folgen er nicht genauestens absehen konnte. Und so verlegte er sich vorerst darauf, die Gewohnheiten seines Kontrahenten zu studieren.

Bald wusste er, dass „Mutzi" von seiner weiblichen Herrschaft frische Leber zum Frühstück bekam und die männliche Herrschaft damit absolut nicht einverstanden war. „Ein Tier bleibt ein Tier!", schimpfte er. „Hättest du Kinder gewollt, dann müsstest du das Vieh nicht so verwöhnen!" Er wusste auch, dass der Mann viel lieber einen Hund gehabt hätte, denn er versuchte andauernd dem „Mutzi" mit Befehlen etwas beizubringen, natürlich erfolglos.

Hin und wieder machte Herr Donnerstag der Damenwelt in der Nachbarschaft seine Aufwartung. Zwar war sie von seiner Anwesenheit nicht sehr angeregt, weil ihm leider schon im jugendlichen Alter ein wichtiges Attribut seiner Männlichkeit abhandengekommen war. Trotzdem genoss er die Abwechslung, denn er fühlte sich trotz seines Mankos noch immer zum anderen Geschlecht hingezogen. Manchmal waren seine Besuche auch nur höflicher Natur, eine Pflicht, um das Andenken eines Artgenossen oder einer Artgenossin zu ehren, die in Verkennung der vorhandenen Realitäten die Straße unbedingt zu einem nur ihr oder ihm genehmen Zeitpunkt hatten überqueren wollen – mit fatalen Folgen.

Bei aller Friedfertigkeit und stoischen Ruhe, die Herr Donnerstag normalerweise an den Tag legte, der neue Nachbar ließ ihm keine Ruhe. Jung, frech und unbedarft war er ihm noch dazu körperlich überlegen und spielte diese Eigenschaft schamlos aus. So stand dieser einige Male, als er von seinen Ausflügen zurückkehrte, unter seinem erhöht platzierten Schlafplatz und machte sich schon wieder über die sorgfältig aufgesparten Reste seiner Morgenmahlzeit her. Herrn Donnerstag sträubte sich das Fell bei so viel Unverfrorenheit, und er schoss mit dem giftigsten Laut, den er hervorzubringen imstande war, auf ihn zu. Doch anstatt rasch das Weite zu suchen, wendete der andere sich ihm zum Angriff entgegen, und schon waren sie in eine handfeste Schlägerei verwickelt, dass die Krallen nur so flogen. Nur durch das plötzliche Auftauchen der weiblichen Herrschaft, welche laut schimpfend den Fremdling vertrieb, blieb er bei dem Kampf von Blessuren einigermaßen verschont, abgesehen von einem leicht ausgefransten Ohr. Das schmerzte wohl, doch bei weitem nicht so sehr wie die Tatsache, dass er den Eindringling nicht selbst hatte vertreiben können, wie er es von früher her gewohnt war.

Und diese Episode blieb nicht die einzige. Auf den hölzernen Zaunelementen, die den heimischen Garten von dem Nachbargrundstück trennten, ließ es sich immer vortrefflich flanieren. Herr Donnerstag genoss den Aus- und Überblick von dort oben und gleichzeitig die anerkennenden Blicke seiner Herrschaft, wenn er so mühelos auf seinem nur wenige Zentimeter breiten Holzsteg entlang lief.

Nun aber stolzierte der Gefleckte ebenfalls dort oben entlang und weitete sein Revier skrupellos in das Herrn Donnerstag angestammte Territorium aus. Zwecklos, ihm von der anderen Seite entgegentreten zu wollen, denn wenn er dazu Anstalten machte, war sein Gegner mit einem mühelosen Satz schon auf dem Dach des Gartenhäuschens nebenan und trollte sich seelenruhig in Richtung der angrenzenden Felder. Das geschah nicht nur einmal, sondern mittlerweile regelmäßig, jedoch nur, wenn er nicht nahe genug dran war, um einschreiten zu können. Herr Donnerstag fühlte sich mit Absicht verhöhnt und bemerkte, wie sich jedes Mal nicht nur die Haare in seinem Nacken sträubten, sondern auch in seinem Magen – sofern er dort ein Fell hatte – oder was sich dort sonst sträuben mochte.

Es half ihm auch nichts, dass an einem Sommernachmittag seine weibliche Herrschaft den Gefleckten oben auf dem Zaun erblickte und heftig herunter scheuchte, sodass sich dieser mit einem Sprung zurück in seinen Garten rettete, dort aber offenbar auf dem Kaffeetisch seiner Herrschaft landete. Worauf ein ziemliches Gezeter jenseits des Zaunes einsetzte und die männliche Herrschaft dem Schwarz-Weißen mit wütender Beschimpfung irgendetwas hinterherwarf, das sein Ziel allerdings verfehlte und laut klirrend irgendwo zu Bruch ging. Woraufhin wiederum die weibliche Herrschaft in Gekeife ausbrach und ein ansehnlicher Ehestreit entstand.

Nein, auch das besänftigte Herrn Donnerstag nicht wirklich. Zu tief waren bereits die Verletzungen seiner freien Seele, und er sann auf Rache. Herr Donnertag studierte daher penibel weiter die Angewohnheiten seines Kontrahenten in der Gewissheit, irgendetwas Passendes würde ihm bestimmt einfallen, wenn er seinen Gegner nur genau genug analysiert hätte.

Bald wusste er, dass „Mutzi" nicht nur frische Leber zum Frühstück bekam, sondern auch rohes Gehacktes, und die männliche Herrschaft schimpfte wieder: „Andere Leute verhungern, und du fütterst ein Katzenvieh mit so etwas! Aber Kinder, nein!" Das schien wohl ein Dauerthema der Nachbarn zu sein.

Herr Donnerstag wusste auch, dass der Konkurrent entweder zu dumm oder nur zu faul zum Jagen war, denn im Nachbargarten tummelten sich jetzt Mäuse und Wühlmäuse, die *er* früher kurzgehalten hatte. Die männliche

Herrschaft nebenan ereiferte sich jedes Mal, wenn er den Rasen mähen wollte, über die Erdhügel der Nager und den nutzlosen, verwöhnten Mitbewohner.

Dann bekam Herr Donnerstag mit, dass „Mutzi" offensichtlich erheblichen Gefallen an „Mao" hatte, einer Perserdame von der anderen Straßenseite, die ihren Namen ihrer Stimme verdankte. Wenn sie von ihrer Herrschaft angesprochen wurde, antwortete sie meist mit einem dunklen „Maaaoooo", das klang, als hätte sie gerade mit Trockenfutter gegurgelt.

„Mutzi und Mao?" – Dieser Gedanke belustigte Herrn Donnerstag, denn Mao war alles andere als ein Schoßtier, wenn sie auch so aussah. Sie liebte ihre Freiheit, und mehr als einmal verzweifelte ihre Herrschaft fast, weil sie wieder einmal aus dem Haus ausgebüxt war und seelenruhig gefährlich dicht am Rand der Landstraße mit den vorbeiflitzenden Fahrmaschinen entlang stolzierte. Die Autofahrer waren teils geschockt, teils beeindruckt, denn mit ihrem weißen, überaus dichten Fell war sie eine wirkliche Schönheit.

Mao mochte Herrn Donnerstag, schon wegen ihrer gemeinsamen Freiheitsliebe. Gelegentlich traf man sich, und es war immer eine angenehme Begegnung. Nur zu gewissen Tagen hätte sich Mao sehr gewünscht, dass Herr Donnerstag *nicht* das fatale Verlusterlebnis in der Jugend gehabt hätte. Dann konnte sie herzzerreißend nach einem Kater rufen. Mit einem verzogenen Mutzi allerdings würde sie sich selbst im äußersten Notfall nicht abgeben, dessen war Herr Donnerstag sich vollkommen sicher.

Schließlich beobachtete Herr Donnerstag, wie Mutzi gerade wieder einmal auf der anderen Straßenseite an der Gartentür bei Mao herumlungerte, als das Vehikel seiner weiblichen Herrschaft die Straße herunterrollte, um auf den Parkplatz vor das Nachbarhaus einzubiegen. Mutzi schoss über die Straße, um die Futtergeberin zu begrüßen, ohne dabei großartig darauf zu achten, ob sich in diesem Moment vielleicht eine weitere Todesmaschine näherte. Und so begrüßte er sie dort fast jeden Abend, wenn sie nach Hause kam, stellte Herr Donnerstag weiter fest, denn dann gab es ja wieder Leber, oder Geflügelhäppchen oder Gehacktes mit Ei. Dafür konnte er ihr ausgesprochen schmeichlerisch um die Beine streichen.

Herr Donnerstag verabscheute solch berechnende Liebedienerei. Wenn er seine Herrschaft empfing, dann weil er sich ehrlich freute, dass Gesellschaft nahte. Das Futter kam ja sowieso. Die Beobachtung von Mutzis Eile und Begrüßungs-Getue brachte Herrn Donnerstag allerdings auf eine Idee.

Auf der Straße vor dem Haus und Garten ‚seiner' Leute herrschte zwar kein lebhafter Verkehr, aber, wie schon erwähnt, hatte das einige Artgenossen schon zu tödlicher Unachtsamkeit verführt. Die wenigen Fahrzeuge dort fuhren in aller Regel viel zu schnell, weil sie sich dem Ortsausgang näherten und beschleunigten, oder von der anderen Seite kommend noch nicht genügend abgebremst hatten. Hier, so malte sich Herr Donnerstag aus, wäre ein idealer Ort, dem frechen Neuling Mores zu lehren. Nur wie genau, das war die Frage.

Bei seinen Grübeleien kamen ihm jetzt seine freundschaftlichen Beziehungen zu Mao entgegen. Ihr, das wusste er, ging das aufdringliche Verhalten von „Mutzi" ebenfalls schon lange auf den Geist. Wenn es nun gelänge, „Mutzi" zu einer seiner impulsiven Straßenüberquerungen zu verleiten, dann müsste nur noch ein zu schnelles Vehikel des Weges kommen und ... hmmm ... –

Herr Donnerstag schwelgte kurz in der Vorstellung, wie es seinem Feind ergehen würde, dann kehrte er zurück zu nüchternen Überlegungen und den offensichtlichen Hürden bei der Umsetzung des Planes. Drei Faktoren galt es zu koordinieren: Die Anwesenheit von Mutzi, die Verlockung für ihn über die Straße zu laufen – dabei dachte er an Maos jämmerliches Rufen, wenn ihr nach männlicher Gesellschaft zumute war, und ein ankommendes Fahrzeug mit gehöriger Geschwindigkeit. Besonders wichtig wäre die genaue zeitliche Abstimmung zwischen den Puzzleteilen, wobei es auch noch eine kurze Reaktionszeit des Kontrahenten einzurechnen galt. So weit, so gut.

Der Verschwörer legte sich zur üblichen Heimkehrzeit von Mutzis weiblicher Herrschaft auf die Lauer und spielte in Gedanken den geplanten Ablauf unter Einbeziehung aller sich jeweils darbietenden Faktoren immer wieder durch.

Es war wirklich nicht einfach. Immer, wenn Mutzi in der richtigen Position war und seine Herrschaft sich von außerhalb näherte, kam gerade kein Fahrzeug aus der Gegenrichtung; es musste aus dem Ort kommen, denn eine kleine Straßenbiegung hier beeinträchtigte die Sicht auf die Gegenfahrbahn. Und wenn dann eines aus der richtigen Richtung kam, war es entweder zu schnell, oder zu spät, und Mutzi war mit der umschmeichelten Herrschaft schon längst in Richtung Haustür unterwegs. Oder Mutzi lungerte von Anfang an auf der falschen Seite herum, nämlich bereits drüben vor Maos Gartentür – etwas passte immer nicht.

Tagelang beobachtete Herr Donnerstag die abendliche Heimkehrszene, bis er das richtige Zeitgefühl für die Aktion entwickelt hatte. Dann weihte er Mao ein. Sie war sofort einverstanden, und beide stimmten nur noch die Phase ab, in der Mao wieder einmal herzzerreißend nach einem Kater zu schreien bereit war. Dann legten sie sich abends auf die Lauer: Mao unsichtbar hinter der Hecke an der Gartenpforte, und Herr Donnerstag etwas seitlich davon in ihrem Blickfeld auf der Mülltonne, seinem erprobten Hochsitz.

Am ersten Abend war wenig Verkehr, es nieselte und Mutzi ließ sich nicht blicken. Am zweiten und dritten Abend stimmte das Heimkehrszenarium der Herrschaft so weit, aber kein Auto kam zum geeigneten Zeitpunkt entgegen. Am vierten Abend herrschte lebhafterer Verkehr, weil es der Tag vor den beiden nachfolgenden war, an denen die Herrschaften gewöhnlich zu Hause blieben. Mutzi schlenderte in Fresserwartung vor der Haustür herum, Mao und Herr Donnerstag kauerten in Bereitschaft in ihren Verstecken.

Der Wagen von Mutzis weiblicher Herrschaft näherte sich von außerhalb, und auf der Gegenfahrbahn kam ein zweites Fahrzeug rasant aus dem Ort. Herr Donnerstag gab Mao das Zeichen, sie stolzierte aus ihrer Deckung heraus und begann sofort mit ihrem alles durchdringenden Sehnsuchtsschrei. Mutzi spitzte die Ohren, schaute herüber und spurtete los. Er sauste über die Straße, ganz knapp vor dem aus der Ortschaft herankommenden Gefährt vorbei, dann aber direkt vor das Vehikel seiner weiblichen Herrschaft, die daraufhin das Steuer in Richtung Straßenmitte verriss und in den entgegenkommenden Wagen fuhr. Es gab einen dumpfen Knall und ein Klirren und Glassplittern und Mutzi, gerade noch eben den Vorderrädern seiner Herrschaft entwischt, verschwand wie der Blitz in der Gartenhecke.

Aus dem demolierten Wagen entstiegen mit kurzer Verzögerung nicht nur Mutzis weibliche, sondern auch die männliche Herrschaft. Die weibliche war sichtlich benommen von dem Unfall, aber nicht im Mindesten besorgt um die männliche oder den Wagen oder die ebenfalls aus der Beifahrertür ihrer Fahrmaschine krabbelnde Fremde. Nein, sie blickte nur völlig aufgelöst in der Runde umher, schaute rechts und links unter ihrem verbeulten Blechhaufen und im Straßengraben nach, wobei sie ständig voller Angst rief: „Mutzi, Mutzilein, ist dir was geschehen? Mutzi, wo bist du? Mutzi, mein Mutzi!"

Auch die männliche Herrschaft stand etwas geschockt da, berappelte sich aber bald wieder, und dann entlud sich seine Spannung in einer Flut von Flüchen auf Mutzi, das vermaledeite Mistvieh, das an dem Unfall schuld war. Dann, nach einem kurzen Blick in der Runde, ging die wütende Attacke unvermittelt gegen die weibliche Herrschaft weiter, denn deren einzige Sorge galt nach wie vor dem vierbeinigen Unfallverursacher, dem armen! Andere Menschen und die ramponierten Blechkisten waren ihr völlig gleichgültig.

Die Unfallgegnerin hing derweil ziemlich hilflos über der Beifahrertür, blickte auf die geknautschte Front ihres Vehikels und wiederholte ständig: „Und wer bezahlt mir jetzt das, wer bezahlt das alles?"

Herr Donnerstag hatte genug gesehen. Er huschte von der Tonne zurück in den heimischen Garten, wo er sich umgehend in seinen Bananenkarton verzog. Auch Mao war sofort verschwunden, und von Mutzi fehlte ebenfalls jede Spur.

Das nachfolgende Getümmel, laute Signalhörner, Geräusche von schwereren Lastgefährten, Rufen, allerlei Klappern, Klirren und Knirschen und schließlich das Sich-Entfernen der unbekannten Brummer interessierten Herrn Donnerstag in seiner Pappbehausung nicht weiter. Er schwankte kurz zwischen so etwas Ähnlichem wie Schuldgefühl oder Genugtuung über den Ausgang seiner Unternehmung, wobei man schwer sagen konnte, welches überwog.

Letztlich siegte seine Zufriedenheit mit sich und seiner Welt, denn Mutzi wurde von dem Tag an nicht mehr gesehen.

Ewiges Leben

Das Telefon brummte und schreckte sie aus ihren Gedanken hoch, Katharina nestelte umständlich ihr Handy aus der Kitteltasche.

„Körner", meldete sie sich.

„Schlehmeyer", tönte es vom anderen Ende zurück. „Armin Schlehmeyer! Hallo, wie geht's?"

Es war der Sohn vom alten Schlehmeyer, dem Chef von Geriamed, dem größten Geldgeber des Labors.

„So lá lá", gab Kathrin zurück. „Gibt's was Besonderes?"

„Nein, nein, ich wollte nur mal hören, was unser Lieblingskind macht, ob Sie damit weitergekommen sind. Ihre letzten Ideen hörten sich ja spannend an!"

„Noch nicht wirklich", sagte Kathrin und versuchte, ihren Frust in der Stimme nicht mitklingen zu lassen. Denn sie steckte seit Monaten in einer Sackgasse und hatte keine Ahnung, wie es weitergehen sollte.

„Sie hatten doch neulich so etwas erwähnt wie ‚man müsse die biologische Dimension mehr bedenken oder mit einbeziehen'. Was genau meinten sie damit?"

Kathrin erinnerte sich an das Gespräch mit ihm vor ein paar Wochen und auch, dass dabei kurz ein Gedanke in ihr aufblitzte, der ihr aber später in der Laborroutine wieder entfallen war.

„Ach so, das – das braucht noch!", antwortete sie ausweichend. Sie hatte keine Lust sich jetzt auf ein längeres Gespräch mit dem Junior einzulassen. Zum alten Schlehmeyer hatte sie immer einen sehr guten Draht, der junge war ihr zu forsch, zu ehrgeizig, profitorientiert, zu sehr auf den schnellen Erfolg aus, und das ging zwangsläufig zu Lasten der Sorgfalt. Sie tauschten noch ein paar Belanglosigkeiten aus, dann hatte sie ihn abgewimmelt.

Für den Alten arbeitete ihr Labor schon seit Jahren. Einige höchst erfolgreiche Präparate resultierten aus dieser Verbindung, wie das Ginkgowa, ein modifiziertes Medikament aus dem Ginkgobaum, das in der neuen Aufbereitung für erheblich bessere Durchblutung des Gehirnes sorgte als die herkömmlichen Mittel. Auch ein anderes Medikament aus Rhodiola und den

Aroniabeeren wurde auf dem Geriatrika-Markt ein richtiger Renner. Hier hatten sie ebenfalls erfolgreich die natürlichen Wirkstoffe verändert und in der Therapie wesentlich bessere Ergebnisse erzielt. Mehrere Produkte gegen Faltenbildung der Haut, beziehungsweise deren Reduzierung, waren ebenfalls im Labor entstanden und sorgten besonders bei der weiblichen Klientel für Aufsehen – und entsprechenden Umsatz! Dafür war ihr Schlehmeyer senior sehr verbunden.

Der Aufstieg von Geriamed aus einem mittelständigen Betrieb zur jetzigen Größe wäre ohne sie nicht denkbar gewesen. Aber er hatte bei aller Geschäftstüchtigkeit nie den wahren Ansatz seiner Bemühungen aus den Augen verloren: Er wollte Menschen helfen. Darin ergänzten er und Kathrin sich ideal. Deshalb waren ihm kurzfristige Ergebnisse auch nie so wichtig, da es um das Erreichen eines größeren, für die Patienten *wirklich* nutzbringenden Resultates ging. Nicht zuletzt deswegen ließ er Kathrin und ihrem Labor viel Freiraum in ihrer Arbeit.

Das hatte sich allerdings etwas geändert, seit der Junge ins Geschäft eingetreten war. Frisch von der Uni, nur nach einem kurzen Volontariat in einer anderen Firma, wollte er im väterlichen Unternehmen sich und anderen beweisen, was er draufhatte. Einiges an Umstrukturierungen taten dem Unternehmen auch ganz gut, doch das ständige Kosten-sparen-wollen drohte auf Dauer zu Lasten der Produkt-Qualität und des Betriebsklimas zu gehen.

Noch ließ sich der Alte das Heft nicht aus der Hand nehmen und hatte den Junior zurückgepfiffen. Bei einer routinemäßigen Besprechung über die Laborarbeit zwischen dem Chef und Kathrin war vor einiger Zeit die neue Forschungsidee entstanden und auf den Weg gebracht worden, die der Junior nun argwöhnisch beobachtete.

Der Hauptumsatz von Geriamed bestand, wie es im Namen schon anklang, in Geriatrika. Bei den Medikamenten für die Altersheilkunde nahm die Firma bereits jetzt in Deutschland einen Spitzenplatz ein, den man natürlich verteidigen wollte. Die Überlegungen drehten sich deshalb um die Ausrichtung der Firma in der Zukunft. Könnten neue Wirkstoffe gefunden werden, zum Beispiel in der Apotheke Gottes, dem riesigen Schatz an Pflanzen im peruanischen und brasilianischen Urwald, aus dem sich die Schamanen bedienten? Und wo im Körper sollte die Wirkung dieser Stoffe ansetzen? Bei der Entsäuerung etwa, dem Abbau von Sauerstoffradikalen, der Asche sozusagen, die nach der Nahrungsverbrennung entsorgt werden muss? Ihr aggressives Verhalten schädigt die Zellen und lässt sie schneller altern.

Bei diesem Thema schlug das Herz der Forscherin sofort höher. Die Mitochondrien waren ihr heimliches Steckenpferd. Diese winzigen Kraftwerke in den Zellen, ein- bis dreitausend davon in jeder Zelle, je nach Energiebedarf, bargen noch eine Menge Geheimnisse. Für die zirka sechsundachtzig Milliarden kleinen grauen Zellen im Kopf zum Beispiel sind sie besonders wichtig. Die Produktion von Brennstoff für sie verbraucht fast ein Viertel des gesamten, eingeatmeten Sauerstoffes, obwohl das Gehirn nur etwa ein Sechzigstel des Körpergewichts ausmacht, es benötigt also zwanzigmal so viel wie die restlichen Körperzellen. Diese unscheinbaren Gebilde im Zellinneren sind Dreh- und Angelpunkt für fast alle ihre Funktionen – und teils auch für Kathrins Forschungen.

Der Alte legte ebenfalls großen Wert darauf. Sein Onkel soll Alzheimer gehabt haben, erzählte man. Wenn der Alte anrief oder sie gelegentlich im Labor besuchte, dauerte es nie lange, bis beide wieder beim Fachsimpeln über dieses Thema waren. Offensichtlich mochte der Alte nicht nur das Thema, sondern auch die Gesprächspartnerin.

Eine Tatsache hatte es der Forscherin besonders angetan, nämlich das Erbgut, das die Mitochondrien merkwürdigerweise noch besitzen, und das nur von der Mutter vererbt wird.

„Also, die gesamte Energiegewinnung im Menschen ist weiblich."

„Schon gut, schon gut", meinte Schlehmeyer, etwas amüsiert über den triumphalen Ausdruck in ihrer Stimme. „Sie besitzen mit Sicherheit eine besondere Kraft. – Ich kann ja auch nicht behaupten, dass ich dem Weiblichen gegenüber abgeneigt wäre." Er kicherte ein bisschen in sich hinein. In seiner Jugend, so wurde erzählt, sei er ein richtiger Schwerenöter gewesen, und er war auch heute noch sehr ansehnlich, selbst wenn der Kopf mittlerweile durch die Haare gewachsen war und er sich einen kleinen Bauchansatz gegönnt hatte. Doch seine Ehe hielt seit mehr als dreißig Jahren, und den weiblichen Mitarbeiterinnen gegenüber in der Firma war er immer äußerst zuvorkommend und korrekt, überhaupt ein Chef, wie man ihn sich nur wünschen konnte.

„Die Mitochondrien sollen doch verantwortlich für den Abruf von Informationen aus dem Erbgut sein", sinnierte er.

„Und sie haben etwas mit dem Tod der Zelle zu tun", ergänzte Kathrin, „oder umgekehrt ausgedrückt: mit dem Leben, dem Überleben."

Diesen Aspekt spannen sie gemeinsam eine Weile weiter aus, und Kathrin kam auf die Fähigkeit der Mitochondrien zu sprechen, aus den Genen den Teil der DNA abzurufen, der die Bildung der Telomerase anregte.

„Der Telomerase?", fragte Schlehmeyer und wirkte wie elektrisiert, im gleichen Moment läutete es auch bei Kathrin.

„Hier müsste man ansetzten!"

Schlehmeyer nickte. „Das wäre es! Die Anregung der Telomerase."

Es war bekannt, welch ungeheuer wichtige Rolle dieses Enzym bei der Bildung neuer Zellen spielt. Würde diese Telomerase nicht die Telomere reparieren, die wie Schutzkappen auf den Enden der Gene sitzen und bei der Zellteilung immer etwas ausfransen, dann wären wir in kürzester Zeit am Punkt Null angekommen, an dem nichts mehr geht. Die Gene würden uns ihre Arbeit aufkündigen, sie wären zu kurz, es gäbe keine neue Zellteilung mehr, nur noch den Tod.

Beide schwiegen einen Augenblick in Gedanken vor sich hin. Dann holte Schlehmeyer tief Luft, schaut Kathrin geradewegs in die Augen und sagte: „Also: Aktion ewiges Leben! Finden Sie heraus, was die Bildung der Telomerase anregt, dann können wir uns vor Erfolg nicht mehr retten."

„Das haben schon andere versucht, aber …"

„Na und?" Schlehmeyer zog die Augenbrauen hoch und lächelt ein wenig provokant.

‚Richtig', dachte Kathrin. ‚Na und!' Das hatte ihr Vater auch immer gesagt. Was gäbe sie darum, wenn sie ihn ab und zu noch einmal um Rat fragen könnte. Wie sehr hatte sie ihn nach seinem plötzlichen Tod vermisst, als sie sich ganz alleine im Labor durchbeißen und erst den Respekt der anderen erringen musste …

Aber es hatte sich gelohnt. Heute waren sie ein eingeschworenes Team und sie die unbestrittene Nummer eins in ihrem Laden, wie sie die Körner-Forschungseinrichtung zu nennen pflegte.

Und Kathrin machte sich mit ihrem Stab ans Werk.

Als ersten Schritt informierte sie ihren persönlichen Assistenten Frank von Hülst und dann die anderen Mitarbeiter des Instituts von der neuen Idee. Anschließend schickte sie alle in ein verlängertes Wochenende mit der Bitte im stillen Kämmerlein nachzudenken, wie man bei der Verwirklichung dieses Zieles vorgehen könnte und alles in Erfahrung zu bringen, was sie an neuesten Forschungsergebnissen über die Telomerasebildung auftreiben könnten.

Frank von Hülst war begeistert von der Herausforderung und witterte die Chance, seine Fähigkeiten jetzt endlich unter Beweis stellen zu können. Nach der Universität und seiner Promotion hatte er zuerst eine Weile im Max-Planck-Institut für Biologie des Alterns in Köln gearbeitet, fühlte sich dort aber unterbeschäftigt und zu wenig beachtet. Daher wechselte er zur Körner Forschungseinrichtung. Von Hause aus recht begütert und nicht ganz frei von einem gewissen Dünkel wegen der drei Buchstaben, dem „von" in seinem Namen, hatte er seinen Abschluss in der Gentechnik ‚summa cum laude' hingelegt und auch die Doktorarbeit mit höchster Anerkennung abgeschlossen.

Kathrin mochte ihn trotz seiner gelegentlichen kleinen Eitelkeiten, und ihr enges Arbeitsverhältnis wurde nun fast intim. Beide brüteten oft bis in die Abende hinein über ihren neuen Versuchsanordnungen.

„Kind, pass auf dich auf, du wirst noch krank vor lauter Arbeit", mahnte ihre Mutter am Telefon, wenn sie, wie gewöhnlich am Wochenende, mit ihr sprach. „Hast du denn gar kein Privatleben?"

Kathrin erzählte ihrer Mutter, wie spannend die Forschung sei, schließlich gehe es hierbei um die Verwirklichung des alten Menschheitstraumes vom ewigen Leben – oder zumindest einem verlängerten.

So weit durfte sie ihre alte Dame schon informieren, ohne dass durch deren Redseligkeit eventuell Wichtiges aus dem Labor in die falschen Ohren käme.

„Und wie ist es denn mit dem Junior? Der wirkte doch sehr sympathisch", wollte ihre Mutter wissen. Nichts hätte sie lieber gesehen, als dass Kathrin endlich heiratete und ihr auch Enkel schenkte.

„Mama", seufzte Kathrin, „lass gut sein. Du kennst den Jungen doch gar nicht, hast ihn nur einmal bei dem Empfang gesehen. Der hat Haare auf den Zähnen, auch wenn er im ersten Moment freundlich und charmant wirkt!"

Damit war das Thema für heute durch, aber beim nächsten Telefonat würde es ihre Mutter mit Sicherheit wieder anschneiden. So ganz zufällig, wie sie meinte, doch die Tochter kannte sie zu gut, um ihr auf den Leim zu gehen.

Bei einem dieser Telefonate geschah es, dass ihr plötzlich diese Idee kam, auf die der Junior zu sprechen gekommen war. Ihre Mutter hatte wie immer samstags angerufen und dabei auf das übliche „Wie geht's dir?" von Kathrin beiläufig erwähnt, dass ein naturheilkundliches Präparat ihren Gelenken sehr gutgetan und ihr Behandler auch einige Mittel zur Entsäuerung empfohlen hätte. Allerdings wüsste sie damit wenig anzufangen. Wissenschaft lag ihr sowieso nicht, sie war in der Kunst zu Hause, liebte Musik und Malerei. Vielleicht hatte sie deshalb mit ihrem Mann, dem ernsten Forscher, eine so glückliche Ehe geführt.

Das Stichwort Entsäuerung setzte Kathrins Gedanken sofort in Bewegung. Sie hielt zwar nichts von diesen alternativen unwissenschaftlichen Methoden – die ganze Homöopathie war ihr suspekt. Ihr kam dabei aber der alte Spruch von Samuel Hahnemann in den Kopf: *„Similia similibus currentur"* – Ähnliches mit Ähnlichem heilen. Damit hatte er schließlich ein ganzes Heilungssystem auf den Weg gebracht, das bis heute seine Anhänger hat: die Homöopathie.

Aus unerfindlichem Grund gingen ihr nun die Mitochondrien durch den Kopf. Im Ursprung waren das einmal eigenständige Bakterien mit eigenem Erbgut gewesen. Erst kürzlich hatte sie mit dem Senior darüber gesprochen. Die Eigenschaften und das Erbgut der ursprünglichen Proteobakterien blieben auch erhalten, nachdem sie – wodurch auch immer – in die viel größeren Cyanobakterien eingedrungen waren, woraus schließlich die Zellen entstanden. Mitochondrien sind also eine Art Organ in der Zelle und trotzdem wie eigene Wesen in deren Leib.

‚Wie eine Matruschka, eine Babuschka'. Kathrin dachte an diese russische Puppe – in der Puppe – in der Puppe. Sie stellte es sich bildlich vor: ‚Wir haben als Menschen Organe, die Organe haben Zellen, die Zellen haben wieder eigene winzige Organe … wer weiß was wir eines Tages noch alles finden werden im Kleinsten und Allerkleinsten …' Irgendetwas hakte bei dieser Vorstellung in ihren Gedanken ein.

Kathrin rief sich später noch einmal alle Zusammenhänge ins Gedächtnis: da sind Mitochondrien in den Zellen, denen wir es verdanken, dass wir mit Sauerstoff die Nahrung verbrennen können; und darum herum die großen Cyanobakterien, die Zellkörper, die auch ohne Sauerstoff noch ein bisschen Energie erzeugen können durch Gärung. Beides beherrschen unsere Zellen bis heute, obwohl der Zeitpunkt, an dem sich die ungleichen Partner einmal vereinigt haben, in grauer Vorzeit liegt. – Phänomenal!

Sie hatte dem Junior die Floskel von der ‚biologischen Dimension' zwar nur so hingeworfen, wie man einem lästigen Hund einen Knochen hinwirft, denn der Junior konnte sehr hartnäckig sein. Doch als ob der Gedanke eine Weile Zeit gebraucht hätte, um im Untergrund zu schwelen und zu reifen, drängte er nun an die Oberfläche. Sie versuchte, die aufblitzenden Ideen zu ordnen. Wenn diese verflixten Dinger, die Mitochondrien, noch heute wie Bakterien agieren, dann müsste auch alles, was wir sonst über Bakterien wissen, auf sie zutreffen.

„Zum Beispiel, dass sich Bakterien ausgesprochen intelligent verhalten", sagte Kathrin unvermittelt beim gemeinsamen Aufbau einer neuen Versuchsanordnung.

Frank von Hülst schaute überrascht auf. Natürlich war ihm das nicht unbekannt, aber es ging doch jetzt darum, die Telomerase-Produktion hochzufahren. Sie bastelten gerade daran, verschiedene Aminosäuren zu diesem Zweck zu verändern. Was sollte das mit den Bakterien jetzt?

Kathrin las die Gedanken in seinem Gesicht. „Du weißt doch, welche Probleme die Medizin heute mit Resistenzen gegen Antibiotika hat, weil die Bakterien gegen den Wirkstoff immun geworden sind."

Den üblen Krankenhauskeim, gegen den bis jetzt anscheinend kein Kraut gewachsen war, kannte Frank selbstverständlich. „Sie haben sich verändert", sagte er. „Dazu ist die Natur fähig, ok. Und?" Das war jetzt keine weltbewegende Feststellung, aber ihm fiel nichts Besseres ein. Er wusste nicht, worauf sie hinauswollte.

Kathrin ließ sich nicht beirren und fuhr fort: „Bakterien, die vorher noch nie mit einem Antibiotikum in Berührung gekommen sind, beherrschen plötzlich eine Strategie dagegen."

„Sie tauschen Plasmide aus, ich weiß", sagte Frank etwas genervt.

Kathrin holte Luft. „Sie docken untereinander an wie Schiffe an der Mole und tauschen Eiweißkörper aus, also Stoffe. Und diese enthalten Wissen."

Frank war sonst nicht sonderlich begriffsstutzig, aber diesmal kam er einfach nicht mit.

„Wir müssen die Mitochondrien auf die Schulbank schicken, verstehst du?"

Frank schaute sie mit einem Gesichtsausdruck an, den man selbst mit einigem Wohlwollen höchstens als ‚unintelligent' bezeichnen würde. Aber seiner Chefin stand völlig klar vor Augen, wohin die Reise gehen müsste.

„Wissen ist *essbar*!", verkündete sie.

Von Hülst schaute immer noch glasig.

Sie erinnerte ihn an die Mäuseversuche von mehreren Verhaltensforschern. Die Tiere mussten eine bestimmte Fähigkeit erlernen, anschließend erwartete sie allerdings keine Belohnung, sondern der Tod. Und ihren Artgenossen verfütterte man dann die Gehirne der toten Lehrlinge. Siehe da: die neuen kannibalischen Mäuse erlernten die Fähigkeiten, die die Vorgänger-Mäuse beherrschten, nun in viel kürzerer Zeit. Bei weiteren Versuchen kam man dann zu einer gelblichen Substanz, die man aus den Gehirnen der toten Nager extrahiert hatte, einer jämmerlich kleinen Menge, mit der aber offensichtlich der Lerninhalt gefressen werden konnte.

Von Hülst lachte lauthals auf, als Kathrin davon erzählte. „Die haben also buchstäblich die Weisheit mit Löffeln gefressen."

„Tja, unsere Sprache ist gar nicht schlecht!" Kathrin lachte auch ein bisschen, wurde aber sofort wieder ernst. „Wir müssen nur richtig hinhören. Denk doch mal an den Ausdruck ‚etwas aus dem Bauch heraus' entscheiden. Wer wusste vor einigen Jahren von unserem ‚Bauchhirn'?"

„Jaja, Nervenzellen in den Darmwänden", gab Frank etwas unwillig zu, „mag ja sein, dass die uns beeinflussen." Er hatte es nicht gerne, wenn andere ihn belehrten.

„Nicht nur dabei ist das so", entgegnete Kathrin hartnäckig. „Wenn ich sage ‚das kommt von Herzen', dann meine ich doch, ich bin mit dem Gefühl dabei. Und was ist, wenn ich nun ein Herz transplantiert bekomme? Und anschließend entwickle ich plötzlich ganz andere Vorlieben, wie zum Beispiel der Feinschmecker, der kurze Zeit nach seiner OP plötzlich Heißhunger auf Currywurst und Pommes hatte? Seine verunglückte Organspenderin von fünfundzwanzig liebte früher Currywurst und Pommes über alles. Was ist das dann? Wo kommt das her?"

„Glaubst du an so etwas?"

„Die Geschichte ging durch die Fachpresse, die ist authentisch. Und es gibt noch viele andere davon."

Frank wand sich ein bisschen, weil es ihm schwerfiel, nicht wissenschaftlich erklärbare Zusammenhänge einfach zu akzeptieren. „Nun komm doch mal mit deinem Plan an Land, woran denkst du die ganze Zeit? Was hast du vor?"

Kathrin holte ein bisschen aus, um sich verständlich zu machen. Sie kam auf ihre Mutter zu sprechen, von der sie so einiges über Alternativmedizin wusste. Zum Beispiel von der Zelltherapie, mit der sich ihre Mutter einmal hatte behandeln lassen. Frank war nicht einmal das Wort bekannt.

„Wegen der großen genetischen Ähnlichkeit zwischen allen Lebewesen, besonders den Säugetieren, spritzte man den Patienten Organzellen von Spendertieren ein, um damit eine Regeneration der betreffenden Organe bei den Empfängern zu erreichen."

Frank hörte mäßig interessiert zu.

„Von einer ganzen Reihe berühmter Leute weiß man, dass sie die Zelltherapie bekommen haben."

„Wer denn?", fragte Frank mehr aus Höflichkeit, als dass ihn wirklich irgendwelche Größen der Vergangenheit interessiert hätten.

„Papst Pius XII zum Beispiel. Die Ärzte hatten ihn schon aufgegeben, und doch lebte er nach den Spritzen noch einige Jahr weiter. Oder der alte Adenauer, der wurde einundneunzig, die Windsors, der Fürst von Monaco usw."

Frank ahnte allmählich, worauf sie hinauswollte. Aber seinem naturwissenschaftlichen Geist widerstrebte die ganze Richtung. „Was soll uns das hier helfen?"

Kathrin schnappte nach Luft. „Du bist doch sonst nicht so zäh beim Kapieren. Wenn die Zellen der Tiere im Menschen Wirkung zeigen, wenn also eine organische Substanz von einem anderen Lebewesen die DNA beim Empfänger so anregen kann, dass sie ihre Zellen erneuert, warum versuchen wir so etwas nicht mit unseren Mitochondrien?"

„Gibt es denn dafür irgendeinen wissenschaftlichen Beweis? Wie soll das gehen? Haben Zellen ein Gehirn, mit dem sie verstehen, was sie tun sollen? Und wenn das möglich ist, wie willst du die Mitochondrien finden, die so etwas können? Woher weißt du, dass sie genau diese Fähigkeit mitbringen und deine Absicht auch richtig verstehen und noch dazu Lust haben, nach deiner Pfeife zu tanzen?"

Kathrin platzte der Kragen. „Willst du Erfolg oder nicht?"

Frank schwieg.

„Und hatten wir bisher Erfolg? – Nein! Also; was hält uns davon ab es zu versuchen? Über das ‚Wie' können wir uns noch lange genug den Kopf zerbrechen."

Es folgten Wochen voll ständig neuer Versuche in immer neuen Variationen des einen Grundgedankens. Von den Forschungen des Nobelpreisträgers Günter Blobel wussten sie, dass der Körper fremde Organzellen identifizieren und genau dem richtigen seiner eigenen Organe zuordnen kann, also Herz zu Herz, Niere zu Niere und so weiter.

Kathrin setzte den Versuchslösungen das isolierte Enzym Telomerase bei, um ‚ihre Mitochondrien' zu schulen. Sie betrachtete sie schon fast wie ihre Kinder, die aber noch immer aus der Reihe tanzten und nie so ganz wollten wie sie. Es war enervierend.

Frank von Hülst bewährte sich als zuverlässiger Partner, nachdem er einmal Blut geleckt hatte. Fast noch mehr als die eigentliche Arbeit beschäftigten ihn dabei Überlegungen, was man mit dem fertigen Produkt einmal würde anfangen können.

„Nicht nur bei den Millionen von Patienten, die an Alzheimer oder Creutzfeld-Jakob leiden, sondern bei sieben Milliarden Menschen auf der Welt, die natürlich alle länger leben wollen", sinnierte er. „Was für eine Aussicht!"

Kathrin nickte nachdenklich. ‚Was für eine Aussicht!', dachte auch sie. Insgeheim meldete sich bei ihr eine leise Ahnung, was sie eventuell damit heraufbeschwören könnte.

„Armin würde im Karree hüpfen, wenn wir ihm so ein Mittel fabrizierten."

„Armin?" Kathrin horchte auf.

„Ja, der Junior", ergänzte von Hülst.

Es entstand eine kleine Pause.

„Hat sich so ergeben, als er auf unserer Betriebsfeier vorbeischaute."

Er versuchte einen möglichst beiläufigen Ton anzuschlagen, weil er Kathrins fragenden Blick sah. Sie hatte sich schon gewundert, dass der Junior nicht mehr so häufig anrief und gehofft, ohne Störung ihre Arbeit weitermachen zu können, so wie beim alten Schlehmeyer. Als der Junior dann kürzlich bei ihrer Feier auftauchte und offensichtlich über den Fortgang der Arbeiten bestens informiert war, hatte sie das zwar mit Erstaunen registriert, aber nicht weiter darüber nachgedacht.

Kathrin liefen die Tränen über die Wangen, sie konnte sie nicht stoppen. Sie schluchzte nicht, musste nicht nach Luft ringen, aber die Tränen liefen einfach so weiter. ‚Nun auch noch Denise! – Was für eine Welt!' Sie kannte Denise schon vom Kindergarten her. Unglaublich, wie lange das her war! Fast ein Jahrhundert. Mit Denise hatte sie auch die Grundschule besucht, später einige Semester zusammen studiert, bis sie nach USA gegangen war. Mit ihr hatte sie ihre intimsten Geheimnisse geteilt. Auch wenn später Meere zwischen ihnen lagen, ihr Kontakt riss nie ab.

Kathrin war inzwischen siebenundneunzig, aber man sah es ihr nicht an. Niemandem sah man es mehr an, seit „Paradix" für alle verfügbar geworden war. Und das lag auch schon Jahrzehnte zurück.

Sie erinnerte sich noch an ihr Telefonat mit Denise in der Nacht, als ihr der Durchbruch gelungen war, als wäre es gestern gewesen … Denise war die erste, mit der sie darüber gesprochen hatte. Sie musste es einfach jemandem erzählen. Es war schon zwei Uhr als sie sie über Skype erreichte. Denise schien gar nicht überrascht, dass sie sich meldete. Wie oft war es vorgekommen, dass sie einander intuitiv zeitgleich anrufen wollten; sie wunderten sich nicht mehr darüber. Kathrin musste ihr Glück einfach mit ihrer Freundin teilen, ihren Stolz, ihre Zufriedenheit, ihre grenzenlose Freude.

„Denise! Wir haben es geschafft!", mehr konnte sie zuerst gar nicht sagen.

Die Frustration, die Misserfolge der letzten Wochen, die Anspannung, der Druck, endlich Erfolge vorweisen zu können, das alles fiel von ihr ab und löste sich nun in Tränen auf.

„Was, was?", fragte Denise. Sie wusste natürlich, woran Kathrin arbeitete. Sie selbst war Biophysikerin, und beide hatten sich gegenseitig oft genug unterstützt oder zu neuen Ansätzen inspiriert. Ein Ozean dazwischen verschaffte manchmal den klareren Blick auf die Probleme der anderen. Denise war informiert über die Versuche mit den Zellsubstanzen, auch dass sich ansatzweise schon Fortschritte eingestellt hatten. Aber auch, dass Kathrin, von welcher Seite auch immer sie das Problem anging, ab einem gewissen

Stadium immer auf eine magische Grenze stieß, die sich nicht überwinden lassen wollte.

„Was habt ihr gemacht? Erzähl' schon!"

Und Kathrin berichtete, wie sie am Vormittag bei einem neuen Experiment wieder einmal an die bewusste Grenze gestoßen war und mittags spontan alles stehen und liegen gelassen und ihre Räume abgeschlossen hatte, weil Frank wegen eines Behördenganges an diesem Tag auch außer Haus war. Sie hatte sich auf ihr Fahrrad gesetzt und das schöne Wetter ausgenutzt, um durch den Stadtwald zu radeln, ziellos und planlos, immer weiter. Die Muskeln anspannen und sich den Wind um die Ohren sausen lassen, allen Gedanken einmal freigeben und die warme würzige Luft des Frühsommertages in die Lungen saugen, nur das wollte sie im Augenblick, und sich endlich wieder einmal lebendig fühlen, so wie früher.

Dann, nach einer ganzen Weile, hatte sie sich verschwitzt und müde, aber glücklich am Waldrand unter einen Baum gesetzt und auf die Felder geschaut. Sie fühlte sich geborgen und irgendwie eins mit allem um sie herum, konnte sich nicht sattsehen an der Landschaft, den gezausten Wölkchen am Himmel, dem Ackerweg, den Formen der Feldsteine, der großen wie der kleinsten, und den Kräutern an seinem Rand. „Hasenzucker", erinnerte sie sich. „Hasenzucker haben wir das genannt!" Das waren die gleichen, gefiederten Blätter, die da wuchsen, die sich so rau anfühlten und dem Häschen, das sie als Kind besessen hatte, besonders gut schmeckten.

Nun, nach so vielen Jahren, entdeckte sie dieses Kraut hier wieder. Es war wie ein Wiedersehen mit einem alten Freund. Und indem sie diesen Gedanken und Gefühlen nachhing, kam ihr eine verrückte Idee: Wie wäre es, die Mitochondrien einmal zu *bedenken* (!), sie nicht nur als Objekte zu betrachten und immer neuen Substanzen oder Einflüssen auszusetzen, sondern die eigenen Vorstellungen an dieses lebendige Etwas zu senden? Sie waren doch früher einmal selbstständige Kreaturen gewesen, mit eigenem Erbgut, diese viel bedachten Mitochondrien. Was hatte sie nicht schon alles mit ihnen versucht, sie zuletzt sogar einem Feld aus statischer Elektrizität ausgesetzt, weil es wie ein Jungbrunnen für das Erbgut wirken sollte – ohne Erfolg. Wenn sie aber noch immer irgendwie eigene Lebewesen waren, dann müssten sie auf Geist, das heißt auf Gedanken reagieren können. So wie auch die Pflanzen auf gute Gedanken positiv reagieren. Der berühmte ‚grüne Daumen' war ja nichts anderes als die liebevolle Zuwendung des

Gärtners an seine Zöglinge, das An-sie-denken. Diese Vorstellung ließ Kathrin nicht los.

Wie in Trance war sie zurückgeradelt und hatte schon im Geist eine ganze Versuchsanordnung entworfen, als sie im Labor ankam. Im Nu war der Aufbau fertig. Dann hatte sie sich neben die Geräte gesetzt, sie eingeschaltet und sich in Erinnerung an frühere Yoga-Erfahrungen so stark wie nur irgend möglich auf die Mitochondrien konzentriert. Sie versuchte, ihnen in Gedanken ihren Dank zu übermitteln für das, was sie für sie jetzt erst tun sollten. ‚Die Realität vorweg denken‘, so hatte es ihr Yogalehrer genannt. Man stellt sich vor, dass das, was man sich wünscht, bereits Realität ist, und drückt dafür seinen Dank aus. So erschafft man eben diese erwünschte Realität.

Nach Ablauf des Versuchs machte sie sich sofort an die Analyse des Produkts – und da war er: der Durchbruch! Sie wiederholte die Untersuchung einmal, zweimal, dreimal – immer das gleiche Resultat!

Kein Zweifel: ‚Ihre‘ Mitochondrien hatten gehorcht. Sie produzierten das Enzym. Ja, sie hörten gar nicht mehr auf Telomerase zu bilden. Jede neue Probe, die sie entnahm, enthielt noch mehr davon!

Damals hatte sie noch keinerlei konkrete Vorstellung davon, was sie damit lostreten würde. Die völlig unverständliche, plötzliche Einstellung der Finanzierung des Labors durch Geriamed nach dem Unfalltod des alten Schlehmeyer, den Verrat von Frank, der die Ergebnisse ihrer vielen, nachfolgenden, gemeinsamen Versuche ohne ihr Wissen und viel zu früh an den Junior weitergegeben hatte, den Schock, als von Hülst im Verein mit dem Junior plötzlich mit Riesengetöse und Tamtam die Weltsensation vorstellte, das spätere ‚Paradix‘, das potentiell das ewige Leben versprach.
Und das als *seine* Erfindung!

Bei anderen Freundinnen von Kathrin kam es manchmal vor, dass die Zeit über die Verbindung hinweggegangen war und sie sich zu ganz anderen Menschen entwickelt hatten, die nichts mehr miteinander teilten. Nicht aber bei Denise. Ihr Kontakt blieb intim und wurde wegen der Entwicklungen lebhafter denn je.

In den ersten Jahren nach der Präsentation von Schlehmeyer junior und von Hülst, wollte die Regierung anfänglich auf nationaler Ebene, dann auch international im Verein mit immer mehr anderen Ländern diese Erfindung stoppen, verbieten, verschwinden lassen wegen der sich abzeichnenden, verheerenden Konsequenzen. Stundenlang hatte Kathrin vor dem PC verbracht und quer über den Atlantik mit ihrer Vertrauten über alle möglichen Auswirkungen diskutiert. Zu der Zeit war ihr schon die Kontrolle über das Labor entzogen, alle Unterlagen beschlagnahmt und jede weitere Forschung in dieser Richtung unter Strafandrohung verboten worden. Sie durfte froh sein, dort wenigsten noch in ihrem Beruf arbeiten zu können.

Dann kam Franks Entführung. Er war über Nacht auf einmal verschwunden. Es gab keine Spur von ihm, niemand wusste irgendetwas, er blieb wie vom Erdboden verschluckt. Einige Monate danach tauchte ‚Paradix' plötzlich auf dem Schwarzmarkt auf – zu einem horrenden Preis!
Damals hieß es noch die ‚Wunderdroge' oder ‚Paradiesdroge'. Da wurde klar, dass Kriminelle hinter von Hülsts Verschwinden steckten, die ihn gezwungen hatten, sein Wissen preiszugeben. Er selbst tauchte nie mehr auf.

Der Run auf das Medikament überstieg jede Vorstellung. Rauschgiftsucht war ein Kinderspiel dagegen. Die Leute gaben ihr letztes Hemd für die Aussicht auf Unsterblichkeit. Als Folge kam es zu rasant steigender Kriminalität, zu Protestbewegungen – besonders der Leute, die sich das Mittel nicht leisten konnten – zu Bandenkriegen, zu Nachahmer-Präparaten mit und ohne Wirkung. Das Chaos war unbeschreiblich, und die öffentliche Ordnung drohte zusammenzubrechen.

Eine hastige Gesetzesnovelle, abgestimmt mit allen Nachbarstaaten, ließ dann das Medikament als ‚Paradix' offiziell zu. Der Preis wurde drastisch gesenkt, um die Bevölkerung zu beruhigen, dass nicht nur Reiche länger leben dürften.

Geriamed wurde erst riesengroß und dann verstaatlicht. Und damit brach die neue Zeit an. Historiker beschrieben sie bereits als das Paradix-Zeitalter.

Wenn Kathrin und Denise sich persönlich trafen – das war selten genug, zuletzt vor fast zwanzig Jahren, ‚so lange ist das auch schon her?', dachte sie – wenn sie sich also wieder einmal begegneten, wie damals bei dem internationalen Kongress in New York über die philosophischen Konsequenzen von ‚Paradix', dann war es so, als ob die eine nur eben für eine halbe Stunde zu einer Besorgung weg gewesen wäre. Ihre Freude war groß, aber immer getrübt von der Angst, dass Unbefugte ihre nahe Verbindung beargwöhnten oder missdeuteten und vielleicht Denise ebenfalls solchen Repressionen ausgesetzt werden könnte.

Erstaunlich, dass der Kongress unter der immer restriktiveren Informationspolitik aller Regierungen überhaupt noch stattfinden konnte. Er drehte sich hauptsächlich um die moralische und seelische Verarmung der Menschheit, in der Begriffe wie Erbarmen und Mitgefühl mehr und mehr abhandenkamen. Ein Leben ganz im Zeichen des indischen Begriffs ‚Karma: alles was ich tue, schlägt auch auf mich zurück'. Warum sollte sich deshalb ein anderer darum kümmern müssen?

Ein anderes Thema der Veranstaltung war die christlich inspirierte Bewegung „Tod und Auferstehung", welche ‚Paradix' ablehnte und ein Recht auf Altern und Sterben einforderte. Sie hatte sich vor Jahren schon gegründet und großen Zulauf erfahren, meist von älteren Menschen, war dann von der Weltgemeinschaft – sprich einem Komplott der Mächtigen – verboten worden. Ihre Anhänger wurden in ein Territorium im hinteren Sibirien verbannt. Dort bauten sie anfänglich mit Erfolg eine neue, soziale Gesellschaftsordnung auf. Aber mit der Zeit fristeten sie ein immer kärglicheres Dasein, denn die Überalterung verlangte ohne die Hilfe einer größeren Solidargemeinschaft zu große Anstrengungen von den Jüngeren. Und nun stand sie vor dem Aus.

Übrig blieb ‚Paradix' – ohne Bedenken, ohne Grenzen, ohne Kontraentwurf in der Gesellschaft.

Die Konsequenzen aus der damaligen Freigabe von ‚Paradix' waren wie ein Tsunami über die Gesellschaften auf der ganzen Welt hereingebrochen. Dass die Rentensysteme in Zukunft nicht mehr funktionieren könnten wie bisher, ließ sich noch relativ einfach erklären. Das bedeutete aber, dass jeder für sich selbst aufzukommen hatte, und zwar für immer.

Arbeitslose mussten sich danach gefälligst so lange um Fortbildung und den Erwerb neuer Fähigkeiten kümmern, bis sie wieder auf eigenen Füßen stehen konnten. Wer es nicht tat, bekam nichts mehr, hatte auch nichts mehr, er war selbst schuld daran; friss Vogel, oder stirb!

Ebenso wurde Krankheit durch das Super-Mittel mehr und mehr zum Makel. Anfangs gab es noch Krankenkassen, die für Patienten mit den üblichen

Erkrankungen bezahlten. Aber die immer rigider auf puren Eigennutz ausgerichtete Gesellschaft übte zunehmend stärkeren Druck auf die Menschen aus, sich mit neuen Methoden rechtzeitig, d. h. noch vor Ausbruch eines Leidens diagnostizieren und behandeln zu lassen, um Krankheit zu vermeiden. Chronisches Kranksein würde ja ohne einen absehbaren Tod zur nie endenden Belastung der Gesellschaft werden.

‚Paradix' und eine Reihe ähnlicher Entwicklungen ermöglichten es, gezielt Organe zu regenerieren. Krankheit wurde daher nur noch als die Folge schlechten Verhaltens betrachtet und nicht mehr dauerhaft finanziert.

Und natürlich wurden die Geburten reguliert! Die Geburtenbehörde oder *Lebensbehörde*, wie sie beschönigend bezeichnet wurde, bestimmte, wann eine Anwärterin auf der Liste die Freigabe zur Schwangerschaft erhielt. Das konnte dauern. Bis nämlich neue „Lebensplätze" frei wurden, zum Beispiel durch Unfall oder Selbstmord. Ungewollte Gravidität wurde rigoros unterbunden, heimlich geborene Kinder zwangsweise in staatlichen Einrichtungen untergebracht.

Selbstverständlich korrigierte das den ‚Lebensplatzindex' nach unten. Und nicht nur die Geburten sollten kontrolliert und niedrig gehalten werden, sondern gleichzeitig verfolgte man auch eine allmähliche Reduzierung der Weltbevölkerung, selbst wenn das öffentlich bestritten wurde.

In dem schönen neuen Paradix-Zeitalter konnte Kriminalität ebenfalls nicht mehr geduldet werden. Das bedeutete, dass Menschen sich nicht mehr durch Betrug, Raub oder Diebstahl von der Gesellschaft ernähren sollten. Die Verjährungsfristen für jegliche Verbrechen wurden abgeschafft, und ein System allgemeiner Bespitzelung drang in alle Lebensbereiche, sodass die persönlichen Freiheitsrechte dramatisch schrumpften.

Mit der Verlängerung des Lebensalters löste sich auch das Problem der Betreuung im Alter auf. Den anfänglich ungeregelten Bezug von ‚Paradix' hatte der Gesetzgeber nach und nach eingeschränkt und schließlich nur noch bis zu einem Lebensalter von unter 50 v. P. (= vor ‚Paradix') erlaubt. Ausgerechnet von ‚Tod und Auferstehung' kamen hierzu die schwersten Angriffe, denn man wollte für sich nicht nur das Recht auf ein naturbestimmtes Leben, sondern auch die Freiheit und Verfügungsgewalt über alle Belange des eigenen Leibes. Dazu gehörte ebenso, dass sich jemand für oder gegen die Paradixerfahrung entscheiden konnte.

Doch wie so oft verliefen die Proteste im Sand. Die Mächtigen versprachen zwar Überprüfung, hielten ihr Versprechen aber nicht und setzten im

Übrigen auf die ‚biologische'Lösung – auf die Zeit. Die Kritiker starben ohne ‚Paradix' einfach aus.

Ein freiheitlicher Geist wie Denise konnte das alles sehr schwer ertragen. Die Einschränkungen in der Forschung betrafen sie ebenso wie Kathrin, und sie sprachen eine Zeit lang häufiger darüber, bis diese Dialoge versickerten, denn sie beide waren machtlos.

Trotzdem gehörte Denise weiterhin zu ihrem Leben wie ein kostbarer Schatz. Gerade so wie sie es bei ihren Eltern gefühlt hatte, die immer da waren, wenn sie diese brauchte, ganz selbstverständlich, sogar als sie nicht mehr lebten. Auch nach dem Tod ihrer Mutter, die die Einnahme von ‚Paradix' kategorisch abgelehnt hatte, weil sie meinte, sie hätte ein Recht darauf zu altern und auch den Tod zu erfahren, war das so. Das Gefühl der Verbundenheit blieb. Sie ertappte sich, dass sie manchmal laut mit ihrer Ma redete und musste über sich selber grinsen.

‚Wie die alten Leute früher', dachte sie. ‚Aber ich bin ja alt.'

Selbst wenn der Körper nicht mehr alterte, was war mit dem Geist? Machte vielleicht die Ansammlung von Erfahrungen alt, der Überblick über viel gelebtes Leben? Woran sollte man das Altern eigentlich noch festmachen?

‚Und jetzt also auch Denise.' Sie hatte es nicht mehr ausgehalten, wie so viele.

Kathrin wischte sich mit der Hand die Tränen ab. Selbstmord war mittlerweile eine der häufigsten Todesursachen. Aus Überdruss, aus Langeweile oder Ekel? Er rangierte noch vor Unfällen oder Morden … oder dem Entzug von ‚Paradix' – mittlerweile gängige Strafe in der Justiz für Kapitalverbrechen. Trotz der noch bestehenden Ächtung der Todesstrafe war es aber genau das: Todesstrafe! Und wie lange würde man offiziell noch vor ihrer Wiedereinführung zurückschrecken? Wovor schreckte denn die allgemeine Regentschaft des Eigennutzes überhaupt noch zurück?

War es bei Denise auch der Überdruss, wenn es nichts wirklich Neues mehr zu erleben gab oder zu erforschen erlaubt war? Waren es die Lebensumstände in einer Welt, in der ohne Regulierung, Zwang, Einschränkung, Gängelung nichts mehr lief? Die schöne neue Welt von Aldous Huxley, der alte Roman, den sie beide in ihrer Jugend gelesen und als grauenhafte Vorstellung in Erinnerung hatten – er war längst Realität, nur angereichert um den

Faktor, dass alles immer ganz genau so weitergehen würde. In Ewigkeit, Amen!

Mit einem Ruck schreckte Kathrin hoch. Ihre Hände waren feucht, der Puls hämmerte, und ihr Atem ging schwer. Sie saß auf einem Bürostuhl. Es war dunkel um sie herum, und die Stille rauschte in ihren Ohren. Sie blickte um sich. Durch eine angelehnte Tür flimmerten die Lämpchen einiger Apparate von nebenan, und ein wenig Grau drang durch die Spalten der Jalousien am Fenster. Sie orientierte sich im düsteren Raum, er sah aus wie ihr alter Arbeitsplatz, ihr Labor. Der Bildschirm vor ihr war noch hochgeklappt, aber dunkel. Und daneben lag ihr Laborbuch. Aber das war doch konfisziert worden? Sie knipste das Licht an, und ihr Spiegelbild leuchtete von den halbdunklen Fensterscheiben zurück. Sie hatte ihren Kittel an, die langen Haare hochgesteckt wie früher, wenn sie auch ein bisschen zerrauft aussahen. Und allmählich kam wie von weit die Erinnerung zurück.

Sie hatte mit Denise geskypt ... doch warum? Weswegen? Wegen des letzten Experiments – die Mitochondrien – stimmt, die Laborergebnisse – ja – das war es – der Durchbruch! Die Mitochondrien hatten geliefert. Mit einem Mal war alles klar. Sie saß tatsächlich in ihrem Labor.

Ein Anflug von Freude wallte kurzzeitig in ihr auf. Sie hatte es wirklich geschafft! Und das war ... gestern Abend erst? Unfassbar!

Die Nacht erschien ihr plötzlich wie eine Ewigkeit. Spät in der Nacht hatte sie ein Gespräch mit Denise geführt. Das bedeutete aber – sie hielt inne und versuchte ihre Gedanken zu sortieren – das hieß dann also folgerichtig: ‚Paradix‘, die Geburtenbehörde, der Verlust des Labors, der Verrat von Frank und auch Denise‘ Selbstmord, das alles, was ihr noch immer so lebhaft vor Augen stand wie eben erst geschehen, das war – ein Traum! Beziehungsweise eine ganze Reihe davon!

Sie musste wohl eingenickt sein, als sie nach dem Anruf nochmals die Aufzeichnungen angeschaut hatte. Sie konnte es noch immer nicht fassen. Nur langsam rollte ein riesiger Mühlstein von ihrer Seele herunter. Von draußen wurde das Grau zwischen den Jalousieblättern heller. Dann wusste noch niemand anderes von der Sache, von dem Durchbruch, dachte sie und hatte wegen der Schatten des Traumes Mühe, die Konsequenzen aus der neuen Situation folgerichtig einzuschätzen. Wenn also niemand etwas davon ahnte und nur Denise bisher ...

Kathrin richtete sich kerzengerade auf. Dann schaltete sie hastig den PC ein, rief Denise' Adresse auf und schrieb: „Denise, von unserem Gespräch gestern: *Kein Wort! Zu niemandem! Um Himmels Willen!*"

„Ich erkläre es Dir unter vier Augen! Hab Dich lieb, Kathrin."

Sie nahm das Laborbuch und riss die letzten Seiten heraus. Dabei achtete sie peinlich genau darauf, dass kein einziges Restchen von Papier mehr in der Heftung hängenblieb. Sie zündete einen Bunsenbrenner an und verbrannte die Seiten in einer Petrischale, die sie anschließend sorgfältig säuberte. Mit fünf Schritten war sie im Nachbarraum, ergriff dort mehrere Glaskolben und leerte deren Inhalt in den Ausguss. Anschließend spülte sie noch lange die Gläser mit heißem Wasser aus.

Die verschwundene Zeit

Es war an einem warmen Freitag im Sommer irgendwann am frühen Nachmittag, als mit einem Mal die Zeit aufhörte. Nichts Weltbewegendes war zu hören oder zu sehen, kein besonderes Ereignis vorgefallen, auf das man das Phänomen hätte zurückführen können, es passierte einfach. Man registrierte es erst allmählich, dann aber um so deutlicher.

Diejenigen, die diesen Bericht jetzt lesen, werden vielleicht sagen, das sei Unsinn, so etwas gäbe es nicht. Aber sie sollten sich daran erinnern, dass es sicherlich jedem von ihnen schon einmal passiert ist, dass sie einem bestimmten Gedanken nachhingen, und die Zeit für sie plötzlich verschwunden war. Etwas wie eine andere Realität nahm für einen Moment Platz, wobei der Ausdruck ‚Moment‘ auch schon verkehrt ist, denn es gibt für den Betroffenen in dieser Situation ja einfach keine Zeit mehr.

So war es auch an diesem Freitag. Völlig unvermittelt gab es sie nicht mehr. Das Wochenende stand vor der Tür, und der allgemeine Zeitdruck hatte in den Köpfen der meisten sowieso schon seine Regentschaft eingebüßt. Den verliebten Pärchen in den Anlagen kam es sogar sehr gelegen, denn für sie sollte die Zeit möglichst überhaupt aufhören, sich zu bewegen.

Andere hingegen verwirrte die merkwürdige Veränderung total. Wie den griesgrämigen Rentner, der soeben einen Beschwerdebrief beendet hatte, weil die Kinder in der Wohnung über ihm so lärmten. Und gerade wollte er das Blatt aus seiner alten Reiseschreibmaschine ziehen, als der Kuckuck seiner Schwarzwalduhr gerade mit seinem „Kuckuck, Kuck ...“ beginnen wollte. Doch der Rest des zweiten „Kuckuck“ blieb ihm in seinem hölzernen Schnabel stecken. Genauso wie die Hand des alten am Blatt in der Schreibmaschine verharrte. Autos und Omnibusse fuhren zwar scheinbar weiter, aber sie kamen nicht an. Der Stein, den ein Lausejunge auf das Gewächshaus der Gärtnerei nebenan abgeworfen hatte, flog und flog, doch ohne sein Ziel zu treffen, als der Gärtner eben zufällig um die Ecke schaute. Auf der Einkaufsstraße in Richtung Universitätsplatz war eine Hausfrau im Moment dabei, von dem türkischen Obsthändler vehement Ersatz zu verlangen für eine gestern eingekaufte, faule – sie griff in die Tüte – ja, was denn? – sie bekam nichts zu fassen. Die Wassersprenger in den Gärten spritzen anscheinend ihr Wasser weiter in die Luft, aber es verblieb dort, und die Kinder, die sich darin hatten erfrischen wollen, sowie der Rasen blieben trocken. Die Kondensstreifen zweier Flugzeuge trafen sich am Himmel und malten ein großes, schräges Kreuz in die Luft, das dann dort dauerhaft schwebte, ohne sich zu verändern.

Nicht dass alles nur plötzlich erstarrt wäre, nein, es war so, als ob die Motoren der Zeit wohl weiter surrten, doch wie im Leerlauf und mit hoher Drehzahl, so etwa wie: dynamisch eingefroren. Den Nachrichtensprecher im Fernsehen traf es besonders hart, denn als er gerade sagen wollte, der Staatspräsident kehre soeben von einem Kurzbesuch aus den Vereinigten Staaten zurück, fehlte ihm das Imperfekt im Satzbau. „Er wird zurückgekehrt sein – ist im Begriff zurückkehren zu wollen – denkt daran, die Rückkehr begonnen zu haben oder zurück zu sein – es war vertrackt.

Irgendwie schien der Takt der Zeit ins Unendliche gedehnt zu sein, nicht mehr wahrnehmbar. Von einem Rennfahrer hatte man schon einmal gehört, dass er nach seiner rasenden Vorbeifahrt an der Tribüne mit 300 km/h hinterher beschreiben konnte, welche neue Bluse die Dame seines Herzens dort unter den Zuschauern getragen hatte. Unmöglich, bei *dem* Tempo solche Kleinigkeiten zu erkennen und zu registrieren würde man meinen, doch er wusste es wirklich! Die Zeit soll sich ja bei höheren Geschwindigkeiten dehnen, sagte Einstein, bei Lichtgeschwindigkeit gar stehen bleiben und darüber hinaus – unfassbar – rückwärts laufen. Und allen Lehrmeinungen zum Trotz gibt es Hinweise darauf, dass es *die* absolute Geschwindigkeit gar nicht gibt, dass die Lichtgeschwindigkeit nur eine Art Übereinkunft der Wissenschaftler darstellt, in welcher Größenordnung etwa sich das Licht zu bewegen pflegt und dass es darüber hinaus auch noch schneller geht!

Solche Betrachtungen stellten die Betroffenen natürlich nicht an. Sie hatten alle Hände voll zu tun – besser gesagt: die Köpfe voll zu tun, um mit dem Unerhörten klar zu kommen. Denn Geist ist ja nicht von Zeit oder Raum beschränkt. Die Gedanken bewegten sich sehr wohl, nur sonst nichts mehr!

Später beschrieben Personen, die sich um die fragliche Zeit auf dem Weg zum Sender oder zur Universität hin bewegten, dass sie ab einer gewissen Grenze das Gefühl hatten, auf Watte zu laufen, um dann völlig stehen zu bleiben. Oder noch eher wie in einen neuen Raum zu fallen und darin zu schweben – es war nicht möglich, den Zustand mit passenden Worten unserer Sprache zu beschreiben. Andere hingegen, die dem Bezirk nur nahe kamen, einer runden Fläche von zirka achthundert Metern im Durchmesser, so recherchierten es hinterher einige Geologiestudenten, empfanden einen leichten, dumpfen Druck über der Stirn, und es überkam sie plötzliche

Trägheit, ohne sich dabei eigentlich müde zu fühlen. Außerhalb der Zone wurde nichts wahrgenommen, lief sonst alles seinen normalen Gang. Nur über dem beschriebenen Raum hing so etwas wie ein Stück ewiges „Jetzt".

Bei vielen sogenannten Nahtoderlebnissen, wie sie Raimond Moody in seinen Büchern beschrieben hat, berichteten die Betroffenen, dass sie kurz vor Eintritt des Ereignisses die Zeit ganz anders, ganz neu erlebten. Die wichtigsten Ereignisse ihres Lebens spulten wie im Film rückwärts vor ihren Augen ab, wobei sie sich selbst nicht mehr in ihrem Körper befanden. Vielmehr hingen sie außerhalb oder oberhalb von ihm in einem Raum, in dem plötzlich ganz andere Gesetze galten. Geschah das während einer Operation, sahen die Betroffenen manchmal den Operationssaal mit den Ärzten darin, die an ihrem eigenen Körper arbeiteten wie an einem Fremden, sahen auch Dinge im Nebenraum durch Decken und Wände hindurch, und trotzdem blieben sie voll bewusst sie selbst.

Im Inneren dieses Distrikts nahmen alle auch wahr, was die anderen dachten, und sie hatten alle Zeit der Welt, (wenn der Ausdruck für diese andere Realität gestattet ist) sie hatten Zeit, was immer sie wollten, in Ruhe zu betrachten, zu erfühlen, zu bedenken und das in völliger Klarheit und Eindeutigkeit. Selbst wenn es bei einigen Menschen unaufrichtige Gedanken gab oder sogar übel meinende, so störte das die anderen nicht, denn sie schwebten in einem Feld von überlegener Distanz, von Wohlwollen und grenzenlosem Angenommen-Sein, und zwar genau so, wie sie eben waren.

Die Erlebnisse im permanenten Jetzt-Zustand umfassten aber nicht nur die Vergangenheit, sondern auch die Zukunft. Von mehreren Leuten wurde berichtet, dass sie sich währenddessen zufällig in einem Spiegel betrachtet und dabei gedacht hätten, sie sähen heute ziemlich alt aus. Und ihr Abbild wurde plötzlich richtig alt und faltig. Doch der Gedanke: ‚Ja früher, mit zwanzig, da war es noch anders', zauberte ihnen sofort ihr jugendliches Spiegelbild vor die Augen. Und nicht nur Spiegelbilder erschienen passend zu der gedachten Zeit, auch vergangene oder zukünftige Ereignisse wurden wahrgenommen. Ein Physikstudent, der an seiner Doktorarbeit schrieb, gestand nach der Promotion, dass er den fehlenden Einfall zur Vollendung eines schwierigen Experiments im permanenten Jetzt-Zustand vorweg ‚gehofft' und dann gesehen habe. Andere Kommilitonen zeigten nach Abklingen des Zeitraffer-Modus ebenfalls unerwartete Fortschritte und Einsichten, weit über den Stand ihrer Studien hinaus.

Dr. Eben Alexander, eine Koryphäe auf dem Gebiet der Neurochirurgie in

USA, erlitt vor einigen Jahren eine bakterielle Hirnhautentzündung, hervorgerufen durch einen anscheinend gegen jedes Antibiotikum resistenten Keim, und er verlor sein Bewusstsein für eine ganze Woche. Seine Ärztekollegen versuchten alles Mögliche, um ihn am Leben zu erhalten, verzweifelten aber zunehmend bei ihren Bemühungen und befürchteten das Schlimmste für die Zeit danach, sollte er es überhaupt überleben.

Als er zur Freude und Überraschung aller wieder zu sich kam und später ganz gesund wurde, berichtete er in einem Buch „Blick in die Ewigkeit" von einer unbekannten Sphäre, in die er damals eingetaucht und in der das Bewusstsein ungeheuer ausgedehnt und aufnahmebereit gewesen wäre. Er beschrieb verschiedene Stationen, die er durchlaufen hätte und seine unterschiedlichen Gefühle dabei, besonders aber das einer grenzenloser Liebe und eines absoluten Angenommen-Seins, in dem er badete. Er, der strenge Naturwissenschaftler, entschuldigte sich im Nachhinein bei den Patienten, die ihm in seiner Praxis als Chirurg von solchen Erlebnissen berichtet hatten, aber bei ihm nur auf nachsichtiges Wohlwollen und fundamentale Zweifel gestoßen waren.

Die Studenten der psychologischen Fakultät, welche sich mit dem Phänomen der ICU-Psychose, (Intensive Care Unit-) oder Intensivstations-Psychose befassten, bestätigten, dass zurückgekehrte Koma-Patienten oft unverständliche Erlebnisse aus dem Komazustand, gemischt mit Dingen aus ihrer Vergangenheit von sich gaben, weil das Gehirn sich erst wieder an die ‚Normalität' dieses Lebens gewöhnen musste. Offensichtlich hatten sie inzwischen eine andere, unbekannte Realität erlebt. Die angehenden Psychologen schlossen daraus, dass der besagte, zeitlose Zustand, von dem hier berichtet wird, wohl am ewigen Jetzt oder einfacher ausgedrückt: am ‚Jenseits' gekratzt hatte.

Als Erklärung für das Auftreten des Phänomens wurde seitens der Astronomie später ins Feld geführt, dass in der fraglichen Periode eine hohe Aktivität von Sonnenwinden geherrscht hätte, wobei aber unerklärlich blieb, warum nur ein so kleiner Bezirk davon betroffen war. Man diskutierte außerdem besondere Erdabstrahlungen, die wie eine Art Brennglas die Sonnenaktivität verstärkt haben könnten. Eine dritte Gruppe brachte die Anwesenheit von Anhängern der transzendentalen Meditation des Maharishi ins Spiel, welche zu dieser Zeit im Audimax einen Kongress abhielten. Diesen Leuten wird nachgesagt, dass sie mittels einer besonderen Technik fliegen könnten – oder Ähnliches. Aus den USA liegen authentische Berichte vor, dass in elf Städten, in denen zwar nur 1 % der Bevölkerung die transzendentale Meditation ausübte, die Kriminalitätsrate aber um 18,5 % zurückging, während sie in den Kontrollstädten ungebremst weiter anstieg. Man traute den Maharishi-Jüngern daher noch so einiges andere zu ...

Schließlich rückten einige Studenten geraume Zeit nach dem Ereignis mit einer ganz anders gearteten Erklärung heraus. Es waren die Mitglieder einer Lern- und Forschungsgruppe um den schon erwähnten Physikstudenten und Doktoranden. Diese Gruppe arbeitete intensiv an einem schwierigen Problem, das aber immer weitere Fragen aufwarf, sodass die vorgegebene Zeit bis zur Ablieferung der Arbeit mehr und mehr schwand. Schließlich wurde es unmöglich, alle infrage kommenden Publikationen bis dahin zu besorgen, geschweige denn durchzuarbeiten.

Unter den Studenten befanden sich vier Freunde aus einer Wohngemeinschaft, die neben ihrer wissenschaftlichen Arbeit auch an philosophischen und geistigen Problemen interessiert waren. Gerade die Physiker, die in den Grenzgebieten der Wissenschaft an vorderster Front arbeiten, sind häufig offen für unkonventionelle Gedanken. Dort, wo sich Physik und Metaphysik zu treffen scheinen, wo sich die herkömmlichen Erkenntnismöglichkeiten immer mehr verabschieden, weiß man längst, dass schon die Art und Weise, in der man ein Objekt beobachtet, dieses Objekt bereits verändert. Dort ist nichts mehr sicher, alles scheint möglich.

Die vier Freunde wussten um die Einflüsse, welche Gedanken auf Materie ausüben können, denn das war in Laboratorien längst nachgewiesen. Sie kannten natürlich auch Einsteins berühmte Formel, die die Lichtgeschwindigkeit mit Materie und Energie in Beziehung setzt. Und sie wussten um seinen schwer verdaulichen Begriff von der ‚Raumzeit‘. So entstand die Überlegung, ob der Geist vielleicht nicht nur Materie, sondern auch die Zeit verändern, sie dehnen oder schrumpfen lassen könnte. Weil ihre Arbeit allein schon aus Zeitmangel zu scheitern drohte, hatten sie nichts mehr zu verlieren und entschlossen sich zu einem Experiment. Alle vier besaßen Erfahrungen in Meditationstechniken und man verabredete, gemeinsam mit dem Rest ihrer Gruppe, dem man geheimnisvoll eine besondere Überraschung versprochen hatte, sich am Freitag nach dem Essen in der Abgeschiedenheit einer kleinen Kapelle auf dem Universitätsgelände zu treffen. Der junge Kaplan dort war eingeweiht und einverstanden. Und die Überraschung stellte sich später tatsächlich ein, wenn auch ganz anders, als sie es sich vorgestellt hatten ...

Als die Letzten der Gruppe am Freitagmittag in dem kleinen Gotteshaus eintrafen, hing unter dem niedrigen Kreuzrippengewölbe schon schwerer Weihrauchduft in der Luft. Der Kaplan hatte das Räuchermittel gestellt, das man wegen seiner psychedelischen Wirkung ja schon von alters her benutzte, und er hatte eine beachtliche Menge davon angezündet. Man ließ sich zu acht auf mitgebrachten Kissen vor dem Altar nieder, einer der vier Freunde schwenkte die Weihrauchschale vor ihren Nasen hin und her und wies alle an, sich durch immer tieferes und bewussteres Atmen zu entspannen. Sie sollten die Augen geschlossen halten und sich auf den Punkt genau in der Mitte zwischen den Brauen, auf das ‚dritte Auge‘ konzentrieren. Dann forderte er sie auf, sich die Zeit vorzustellen, Zeit, die für die Erfüllung ihrer Aufgabe noch übrigblieb und suggerierte ihnen dann, wie schön es für sie wäre, wenn diese Zeit sich dehnen könnte, wenn sie mehr davon für ihre Nachforschungen zur Verfügung hätten. Diese Suggestion wiederholte er in Abständen einige Male. Danach verharrten alle lange Zeit in absoluter Stille.

Irgendwann – der Zeitpunkt war hinterher nicht mehr genau auszumachen, aber offensichtlich war es ein *gemeinsamer* Zeitpunkt – irgendwann blieb die Zeit stehen! Plötzlich, sie fühlten es, war etwas anders, und gleich nach dieser Feststellung sahen sie von oben herab auf sich selbst, wie sie in der Kapelle saßen: die Augen geschlossen, aufrecht und bewegungslos. Und ihr Geist befand sich währenddessen in einem anderen Raum oder Zustand.

Die Erinnerung an den eben gehegten Wunsch klang ihnen noch in den Ohren, und plötzlich sahen sie alles Wissen, das sie suchten, direkt vor ihren Augen. Vielmehr noch *fühlten* sie oder *begriffen* es auf eine nicht in Worten auszudrückende Weise.

Mühelos filterten sie aus einem Meer von Informationen diejenigen heraus, die sie für ihr Projekt benötigten – das Ganze in Null Zeit. Unmöglich zu sagen, wo dieses Material plötzlich herkam, es stand einfach zur Verfügung. Und der Zustand war derart befremdlich und schön, dass sie fasziniert darin verharrten.

Später wusste jeder von ihnen, auch die völlig überrumpelten anderen vier Kommilitonen, von neuen Erkenntnissen und Einfällen zu berichten, von vergangenen und zukünftigen Ereignissen im eigenen Leben, oder auch in dem der Freunde, je nachdem worauf sie sich in dieser Nicht-Zeit fokussiert hatten.

Merkwürdig kühl war es ihnen um den Kopf herum, der Verstand dabei völlig klar und scheinbar ins Gigantische gesteigert. Ein Teilnehmer berichtete von einem absoluten Mittelpunkt dieser Sphäre, einer tiefen Schwärze, von der aber keine Bedrohung, sondern im Gegenteil: Wärme und Geborgenheit ausging, sodass er sich nichts mehr wünschte, als ganz in diese Dunkelheit einzutauchen.

Genau so plötzlich wie der Zustand eingetreten war und ohne, dass sie sagen konnten, wie lange er in der ‚realen' Zeit gedauert hatte, waren sie wieder zurück im Hier und Jetzt. Es war, als ob die Zeit eine große Blase gebildet hätte außerhalb des Raum/Zeit-Kontinuums, die jetzt wieder geplatzt war.

Erst ganz allmählich gelang es den Teilnehmern ihre Gedanken zu ordnen. Der Kaplan hatte zwar nicht an der Meditation teilgenommen, war aber wie alle eingebunden in das Erlebnis und starrte sie fassungslos an. Dann entluden sich die Erlebnisse der Beteiligten in langen Erzählungen und Diskussionen, Deutungsversuchen und ersten Niederschriften.

Als sie die kleine Kirche verließen, stellten sie bald fest, dass nicht nur ihnen, sondern allen in der Umgebung Ähnliches widerfahren sein musste. Der ganze Campus glich einem aufgescheuchten Bienenschwarm. Aber die ‚Bienen' waren nicht aggressiv und stechbereit, sondern es herrschte eine Atmosphäre von allgemeinem Erstaunen, Wohlwollen und Nachsicht vor, von Freude am Leben und daran, sie weiterschenken zu können.

In der angrenzenden Wohnstraße standen die Menschen ebenfalls auf den Gehwegen und redeten und redeten. Die Busse fuhren nun wieder und kamen pünktlich an, ohne dass sich die wartenden Fahrgäste an den Haltestellen über eine Verspätung beklagt hätten. Der Stein des Lausejungen war jetzt zwar in einer Scheibe der Gärtnerei gelandet, aber der Gärtner sah es und ärgerte sich gar nicht groß darüber, sondern grinste in sich hinein bei dem Gedanken, wie der Junge jetzt wohl laufen und ein schlechtes Gewissen haben würde, so wie er früher bei seinen eigenen Streichen. Der Kuckuck der Schwarzwalduhr machte. „…kuck" und kuckuckte dann noch zweimal weiter. Der Rentner zog das Beschwerdeschreiben aus der Maschine, zögerte einen Moment, zerknüllte es dann entschlossen und warf es in den Papierkorb. Und die Hausfrau vorne beim türkischen Obsthändler schluckte vernehmlich, aber statt sich zu empören, meinte sie auf seinen fragenden Blick hin, fast schon verlegen: Eine der Birnen von gestern hätte den Heimtransport unten in der Tüte wohl nicht so ganz überstanden. Daraufhin füllte der Händler eine ganze Tüte davon und schenkte sie ihr.

Die Begebenheit war also nichts Geheimes. Sie wurde bald landauf, landab heftig diskutiert, teils als Sensation gefeiert, teils belächelt und als Humbug abgelehnt, teils vehement von denen verteidigt, die sie erlebt hatten. Es regnete von allen Seiten Erklärungsversuche, von den oben schon erwähnten bis hin zu Verschwörungstheorien, Aliengeschichten und Gerüchten über großangelegte Menschenversuche mit militärischen Kampfmitteln. Seriösere Ursachenforscher brachten komplizierte physikalische Begriffe ins Spiel, wie die der „Dissipativen Strukturen" des Nobelpreisträgers Ilja Prigogine; das besagte, dass sich Teilchen bei Zufuhr von Energie selbstständig zu völlig neuen, größeren Gebilden vereinigen würden – sowas verstand natürlich kein Mensch und ein Spötter meinte: ‚Was für Teilchen das denn wären? Puddingteilchen oder Streuselschnecken? Und würde dann daraus etwa eine Käsesahnetorte?'

Als griffige Erklärung und um die entstandene Unsicherheit und Beunruhigung in der Bevölkerung zu beenden, ließ die Regierung über das meteorologische Institut der Universität die offizielle Sprachregelung verbreiten: Es habe sich lediglich um ein spontan aufgetauchtes, regionales Wetterphänomen gehandelt, ein plötzliches und abnormes Tiefdruckgebiet mitten im Sommer, das bei einigen besonders belasteten Menschen zu Blutdruckschwankungen und partiellen Bewusstseinsstörungen geführt haben könnte. Sehr überzeugend klang es für die Betroffenen zwar nicht, aber die Allgemeinheit wollte das so glauben und alle, die etwas anderes behaupteten, standen bald im Verdacht ‚bewusstseinsgestört' zu sein, also sprachen diese auch nicht mehr drüber. Die Berichte der acht Physikstudenten zu diesem Thema wurden von der Fakultät ignoriert, beziehungsweise gar nicht erst angenommen. Ihre Arbeit allerdings war pünktlich zum angegebenen Termin fertig und ein voller Erfolg.

Die kurzzeitige und wunderbare Atmosphäre von Toleranz und Wohlwollen im Viertel verebbte leider wieder, und zwar ziemlich rasch. Übrig blieben nur die acht angehenden Physiker aus der Kapelle, die aber wussten, was sie wussten.

Die Ringelnatter und der Tausendfüßer

Vor langer Zeit, als die Nattern sich noch mehr nach Art der Raupen fortbewegten, also Buckel machten, um sich dann wieder zu strecken, störte sich eine junge Ringelnatter – d. h. genauer gesagt: Es war ein männliches Tier, also ein Ringelnatt – dieser kleine Ringelnatt also störte sich sehr an seiner Bewegungsart, weil sie ihn zwang durch alle Tümpel und Schlammlöcher hindurch zu waten oder sich mühsam über Hindernisse zu hieven, anstatt elegant darüber hinweg steigen zu können. Er beklagte sich darüber bei der obersten Instanz, die er kannte, dem Natterngott, wobei nicht bekannt ist, ob es sich dabei um die heilkundige Aesculap-Natter oder sonst wen handelte.

Aber wie auch von anderen Lebewesen her bekannt, bekam er von der Obernatter keine Antwort oder Hilfe, so sehr er auch darum bettelte. Er musste weiter durch das sumpfige Gras buckeln, in den Modder gleiten oder über Äste und Steine klettern. Wenn er bei Artgenossen über sein Leben lamentierte, speisten sie ihn auch nur ab mit einem „So ist es eben, nimm es einfach hin und rede nicht so viel." Doch das konnte der Ringelnatt nicht. Und den Gleichmut einer satten Boa constrictor lehrte man in der Natternschule noch nicht, das zählte zu den höheren Künsten und wurde erst mit dem Studium fremder Kulturen auf der Nattakademie vermittelt.

Der junge Ringelnatt, wir wollen ihn der Einfachheit halber einmal „Züngel" nennen, der sann lange über einen Ausweg aus seiner misslichen Lage nach, doch es blieb beim Buckeln durch Sumpf und Moor, und dem anstrengenden Klettern über Ast und Stein.

Eines Tages begegnete er bei seinen Exkursionen im feuchten Waldboden einem Tausendfüßer, der elegant mit seinen vielen Beinpaaren im perfekten Rhythmus über Laub und Hölzer tänzelte, ohne auch nur im Mindesten aus dem Takt zu kommen. Gebannt schaut er ihm nach, bis er zwischen zwei Steinen verschwand.

‚Das wäre es!', dachte der Ringelnatt. ‚So musste man laufen können!' Gleichzeitig keimten in seinem Gliederköper Neid und Unzufriedenheit auf. ‚Wie ungerecht!', knurrte Züngel, d. h. er knurrte nur innerlich, weil ihm die Sprachwerkzeuge fehlten. ‚Wie gemein! Der hat so viele Beine und ich gar keine.' Ja ja, so geht es vielen. Die einen haben im Überfluss, ohne je darauf zu achten, dass den anderen das Nötigste fehlt.

Züngel wollte sich damit nicht zufriedengeben. Vielleicht müsste man diejenigen in ihrem Überfluss nur einmal darauf aufmerksam machen, wie es anderen geht. Vielleicht würden sie dann von selbst die Ungerechtigkeit abändern wollen und von ihrer Fülle abgeben, sinnierte Züngel, denn er war noch sehr jung und glaubte naiv an das Gute.

Der junge Ringelnatt rollte sich vor den beiden Steinen ein und wartete, denn einmal müsste der Tausendfüßer ja wieder herauskommen. Darüber verging die Nacht.

Mit dem Morgen und den wärmenden Sonnenstrahlen wurde er wieder munter. Als er noch überlegte, weshalb er denn hier die Nacht verbracht hatte, bewegte sich etwas zwischen den Kieseln und der Tausendfüßer kam hervor.

„Entsssuldigen Ssie, dasss ich Ssie ansssspreche", begann Züngel.

Der Tausendfüßer erstarrte vor Schreck, denn er dachte sein letztes Stündchen sei gekommen.

„Nein, nein", beeilte sich Züngel, „ich will Ihnen nichtsss Bössses. Nur eine bessssseidene Frage: Ssie haben alsss Tausssendfüßßßer ssso viele Beine – könnten Ssie mir nicht ein paar davon abgeben?"

Es entstand eine Pause. Der Tausendfüßer war verwirrt, nicht nur dass ihn der Ringelnatt ansprach, sondern auch vom Inhalt der Frage. Über die Menge seiner Beine hatte er noch nie nachgedacht.

„Wie meinen Sie das?", fragte er vorsichtig, denn er war vor der Harmlosigkeit seines Gesprächspartners keineswegs überzeugt.

„Nun, wie ich esss sssage. Ssie haben tausssend Sssstück, ich kein einzziges. Wasss würde esss Ihnen ausssmachen, wenn Ssie einige abgäben? Dasss fiele doch gar nicht auf!"

Der Tausendfüßer schluckte.

„Also", begann er, „selbst wenn ich Ihnen, sagen wir mal, zwei Dutzend abgäbe, was wäre ich denn dann? Ein Neuhundertsechsundachzigfüßer, oder was? Jedenfalls doch nicht mehr ich."

Das gab auch dem Ringelnatt zu denken, aber er meinte: „Und wenn ssson? Essss kann Ihnen doch gleichgültig ssein, was andere sssagen, auf den Namen kommt esss doch nicht an, sssondern auf dasss Wessssen einer Kreatur."

Der Tausendfüßer wehrte energisch ab: „Meinen Sie, eine einzige Dame meiner Art würde mich noch anschauen, wenn ich als Krüppel erscheine?! Und wenn ich Ihnen die vorderen oder hinteren Beine abträte, was hätte ich davon? Mein Kopf oder Hinterleib würden dann auf dem Boden schleifen, „Und ein paar ausss der Mitte?" beharrte Züngel. „Unmöglich, dann käme mein ganzer, fein abgestimmter Rhythmus geriete aus dem Takt. Ganz abgesehen davon, dass Sie die Anzahl meiner Beine falsch einschätzen. Ich gehöre zur Art der Siphonophoida, und wir haben höchstens dreihundertachtzig Beinpaare", schloss der Tausendfüßer triumphierend und, wie er meinte, auch sehr überzeugend in seiner Argumentation.

Der Ringelnatt war keineswegs überzeugt und verlegte sich aufs Handeln.

„Wenn ich Ihnen etwasss dafür gäbe, sssagen wir mal von meinen glänzzzenden SSSSuppen?"

„Die Schuppen?", der Tausendfüßer machte runde Augen. „Vielleicht die mit den schwarzen Zeichnungen darauf?" Und für einen Augenblick kam der Tausendfüßer in Versuchung.

„Sssie würden Ihnen gut zzzzu Gesssicht ssstehen", setzte Züngel verführerisch nach. Er spürte, dass er eine Schwachstelle beim Tausendfüßer getroffen hatte, denn der grämte sich manchmal wegen seines unscheinbaren Äußeren. „Ich könnte Ihnen sssogar meine ganzzzze Haut dafür geben."

Der Tausendfüßer überlegte. Mit den glatten, wie poliert blitzenden Schuppen des Ringelnatt bekleidet …, das wäre schon etwas. So hätte bestimmt noch keiner seiner Verwandten ausgesehen. „Und zwei Dutzzzend isssst doch nicht viel. Da blieben nach Adam Riessse noch dreihundertssssechunfünfzzzig übrig, überlegen Ssssie mal …"

„Sagen wir zwanzig, das genügt!"

„Gut, weil Sssie essss sssind, sssagen wir zzzzwanzzzig", willigte Züngel gespielt zögerlich ein und gab dem Ringelnatt seine Haut. Dass er sie ohnehin abgestreift hätte, musste er dem anderen ja nicht erzählen. Dafür bekam er dann zehn Beinpaare, die er sogleich in angemessenen Abständen unter seinem Körper verteilte. Das wog seiner Meinung nach die nun fehlende Zeichnung auf seiner Haut bei weitem auf.

Der Tausendfüßer seinerseits wickelte sich in die glänzende Schlangenhaut und nahm sich vor, Kopf und Hinterleib einfach etwas höher zu halten als

Ausgleich für die fehlenden Beine. Beide verabschiedeten sich zufrieden und liefen – nun beide auf ihren Füßen – davon.

Der Tausendfüßer in seinem glänzenden und auffälligen Ornat kam genau tausend Schritte weit, bis eine Erdkröte den auffälligen Leckerbissen sah und ihn sich einverleibte.

Der Ringelnatt schaffte es noch bis aus dem Wald in Richtung des heimatlichen Sumpfes, ehe ein Sperber den ungetarnten weißen, sich ringelnden Leib erspähte und ihn seiner Nachkommenschaft im Nest als Speise verabreichte.

Der Eisenbeißer

Wie so oft bei interessanten Entdeckungen war auch diese einer Reihe von Zufällen geschuldet, bei denen erst nach und nach die Zusammenhänge und die möglichen, enormen Konsequenzen zutage treten sollten.

Der erste Faktor auf diesem Pfad war Norberts besondere Vorliebe für Schweden. Ein ‚Schwedophiler‘ sozusagen, den auch kleinere Rückschläge nicht heilen konnten, so zum Beispiel als ihm ausgerechnet in Stockholm sein Fahrrad gestohlen wurde. Zu der Zeit hielt er sich gerade für zwei Semester an der Uni der schwedischen Hauptstadt auf. Schon als Schüler begeisterte er sich für das Land, seine große Geschichte, seine technischen Errungenschaften und den heutigen Sozialstaat, der diese Nation zu einer der glücklichsten und zufriedensten in Europa machte – wenn nicht gar auf der Welt. Norbert war Protestant, und ihm gefiel die geistige Offenheit, die das Land aufgrund der langen Tradition dieser Religionsausrichtung tief durchdrungen hatte. Sein Aufenthalt hing mit seinem speziellen Studium als Biotechniker zusammen, das nämlich der Erforschung der Meeresalgen und ihren diversen Einsatzmöglichkeiten galt. In Stockholm gab es eine besonders darauf spezialisierte Forschungseinrichtung.

Die Bedeutung der Algenforschung war in den letzten Jahren dramatisch angewachsen, sowohl in der ‚blauen‘ Biotechnologie, die die Auswirkung auf das Wasser untersuchte, als auch in der ‚grauen‘, derjenigen, die sich mit der Beseitigung von Abwässern beschäftigte. Und dann gab es noch die ‚grüne‘, die sich der Landwirtschaft verpflichtet fühlte und der Erzeugung von Lebensmitteln aus Algen. Sie gewann immer mehr an Bedeutung, denn: Wie wollte man in Zukunft die wachsende Menschheit noch ernähren?

Norbert kehrte nach Abschluss seiner Studien regelmäßig nach Stockholm zurück. Er hatte dort viele Kontakte und liebte die Stadt. Dass ihm dann auch irgendwo in Gamla Stan, dem historischen Zentrum von Schwedens Hauptstadt, an einem warmen Spätsommerabend Agneta über den Weg lief, war nur folgerichtig. Und als ob es nichts Selbstverständlicheres auf der Welt gäbe, nahm sie ihn, weil es draußen schon etwas frischer wurde, mit zu sich nach Hause, um es sich ein bisschen kuscheliger zu machen, wie sie sagte. Inzwischen waren sie schon acht Jahre verheiratet und wohnten in

Warnemünde, wo Norbert am Institut für Ostseeforschung eine interessante Anstellung gefunden hatte.

Dass Norbert ein Schwedenauto fuhr, versteht sich von selbst. Das erste gebrauchte, das er sich nach Studienabschluss leisten konnte, fuhr er fast zweihunderttausend Kilometer und veräußerte es später zu einem stolzen Preis, denn an seinem ‚schwedischen Panzer', wie er sein Gefährt liebevoll nannte, war nichts dran. „Es geht nichts über Schwedenstahl", meinte er, wenn ihn seine Kollegen gelegentlich verspotteten, denn die kantige Kastenform seines Vehikels war längst außer Mode. Das zweite Auto holte er sich mit Agneta persönlich in Göteborg ab, und sie verbanden diese Reise gleich mit einer Nordlandtour.

Bei der Gelegenheit kamen sie auch an Kiruna vorbei, dort wo der Rohstoff für seinen Panzer, das Eisenerz, gefördert wurde. Auf sieben Sohlen holten sie dort den Stoff mittlerweile aus der Erde, die letzte ging erst 2012 in Betrieb. Norbert war schwer beeindruckt. Sein Interesse für Technik und gerade die Eisenverarbeitung stammten von seinem Vater, der sich vom einfachen Hüttenarbeiter bis in die Betriebsleitung hochgearbeitet hatte. Dass er und seine Mutter ihm dann seine Ausbildung ermöglichten, rechnet er ihnen noch immer hoch an. Da er auch ein Eisenbahnfan war, musste er dort unbedingt die Narvikbahn mit ihren endlos langen Güterzügen und den riesigen, dreiteiligen E-Lokomotiven davor sehen, die das Erz aus Kiruna oder die Pellets aus Svappavaara zur norwegischen Küste zogen.

Etwas abseits der üblichen Wege holte er sich allerdings bei dieser Gelegenheit gleich den ersten Makel an seinem neuen Gefährt: einen kräftigen Steinschlag unterhalb des rechten Scheinwerfers. Nach der Rückkehr aus Schweden sah er zu Hause, dass dort nicht nur der Lack abgesprungen war, sondern sich schon ein kleines Rostfleckchen gebildet hatte. Er behob den Schaden durch kräftiges Polieren und einen kleinen Tupfer mit dem Lackstift in Autofarbe.

Dieser Vorfall lag schon über ein Jahr zurück, als er im Frühjahr wieder einmal zur Autowäsche in die Waschstraße fuhr. Hinterher stieg er aus, um das Innere des Wagens zu saugen und außen die letzten Wasserreste zu beseitigen. Dabei entdeckte er, dass das Rostfleckchen von damals wieder durchgekommen war und sich sogar kleine sternförmige Ausläufer gebildet hatten. Wieder polierte und tupfte er wie gehabt und vergaß das Ganze schnell.

Norbert war eigentlich rundum zufrieden. Seine Arbeit machte ihm Spaß und ernährte ihn ordentlich, seine Urlaube mit Agneta verbrachte er natürlich in ihrer schwedischen Heimat, ja, er hatte im letzten Jahr mit Agnetas Bruder Peer sogar ein kleines Holzhaus in den Schären bei Stockholm erworben, und zusammen erlebten sie dieses Jahr dort einen Urlaub wie aus dem Bilderbuch. Dennoch freute er sich auch auf zu Hause, denn ihm und zwei seiner jungen Kollegen war neulich ein wichtiger Fortschritt beim Einsatz der Algen zur Gewässerreinigung gelungen. Das galt es nun weiter zu entwickeln.

Wegen des Staubes von der langen Reise und der Insektenflecke auf der Windschutzscheibe fuhr Agneta das Auto ein paar Tage nach der Rückkehr wieder durch die Waschanlage und erwähnte nach dem Heimkommen beiläufig, dass vorne unter dem rechten Scheinwerfer ein komischer Rostfleck zu sehen sei, den sie nicht wegbekommen hätte. Norbert war sehr beschäftigt und erinnerte sich erst am Wochenende wieder an ihre Bemerkung, dann schaute er einmal nach. Der Rostfleck war an der gleichen Stelle wie vor einem Jahr und in der Tat größer als er ihn in Erinnerung hatte. Am Merkwürdigsten erschienen ihm die sternförmigen Ausläufer, die nicht nur, wie zuletzt, gerade zwei bis drei Millimeter von einem Zentrum nach außen verliefen, sondern sich jetzt teils verzweigten bis zu zweieinhalb Zentimeter lang und seltsam gekrümmt waren. ‚Wie die Fraßgänge eines Holzwurms‘, dachte Norbert. Er wischte die eigenartige Assoziation beiseite, denn das war ja schließlich Schwedenstahl und kein Lindenholz. Jedenfalls ließen die Rostspuren sich nicht so einfach mit Politur beseitigen, sodass er am Montag nach der Arbeit bei dem schwedischen Autohaus vorbeischaute, um sich zu erkundigen, wie sie den Schaden beheben könnten und zu welchem Preis.

Der Meister schaute sich den Kotflügel eingehend an und schüttelte ein paarmal ungläubig den Kopf, tauschte mit seinem Kollegen einen kurzen Blick aus und rückte dann mit einer etwas platten Erklärung heraus, die er offensichtlich nicht zum ersten Male von sich gab. Von wegen ‚Lackfehler‘, in einer gewissen Serie wären da gelegentlich Schwierigkeiten aufgetaucht, selbstverständlich würde der Schaden behoben, und zwar auf dem Kulanzwege. Norbert war es zufrieden. Der Wagen blieb zwei Tage in der Werkstatt, in dieser Zeit durfte er leihweise das neueste Modell der Marke ausprobieren.

Der Winter hatte es in diesem Jahr in sich, nie richtig kalt, aber trostlos grau und nass, und er wollte kein Ende nehmen. Als man endlich glaubte, er wäre vorbei und das Frühjahr käme, setzte im März noch einmal strenger Frost ein, kein schönes Wetter für eine Hochzeit. Agnetas Bruder Peer wollte nämlich in der Osterwoche Ende März heiraten, und zwar in Rostock. Er hatte sich ebenfalls für eine Deutsche entschieden, die in Schweden lebte und arbeitete, aber zufälligerweise in der Nähe von Rostock auf einem Bauernhof aufgewachsen war. Also sollte die Feier dort bei den Eltern der Braut stattfinden.

Das Wetter hatte endlich ein Einsehen, änderte sich grundlegend, und in der dritten Märzwoche wurde es richtig warm. Norbert und Agneta halfen nach Kräften bei den Vorbereitungen für das Fest mit, arrangierten und besorgten, und kümmerten sich besonders um all die kleinen Unvorhergesehenheiten und Pannen. Es sollte eine richtige Bauernhochzeit in der Scheune werden, und da war so einiges zu tun!

Am Freitag vor der Hochzeit kam Norbert endlich dazu, das Auto in der Waschstraße vom Winterdreck zu befreien, doch es erwartete ihn eine üble Überraschung. Der Rostfleck war wieder da, ausgedehnter, als die letzten Male, und er schien von den Enden einzelner Rostausläufer unter dem Lack zahlreiche weitere Kriechkanäle gebildet zu haben. Es sah tatsächlich aus, als ob Schädlinge am Werk gewesen wären, die noch dazu offensichtlich von den diversen Bearbeitungsversuchen völlig unbeeindruckt geblieben waren. Norbert hatte keine Erklärung dafür, aber auch keine Zeit, dem nachzugehen. Die Hochzeit nahm ihn zu sehr in Anspruch.

Das Fest fand wie geplant am Samstag statt, war ein riesiger Erfolg, und am Sonntag zum Ausklang saßen Norbert und Agnetas Bruder Peer in der Scheune zusammen und ließen die Tage Revue passieren. Dabei kam Norbert auch auf sein Auto und den merkwürdigen Rostschaden zu sprechen.

Peer hörte verwundert zu, denn auch er hatte von etwas Ähnlichem zu berichten. Sein Auto von der gleichen Marke, zwar ein anderes Modell, aber auch drei Jahre alt, hatte er vor einigen Monaten von einem Arbeitskollegen günstig erstanden, weil der keine Lust zur Reparatur eines kleinen Blechschadens hatte. Beim Einbiegen in eine Einfahrt hatte er mit dem Kotflügel hinten links an einem Stein vorbei geschrappt, der das Blech leicht eingedrückt und zwei tiefe Schrammen in den Lack gerissen hatte. Als Peer Zeit und Geld übrighatte, den Schaden beheben zu lassen, stellte er fest, dass die Risse kräftig gerostet und sich ausgehend von den horizontalen Striemen nach oben und unten merkwürdig gewundene Rostausläufer gebildet hatten.

Das war nun das dritte Mal, dass Norbert auf diese Art Fleck aufmerksam wurde. Er glaubte jetzt an keinen Zufall mehr und erinnerte sich dabei auch an das Kopfschütteln des Meisters in der Werkstatt und den Seitenblick zu dessen Kollegen, als er den Rost begutachtete. Irgendetwas wussten die beiden über diese sonderbare Verfärbung. Doch ließen sie über ihr Wissen nichts verlauten. Dazu kam dann die große Kulanz der Firma bei der Behebung des Makels. Eigenartig!

Auf dem Parkplatz vor dem Institut schaute sich Norbert am nächsten Tag nochmals den Kotflügel an, ohne irgendeine neue Erkenntnis daraus ableiten zu können.

Seine zwei jüngeren Kollegen stiegen fast gleichzeitig aus ihren Wagen, grüßten, schauten, kamen neugierig zu seinem Auto, und er erzählte von den sonderbaren Fraßspuren unter dem Lack. Der eine, ein Meeresbiologe, meinte, er könne ja einmal ein bisschen Rost abkratzen und unter dem Mikroskop betrachten. Meeresbewohner würde er wohl kaum finden, aber eigenartig seien die Spuren schon. Dann schabte er eine Probe vom Blech in ein Papiertaschentuch und versprach, wenn er Zeit hätte, würde er einmal danach schauen.

Am nächsten Tag kam der zweite Kollege gleich nach Dienstbeginn spontan auf Norbert zu und fragt nach, ob er noch einmal ein bisschen Material entnehmen dürfe. Norbert bejahte, wunderte sich zwar über das offensichtliche Interesse an dem Rost, maß dem aber keine größere Bedeutung zu.

Das Autohaus hatte Norbert auf seine Nachfrage hin den Vorschlag unterbreitet, ihm einen komplett neuen Kotflügel einzubauen, wenn er in Anbetracht der Tatsache, dass er das Auto nun schon drei Jahre gefahren hätte, die Montagekosten übernehmen würde. Der veranschlagte Preis war sehr moderat, und Norbert willigte ein.

Als er tags darauf mit einem Leihwagen im Institut vorfuhr, stand der Meeresbiologe schon in der Tür und wollte unbedingt nochmals eine Probe vom Kotflügel abnehmen. Norbert fragte, ob sie etwas gefunden hätten. Die Antwort war ausweichend, aber der Kollege wurde richtig hektisch, als er erfuhr, dass der Wagen in der Werkstatt stand, wo der Schaden gerade beseitigt werden sollte. Er erkundigte sich nach der Adresse und war sofort dorthin unterwegs.

Anatol Kremer, so hieß der junge Meeresbiologe, hatte tatsächlich etwas entdeckt und je genauer er hinschaute, um so aufgeregter wurde er. Auch in der dritten Probe, die er in der Autowerkstatt gerade noch vor dem Entsorgen des Kotflügels sichergestellt hatte, sowie einem Zufallsfund aus dem dortigen Schrottcontainer fand er winzige Gebilde, die wie vertrocknete Mikroben aussahen und von einer völlig unbekannten Spezies stammen mussten. Über Tage hinweg kontrollierte er immer wieder verschiedene Proben – mit dem gleichen Ergebnis. Als er dann erregt Norbert darüber informieren wollte, fand er zu seiner Enttäuschung bei ihm wenig Gehör.

Für Norbert war die Sache dank des neuen Kotflügels eigentlich abgeschlossen, zumal zu der Zeit die Erforschung seiner Algen ins Stoppen geraten war, was ihm natürlich keine Ruhe ließ.

Anatol insistierte nicht weiter, sondern schloss sich mit dem zweiten Kollegen kurz, um gemeinsam ihre weitere Vorgehensweise zu besprechen. Während der Betrachtung einer wässrigen Aufschwemmung von Rostteilchen unter dem Mikroskop entdeckten sie dann noch etwas viel Aufregenderes: etwas, das sie nach längeren Erwägungen eindeutig identifizieren zu können glaubten, nämlich als Sporen. In der Dunkelfeldeinstellung des Apparates, in der Kontraste besonders deutlich hervortreten, sahen sie diese als besonders geformte kleine Körnchen. Anatol und sein Kollege brüteten lange über der Erscheinung. Sporen, das bedeutete eine Form von ungeschlechtlicher Fortpflanzung. Aber vom wem oder was? Und woher kamen diese merkwürdigen Partikel?

An einem der nachfolgenden Abende nach längerem ergebnislosem Brüten über ihren Untersuchungen entspannten sich die jungen Forscher bei einem Glas Wein. Mit dem Alkohol kam Anatols Kollege plötzlich eine Hypothese von Professor Enderlein in den Sinn. Um die Wende zum 20. Jahrhundert hatte der deutsche Zoologe mit seinem sogenannten ‚Pleomorphismus‘ für große Diskussionen in der Wissenschaft gesorgt. Der besagte, dass aus einer urspünglichen Grundform ganz unterschiedliche Wesen heranwachsen können, wenn sie eine geeignete Umgebung finden. Die beiden Wissenschaftler wurden trotz des Alkohols mit einem Mal hellwach: Waren die Pünktchen im Wasser eventuell solche Sporen, aus denen verschiedene Mikroben, ja sogar Pilze werden konnten?

Die Ideen Professor Enderleins waren bis heute – zumindest teilweise – nicht widerlegt. Was, wenn wirklich etwas daran wäre? Wenn solche

Gebilde auf der Schwelle zwischen Leben und Tod, die unglaublich lange Zeiträume überdauern können, auch hier im Spiel wären?

Die Endobionten, so hatte Professor Enderlein diese Sporen damals genannt, hatte man überall in lebendigen wie toten Formationen nachgewiesen, sogar in der Kohle. Sie versuchten, sich das einmal bildlich vorzustellen: Vorformen von Lebewesen, die im Karbon, also der Zeit der Entstehung der Steinkohle vor dreihundert bis dreihundertfünfzig Millionen Jahren vorhanden waren, hatten in der Kohle überdauert und konnten unter Umständen in einer entsprechenden Umgebung wieder zum Leben erweckt werden.

Anatol Kremer und sein Kollege waren fasziniert. Es stellte sich die Frage, ob es vielleicht nicht nur *eine* solche Urform, sondern mehrere geben könnte? Ob es sich hier eventuell auch um so etwas handelte?

Unter dem Vorwand sich für ein neues Auto der nämlichen schwedischen Marke zu interessieren, versuchte Anatol Kremer, die Verkäufer und Mechaniker der Werkstatt auszuhorchen. Er habe von merkwürdigen Rostschäden gehört, meinte er beiläufig, ob die Autos denn nicht mehr so solide wären wie immer gepriesen? Ein eifriger jüngerer Verkäufer wiegelte ab, das sei nur in einem einzigen der vergangenen Produktionsjahrgänge gewesen, alles längst vorbei und behoben, eine vorübergehende Erscheinung, bei der der Hersteller seinen Kunden auch sehr weit entgegengekommen wäre, also kein Problem beim Neukauf. Offensichtlich kannte man also das Phänomen und hatte es nicht nur bei einzelnen Fahrzeugen beobachtet, sondern bei denen eines ganzen Produktionsjahres.

Vom Bergwerksbetreiber in Kiruna erbaten sich Anatol Kremer und sein Kollege für ,wissenschaftliche Untersuchungen' Erzproben aus den verschiedenen Abbausohlen, die sie als Angestellte im Institut für Ostseeforschung auch anstandslos bekamen. Diese untersuchten sie der Reihe nach und wurden tatsächlich bei einer fündig, und zwar bei der Probe aus der siebten Sohle, der tiefsten, erst 2012 in Betrieb genommenen. Dort fanden sie, was sie sich erhofft hatten. Ganz eindeutig waren es die gleichen Sporen, die in der wässrigen Lösung des Rostes von Norberts Auto schwammen.

Bei einem Wissenschaftsmagazin, bekannt für seine futuristischen Forschungsberichte, erschien drei Monate nach Anatol Kremers Entdeckung unter dessen Federführung ein detaillierter Bericht über den Rostfraß durch eine als ,Eisenfresser' bezeichnete Mikrobe. Ebenfalls schrieb er über deren vermutliche Sporen und die wahrscheinliche Herkunft: das Erz aus der siebten Sohle in Kiruna. Davor gab es nach seinen Recherchen keinerlei Anzeichen für die eigenartigen Rosterscheinungen. Kremer breitete gemeinsam mit dem Kollegen die Vermutung aus, es handele sich um eine uralte Lebensform, die erst mit dem Anstich der siebten Sohle in Kiruna 2012 wieder zum Vorschein gekommen und von dort in diverse Produktionsstätten verschleppt worden wäre.

Die Reaktionen auf diese Darstellung in dem eher unbekannten Magazin überraschte alle Beteiligten. Zuerst meldeten sich aus der Wissenschaftsbranche eine ganze Reihe von Fahrzeughaltern eben dieser schwedischen Marke, die mit Autos des besagten Produktionsjahrganges gleiche Rosterfahrungen gesammelt hatten. Auch sie gaben an, dass die Autohäuser erstaunlich kulant vorgegangen wären, ein Zeichen dafür, dass das Problem in den höchsten Etagen des Konzerns bekannt gewesen sein müsste. Und da die Fahrer dieser Marke ein ausgeprägtes Faible für ihr Fabrikat hatten und untereinander auch eine Art Zusammengehörigkeitsgefühl entwickelten, ging die Neuigkeit rund, und es meldeten sich im weiteren Verlauf immer mehr Betroffene, Nicht-Wissenschaftler, Laien, Handwerker, Hausfrauen, alle mit ähnlichen Beobachtungen.

Der schwedische Hersteller sah sich daraufhin zu einer Stellungnahme genötigt. Er wiegelte natürlich ab, zweifelte alles an, bezeichnete die Forschungen von Professor Enderlein aus dem letzten Jahrhundert als einen alten Hut und stellte generell die Kompetenz von einem kleinen, unbekannten Meeresbiologen in Frage. Auch die Erzgrube dementierte: Sie hätten keinerlei Erkenntnisse über diese ominöse Mikrobe, das Erz sei erstklassig und als Stahl für unendlich viele Produkte bereits verwendet worden – ohne Beanstandung.

Da die wissenschaftliche Diskussion über den Eisenbeißer aber nicht eindeutig zu lösen war und anfing immer größere Kreise zu ziehen, ging man dazu über, nicht mehr zu diskutieren, sondern die Person seines Entdeckers zu attackieren, herabzuwürdigen oder lächerlich zu machen. Ja, man schreckte sogar nicht davor zurück, Anatol Kremers Schulzensuren hervorzukramen, wo er in einigen Fächern nur mäßige Leistungen gezeigt hatte. In seinen Studienunterlagen wurde nachgesehen – weiß Gott, wer wen für diesen Dienst bestochen oder unter Druck gesetzt haben musste – auch dort glaubte man das eine oder andere Manko aufzeigen zu können und zerrte schließlich seine Doktorarbeit hervor, um nach Plagiaten, vermeintlichen, methodischen Fehlern oder Ungereimtheiten zu suchen – erfolglos.

Trotzdem, der „Eisenbeißer" wurde in einschlägigen Kreisen der Metallverarbeitung mehr und mehr zum Reizwort. Jeder suchte zu beweisen, dass gerade er davon nicht betroffen sein konnte, egal ob das Ganze nun bewiesen war oder nicht.

In einer Werksverlautbarung veröffentlichte der Bergwerksbetreiber in Kiruna, dass aus ‚betriebstechnischen Gründen' die Förderung von Erz aus Sohle sieben, der 2012 eröffneten, eingestellt worden wäre, angeblich wegen ‚mangelnder Rentabilität'. Es war genau diese Sohle, aus der die Proben von Anatol Kremer stammten.

Der schwedische Autohersteller betonte, dass die Angelegenheit sowieso Jahre zurück läge und die Bleche für die neueren Modelle alle aus den Jahren nach 2015 stammten und nicht aus Erzen der Sohle sieben gefertigt wären.

Und das Institut für Ostseeforschung nötigte aus Sorge vor einer Rufschädigung Anatol Kremer und seinen Kollegen zu einer Gegendarstellung. Diese formulierten daher ein halbherziges Dementi, in dem nicht mehr von Forschungsergebnissen, sondern nur noch von einer wissenschaftlichen These die Rede war. Damit war die Entdeckung vom Tisch, und der Eisenbeißer wurde fortan totgeschwiegen.

Nachtrag:

Im Jahr 2018 musste die erst zwei Jahre zuvor fertiggestellte Eisenbahnbrücke auf der Strecke Stockholm – Umea über den Umeälven, den Wasserlauf in der Stadt, wegen massiver Schäden an der Stahlkonstruktion gesperrt werden.

Im Ort Sundvall fiel 2017 das Funknetz für Mobiltelefone aus, weil während eines Wintersturmes ein erst 2016 errichteter Funkmast eingeknickt und ein zweiter, baugleicher wegen gefährlicher Korrosionsschäden vorübergehend außer Betrieb genommen werden musste.

ScineXX.de, ein Wissensmagazin, veröffentlichte unter dem Titel ‚Rätsel um Granatgänge' einen Bericht über merkwürdige kleine Fraßspuren in dem Edelstein, in denen organische Substanzen nachgewiesen werden konnten, also Bestandteile von Mikroorganismen.
(Nachzulesen in der Ausgabe vom 11.8.2018.)

Der Gesang des Raben

Es war einmal ein Rabentier,
das lebte dort und lebte hier,
es krächzte laut, es krächzte leise
auf unverwechselbare Weise
und das mit Inbrunst und mit Verv'
und jedem ging er auf den Nerv.

Ein jeder kannte ihn dadurch
vom Löwen bis zum Grottenlurch,
und wer den Krächzer nur erblickte,
geschwind ins Weite sich verdrückte –
ihn sehn und sagen „Sauve qui peut!"
war eins – von Rom bis Bullabö.

Doch neulich dachte sich der Knabe,
dass er genug vom Krächzen habe.
Sei es durch Erbgut-Mutationen,
durch Werbung aus TV-Stationen,
sprach er: „Es ist mein fester Wille:
Ich möchte jetzt die Sanges-Pille!

Ich möchte aus dem Halse singen,
so lieblich wie Schalmaien klingen.
„Ich will", sprach er bedacht „im Nu so
herrlich singen wie Caruso!"
(Erstaunlich kommt es hier uns vor,
dass er ihn kannte, den Tenor.)

Er machte sich sogleich ans Werk
und kaufte einen ganzen Berg
von Pillen, Tränken und Mixturen,
Tabletten, Pulvern, Gurgelkuren,
Anti-Krächzotika zu Hauf
und fraß sie wirklich alle auf.
Er rieb sich ein und gurgelte,
schnupfte, schniefte, schmurgelte
nach Rat von Medizinadepten
und ganz vergilbten Hausrezepten.

Er krächzte in sich rein: „Krah! Krah!
Bald kennt mich niemand mehr, hurra!"

Tatsächlich! Medizin-beflügelt
war bald das Krächzen weggebügelt!
Er fühlte sich von Herzen froh
und stimmlich jetzt inkognito.
Er sang mit Schmelz und Tremolo
belcanto „Sole mio (lo)".
Sang Minnelieder, sonderbar,
er sang das Opernrepertoire,
sang Bass und Coloratur,
und alles „espressivo" nur.

Er sang sogar – weiß Gott, wie's geht? –
mit sich selber im Duett.
Er trällerte acht Wochen durch.

Das nervte Löw und Grottenlurch.
Erbost von so viel Säuselei
erforschten sie, wer das denn sei.
Sie suchten in Gebüsch und Wald
und jeder machte mit alsbald
vom Morgen bis zur Dämmerung
wegen der Lärmbelästigung.

Und fanden ihn, nicht in den Lüften,
doch lendenlahm in seinen Hüften
und unscheinbar auf einem Brocken
von umgebrochener Erde hocken.
Er suchte zwar im letzten Hellen
noch einen andern darzustellen,
doch sie erkannten ihn gleich wieder –
nicht an der Stimme – am Gefieder!

Die Flötenstimme macht zwar munter,
doch macht sie weder schön noch bunter.
Der allgemeine Rat befand:
Sein Singen nähme überhand
und haben ihn hinweg gescheucht.
Er ist für immer dann entfleucht.

Fazit:

Durch Medizin und Knabberfraß
kommt man nicht in die Upper Class.
Und es bleibt selbst in einem Frack
ein alter Sack: ein alter Sack!

Das Seele-fon

Es muss wohl so gewesen sein, dass in dem speziellen Fall ein Handy oder der Anrufbeantworter, der Server oder was auch immer für eine technische Einrichtung, welche die Anrufe aufzeichnete, nicht nur den Wortlaut, sondern auch die Emotionen des Anrufers registrierte und entsprechende Änderungen im Wortlaut veranlasste hatte. Ein System auf dem Sprung ins Bewusstsein, selbstlernend, menschliche Wertungen vornehmend – obwohl das Wort ‚menschlich‘ in diesem Zusammenhang unpassend erscheint – aber eines, das zu Mitgefühl fähig war, somit zu einer zutiefst menschlichen Regung! –

Doch alles der Reihe nach.

Johannes war ein Hüne von Mann, ein Techniker, etwas einsilbig und in seine Technik verliebt, wie das bei den Maschinenbauern oft der Fall ist. Daher hatte er auch nicht allzu viel Kontakt zu seiner Umwelt, außer zu einigen engen Mitarbeitern und früheren Studienkollegen. Mit weiblichen Wesen war er schon während der Schulzeit nicht recht warm geworden. Seine Schwierigkeiten lagen in seiner Wortkargheit, die Damen lieben es nun einmal zu reden und mit Worten umgarnt zu werden. Wenn er etwas sagte, dann hatte es Hand und Fuß. Punktum. Spekulationen, Ausschmückungen oder Visionen waren nicht seine Sache, den Konjunktiv suchte man vergebens in seinem üblichen Sprachgebrauch. Nicht dass er keine Vorstellungskraft besessen hätte, in Punkto Technik gelang ihm so etwas mühelos. Dann waren seine Ideen so präzise, dass man sie oft genau so umsetzen konnte. Nur mit den Menschen war es etwas anderes. Durch sein Schweigen wirkte er unbeholfen und linkisch und seine Kontakte zum anderen Geschlecht – wenn sie überhaupt zustande kamen – brachen aus diesem Grund meistens bald wieder ab.

Dafür liebte er seine Großmutter, bei der er größtenteils alleine aufgewachsen war und die ihn immer behütet und umsorgt hatte. Doch sie sah sehr wohl seine Hemmungen und die Gefahr, dass er vereinsamen und als alter Hagestolz enden könnte.

„Willst du nicht einmal ausgehen?", hatte sie ihn schon als Sechzehnjährigen des Öfteren gedrängt. „Unternimm doch mal was!"

„Ja ja," hatte er geantwortet, war auch das eine oder andere Mal unterwegs gewesen, hatte auf die Nachfrage seiner Großmutter, wie es gewesen wäre, „Schön, schön" geantwortet, und das war es dann auch schon wieder.

Das Herumhängen in den Kneipen und Bier trinken, bis es einem zu den Ohren herauskam, dazu die dummen Sprüche, denn an der Theke ist ja bekanntlich jeder ein Held – das lag ihm einfach nicht. Und die Mädchen, die man dort treffen konnte, waren ihm meist zu oberflächlich oder zu aufgetakelt oder schlicht zu albern. Die eine oder andere hätte ihn wohl gereizt, er fühlte schon das Manko, niemanden zu haben. Doch wenn es wie heute so oft Riesendamen waren, die ihm bei seinen eins dreiundneunzig auf Augenhöhe begegnen konnten, dann verging ihm jeder Appetit.

Leider waren auch seine sonstigen Interessen durch seine Technikliebe nicht sonderlich ausgeprägt. Früher hatte er einmal ein Schülerabo für Konzerte in der Stadthalle besessen und seine Besuche dort durchaus genossen, obwohl er selbst kein Instrument spielte. Aber das war lange her, und im Studium mochte er keine Zeit verlieren, hatte es zielstrebig in der Regelstudienzeit durchgepaukt.

Auch das lag nun schon wieder vier Jahre zurück.

Seitens seines Freundes Felix bedurfte es schon einer gehörigen Portion Überredungskunst, seine alte Neigung wiederzubeleben und ihn zu den Prager Philharmonikern mitzuschleppen, die in der Stadthalle gastierten. Felix kannte sich mit Musik aus. Und er kannte auch seinen maulfaulen und etwas einsamen Freund. Darum bearbeitete er ihn so lange, bis er einwilligte.

Das Programm bestand aus lauter Wohlfühlmusik. Es begann mit der ‚Moldau' von Smetana, danach kam das Cellokonzert von Antonin Dvorak und im dritten Teil noch dessen Symphonie ‚Aus der neuen Welt'.

In der Pause holten sie sich ein Bier und gesellten sich zwei Paaren an einem Stehtisch zu. Johannes stand stumm da, wie meistens, sein Bierglas in der Hand und wunderte sich über die wunderschönen Melodien, die immer noch in seinem Ohr klangen, über sich selbst, dass er so bewegt war von der Musik, und dass er jetzt überhaupt hier stand und nicht recht verstand, weshalb er so lange auf einen solchen Genuss hatte verzichten können.

Langsam löste sich seine Verwunderung und er sprach tatsächlich, äußerte Gefühle und Gedanken, die ihm bei den Klängen ins Herz und in den Sinn gekommen waren, ja er redete sich fast in einen Rausch, sodass die beiden Paare, die mit am Tisch standen, erstaunt zuhörten.

Die jüngere der beiden Damen, eine zierliche Brünette, warf ihm einen interessierten Blick zu, doch im Gegensatz zu Felix bemerkte er das gar nicht. Johannes war wirklich begeistert, und Felix rundum zufrieden mit seinem Unterfangen, ihn hierher gelotst zu haben.

Felix hatte sechs Jahre mit ihm studiert, war Physiklehrer an einem Gymnasium geworden und spielte selbst Cello. Früher hatte er zeitweise mit dem Gedanken geliebäugelt, Musiker zu werden. Seit er es sich nun leisten konnte, fuhr er zu jedem bedeutenden Konzert in der Umgebung.

Im Studium waren sie beide zwar ab und zu gemeinsam zu Musikveranstaltungen gegangen, aber so gelöst und begeistert hatte er Johannes noch nie erlebt, so als ob in einem dunklen Zimmer endlich das Licht angegangen wäre, nachdem man lange im Dunkeln nach dem Schalter gesucht hatte.

Als Johannes schwieg, sagte die Brünette unvermittelt in die kurze Stille, so schön habe sie lange nicht mehr über Musik reden hören und zog sich damit einen ärgerlichen Blick ihres Begleiters zu. Felix meinte später auf dem Nachhauseweg, der müsse bestimmt Jurist gewesen sein, denn die wüssten ja prinzipiell immer alles besser. Johannes lachte, so etwas strahlte der Begleiter tatsächlich aus. Dabei ging ihm die zierliche Brünette nicht aus dem Kopf. Vergnügt pfiff er ein Thema aus den slawischen Tänzen vor sich hin, die die Philharmoniker noch als Zugabe gespielt hatten.

Nach dem Erfolg dieses ersten Konzertes gingen Felix und Johannes nun öfter wieder gemeinsam zu derartigen Veranstaltungen. Felix war genau wie Johannes alleine und wollte nach seiner, erst kurze Zeit zurückliegenden, Trennung momentan noch gar niemand kennen lernen. Johannes hatte sowieso keine bestimmten Absichten. Sie hatten das Konzert mit den Pragern schon fast vergessen, als ihnen bei einem Mozartabend unvermittelt die Brünette von damals über den Weg lief. Sie kam mit einer anderen jungen Dame fast zur gleichen Zeit an der Garderobe an, schien die beiden Freunde gleich wiederzuerkennen und nickte ihnen freundlich zu. Johannes war zu überrascht um angemessen reagieren zu können. Zum Glück rettete Felix die Situation mit small talk und meinte, man würde sich ja bestimmt in der Pause nochmals sehen.

Als Ohrwurm dieses Abends wurde das A-Dur Klarinettenkonzert von Mozart mit dem unvergleichlichen Adagio-Satz gespielt. Sogleich flimmerten den meisten Besuchern die Bilder aus dem Film ‚Jenseits von Afrika‘ vor Augen, als Denys Finch Hatton, gespielt von Robert Redford sowie die Farmbesitzerin und spätere Schriftstellerin Tania Blixen alias Meryl Streep in der traumhaften afrikanischen Steppenlandschaft picknickten und er ein altes Kurbelgrammophon für sie mitgebracht hatte. Aus dessen Trichter strömte bald darauf – zwar verkratzt und blechern, aber unbeschreiblich schön – Mozarts Musik.

Johannes und Felix hätten sich keine bessere Steilvorlage wünschen können, um in der Pause mit der Brünetten und ihrer blonden Freundin ins Plaudern zu kommen, als sie sie im Foyer trafen. Felix und Johannes stellten sich artig vor, die Damen ebenfalls. Die Brünette hieß Anja und die häufig kichernde Freundin Röschen. ‚Das passt‘, dachte Johannes.

„Was für eine Musik", schwärmte Felix, und er und Anja ließen sich sogleich eine ganze Weile über ‚Jenseits von Afrika‘ aus.

„Heute ohne Begleitung?", fragte Felix dann ohne viel Federlesen. „Wo haben Sie denn Ihren Freund gelassen?"

„Der!", meinte Anja und macht eine wegwerfende Handbewegung.

Röschen kicherte dazu. Und um das Maß voll zu machen warf Felix ein. „War der Jurist?"

Jetzt lachte Anja laut auf. „Stand ihm das auf der Stirn geschrieben?"

Damit war das Eis endgültig gebrochen, und am Ende der Pause raffte sich Johannes zu einem Vorstoß auf, man könne hinterher eventuell noch etwas zusammen trinken gehen, falls sie Zeit und Lust hätten. – Hatten sie!

Die Pastorale von Beethoven rundete den musikalischen Teil des Abends ab, und vom Ausgang der Stadthalle waren es nur ein paar Schritte bis zu einer urigen Eckkneipe, in die noch so einige andere Konzertbesucher strebten.

Es stellte sich heraus, dass Anja PR-Referentin eines größeren Unternehmens war und – so zierlich sie auch erschien – so selbstbewusst beherrschte sie die Unterhaltung an diesem Abend. Man hörte unschwer heraus, dass sie es gewohnt war, zu bekommen, was sie sich einmal in den Kopf gesetzt hatte.

Röschens Rolle bestand darin, dekoratives Beiwerk für sie abzugeben und zu kichern, wenn irgendwer eine komische Bemerkung machte. Dabei nippte sie an ihrem ‚Hugo‘ und fiel sonst nicht weiter auf. Hin und wieder bemerkte Felix die Blicke, die Anja zum Platz auf der anderen Seite des Tisches sandte, wo Johannes saß. Jetzt war es an Felix zu kichern, aber nur lautlos in sich hinein, um das nicht zu stören, was sich eventuell da anzubahnen schien. Stattdessen versuchte er, Röschen verstärkt ins Gespräch zu ziehen und tat so, als bemerke er nichts. Röschen gefiel das sichtlich und als die Damen nach einer guten Stunde zum Aufbruch bliesen, fragte Felix nach ihrer Telefonnummer, vielleicht hätten sie beide Lust auf eine Wiederholung, zum Beispiel zum Gitarrenfest in der Südstadt am nächsten Wochenende? Dabei blickte er Johannes und Anja auffordernd an, und so bekam auch Johannes deren Telefonnummer.

Es brauchte eine ganze Weile, bis sich Johannes eingestand, dass Anja eigentlich genau das verkörperte, was er sich immer unter seiner Traumfrau vorgestellt hatte, zumindest im Äußeren: ihre Haarfarbe, ihre flinken Augen, wie sie sich bewegte und ihr Lachen. Zwar erschien sie ein bisschen zu selbstsicher in ihren Ansichten und ihrem Auftreten und war anspruchsvoll in dem, was sie sich für ihre Zukunft vorstellte. Trotzdem imponierte ihm ihre Weltgewandtheit und Souveränität, wo er selbst doch lieber im Hintergrund hielt und abwartete. Diesmal allerdings wollte er nicht mehr bloß abwarten, wie er zu seiner eigenen Verwunderung feststellte.

Es kostete ihn zwar noch Überwindung, aber am nächsten Tag griff er tatsächlich beherzt zum Telefon. Der Rufton ertönte lange, dann meldete sich Anjas Stimme.

„Hier ist der private Anschluss von ...", es folgte die Rufnummer. „Ich freue mich über Ihren Anruf, bin leider aber nur unregelmäßig zu erreichen; bitte hinterlassen Sie mir eine Nachricht auf dem Band. Danke."

Johannes schluckte erst einmal und legte auf. Dann stellte er sich vor, was er ihr sagen wollte und wählte erneut die Nummer. „Hallo, hier ist Johannes, Sie erinnern sich hoffentlich noch an unseren Abend in der Kneipe. Wenn Sie nichts Besseres vorhaben, könnte ich versuchen für das Gitarrenfest Karten zu besorgen. Es wäre schön, wenn das bei Ihnen klappen würde." Johannes machte eine kleine Pause und dachte ‚Ich würde sie so gerne wiedersehen und mit ihr ausgehen', fügte aber laut nur hinzu: „Rufen Sie mich bitte ..." – da unterbrach ihn der Apparat bereits mit „Vielen Dank für ihre Nachricht."

Am nächsten Tag war Johannes sehr beschäftigt und hörte erst abends seinen AB ab. Anja hatte sich nicht gemeldet. Eine gespeicherte Nachricht hätte ihm schon genügt. Die passenden Antworten fielen einem ja sowieso erst nach dem Telefonieren ein. Doch nochmals anrufen mochte er nicht, er wollte auf keinen Fall aufdringlich erscheinen.

Als er Samstag gerade von seiner wöchentlichen Einkaufstour nach Hause kam, summte das Handy und Anja war dran.

„Hi Johannes. Anja ist hier."

Johannes verschlug es zuerst die Sprache, und ihre unbefangene Anrede irritierte ihn. „Ich war auf Dienstreise", plauderte sie los, „da gehe ich selten an mein privates Handy – Dienst ist Dienst und Schnaps ist Schnaps", meinte sie und fragte nach, ob er denn Karten für das Fest besorgt hätte. Johannes verneinte, er habe ja nicht gewusst, ob sie mitkommen würde.

„Macht nichts", sagte sie heiter. „Ich finde es schön, dass Sie mir auf dem AB so offen gestanden haben, wie gerne Sie mich wiedersehen würden. Dann suchen wir uns eben ein anderes Event."

Johannes war verblüfft. Er hatte doch gar nichts Derartiges gesagt? Sie verabredeten sich in einem Irish Pub zu life-music und Guinness. Johannes informierte auch Felix, und der wollte versuchen, Röschen dafür zu begeistern. So ganz alleine an einem Samstag …, das war nichts für ihn.

Röschen und Felix saßen bereits am Tisch neben der Bühne, als Johannes eintraf und beide schienen sich schon gut zu amüsieren. Er begrüßte Röschen, die einmal mehr kicherte und ihm einen Begrüßungskuss auf die Wange hauchte.

„Na, altes Haus", sagte er zu Felix und setzte sich.

Drinnen stand die Luft, man spürte die Wärme von draußen. Felix hatte sein erstes Guinness schon fast geleert, als Johannes bestellte. Der Raum füllte sich allmählich, es war noch früh und dauerte eine ganze Weile, bis Anja endlich in der Tür auftauchte. Sie schaute sich kurz um, und schon waren die Augen der meisten Kneipengänger auf sie gerichtet. Sie trug einen seidenen, hellgrünen Hosenanzug, die braunen Locken fielen schulterlang herab und mit dem indianisch anmutenden Halsschmuck und den entsprechenden Armreifen sah sie umwerfend aus. Sie entdeckte die drei an ihrem Tisch, winkte ihnen zu und begrüßte sie mit leichten Umarmungen, dann ließ sie sich mit einem „Habt ihr schon gewartet?" zwischen den Männern nieder.

Viel Zeit zur Unterhaltung blieb nicht, denn die Musik begann, und die irischen Rhythmen, die Flöte und dazu die irische Harfe rissen sie mit.

Es wurde ein feuchtfröhlicher Abend, Felix vertrug so einiges, und Röschen ließ sich heute ebenfalls nicht lumpen. Bald kicherte sie noch mehr als üblich und rückte unübersehbar Felix auf die Pelle. Der seinerseits hatte allerdings Mühe, sich vom Anblick der hellgrünen Seidenbluse neben ihm loszureißen, unter der es verführerisch wippte, wenn sich Anja bewegte. Auch Johannes blieb das nicht verborgen, und er versuchte Felix öfter anzusprechen, um dessen Augen eine andere Richtung zu lenken. Anja tat, als bemerke sie nichts. Als sie aber zwischendurch einmal Richtung Toilette verschwinden musste und sich ihren Weg durch das Gedränge im Lokal bahnte, genoss sie sichtlich die Blicke.

Nach dem dritten Guinness war man mittlerweile wie selbstverständlich zum „Du" übergegangen, und Felix bestellte sich gerade die nächste Halbe. Röschen hielt mit und bekam danach einen Schluckauf, über den sie sich vor kichern fast nicht mehr einkriegte, während die Musik weiter die Stimmung anheizte.

Und das Guinness floss weiter, nur Johannes hielt sich merklich zurück. Ein, zwei Biere schmeckten ihm normalerweise, aber am dritten konnte er sich den ganzen Abend festhalten. Anja war bereits vorher auf Ginger Ale umgestiegen, weil sie das Auto dabeihatte.

Dann ging die Musik zu Ende, man saß noch ein Viertelstündchen zusammen. Felix wurde rasch müde, wollte nach Hause und sich draußen ein Taxi nehmen. Röschen hickste kurz und verkündete: Sie käme mit – wohin auch immer. Sie hakte sich bei Felix ein, und beide verschwanden durch die Tür.

Johannes schaute ihnen amüsiert nach und wandte sich zu Anja. „Wollen wir noch etwas bleiben, oder –?"

Doch Anja hatte auch keine Lust mehr. So begleitete Johannes sie bis zu ihrem Mini. „Und wie kommst du heim?", fragt sie.

Er hätte es nicht so weit, ein Abendspaziergang sei ja auch nicht zu verachten, meinte er. Für einen Augenblick herrschte Schweigen und etwas Unausgesprochenes hing fast greifbar zwischen ihnen in der Luft. Dann sagt Anja abrupt „Na dann", umarmte ihn flüchtig und stieg in ihren Wagen. Johannes schaute ihr, nach bis sie um die Ecke bog.

„Du Idiot!", riss er sich selbst laut aus seinen Gedanken und machte sich zu Fuß auf nach Hause. Dort überlegte er immer noch, wie er sich hätte verhalten und was er hätte sagen sollen, und er kämpfte mit dem Impuls, das Handy zu schnappen und sie anzurufen. Gerade als er sich entschlossen hatte, es bleiben zu lassen, meinte seine innere Stimme: „Warum denn nicht?", und er wählte ihre Nummer.

Es klingelte wieder lange, dann meldete sich ihre Stimme, aber auch wieder vom Anrufbeantworter. „Ich bin's Johannes." sagt er. „Ich hoffe, ich störe dich nicht. Ich wollte dir nur sagen, wie schön das heute Abend war und dass ich sehr – sehr gerne noch" – er zögerte ein bisschen … ‚mit dir einen Kaffee bei mir getrunken hätte und ein bisschen mehr, du sahst so unglaublich gut aus', dachte er. Doch er fürchtete, ihr vor den Kopf zu stoßen. Also meinte er nur: „… gerne noch länger mit dir zusammen …, na ja, jedenfalls wünsche ich dir eine gute Nacht. Und danke." Damit legte er auf.

Am nächsten Morgen nahm er sein Handy aus der Ladestation und sah, dass er eine Nachricht bekommen hatte. Er machte sich einen Kaffee und biss in sein Butterbrot, ehe er das Telefon abhörte. Es war Anja, von gestern Nacht, 1 Uhr 34.

„Du bist mir vielleicht ein Traumtänzer, Johannes! Warum sagst du es mir erst hinterher aufs Handy, wenn du mich noch auf einem Kaffee zu dir einladen wolltest? Ich fand es auch sehr schön in dem Pub. Bin in der kommenden Woche wieder unterwegs. Bis dann …" Es knackte in der Leitung.

Wieder wunderte sich Johannes über diese Antwort. Er hatte doch gar nichts von Kaffee erwähnt, obwohl es ihm schon durch den Kopf gegangen war, als sie am Auto standen. Konnte sie hellsehen? Das war jetzt das zweite Mal.

Sein Rückruf am Abend erreichte wie üblich den Anrufbeantworter. Ihm war es recht. Wieder legte er auf, um nachzudenken. Beim zweiten Mal wollte er eigentlich sagen, dass er sie gerne zu sich einladen würde. Nur sie beide bei ihm, das wäre schön. Doch dann meinte er nur: „Wie war deine Woche bisher?"

Es war wie verhext. Er sah ihr grünes Seidenoutfit vor sich und wünschte sich inständig sie zu treffen. „Ich würde mich freuen, wenn wir uns vielleicht am Freitag oder Samstag sehen könnten, falls du keine anderen Verpflichtungen hast."

‚Hoffentlich' dachte er, und seine Gedanken kreisten darum, wohin er sie ausführen, was sie unternehmen, was er ihr bieten könnte. ‚Ich muss Felix fragen, der kennt sich aus, mit solchen Situationen.'

„Also vielleicht bis dann. Ich denke an dich", sagte er noch. Er drückte auf die rote Taste. Das Monologisieren verwirrte ihn, trotz der Probe vorher. Unzufrieden und ärgerlich vertiefte er sich ins Aufräumen und stopfte seine Wäsche in die Maschine.

Anjas Antwort erreichte ihn wieder nicht persönlich. Erneut hatte sie in der Nacht angerufen – oder war es der Automat, der sprach? War das Absicht? Nun, vielleicht sollte das so sein.

„Ich komme Samstag zurück und ja, ich möchte dich auch gerne sehen, habe nichts Besseres vor, denk dir. Aber wegen mir musst du dir keinen Stress machen, was wir unternehmen sollen, du brauchst mir nichts Besonderes zu bieten. Nach so einer Woche ist mir hauptsächlich nach Ruhe und einem gemütlichen Abend zu Hause zumute. Sehen wir mal, wo. Und den Anzug, den du so magst, habe ich auch noch in Rot!"

Lauter Dinge, von denen er gar nicht gesprochen hatte. Er schüttelte ungläubig den Kopf.

Ihre Nachricht löste hektische Aktivität bei ihm aus. Wenn sie eventuell zu ihm kommen würde, sollte sein kleiner Haushalt glänzen. Er wischte die Böden, räumte die Zeitungsstapel fort, die er noch hatte nachlesen wollen, unwichtig. Das Staubwischen war sonst seine Schwäche, jetzt machte er es geradezu mit Leidenschaft, und alles was sonst noch herumlag, verschwand in der Schublade ‚für alle Fälle'.

Als er sich donnerstags bei ihr versichern wollte, ob es dabei bliebe, landete er – wie sollte es auch anders sein – auf dem Anrufbeantworter. Das schien nun ‚ihre' Kommunikationsweise zu sein. „Hättest du was dagegen, wenn wir bei mir … ich könnte dich abholen?" Das heißt: Wo wohnte sie denn eigentlich, oder ob sie das lieber nicht sagen wollte? „Ich könnte mir gut einen Abend auf der Couch vorstellen, etwas schnabulieren, dazu einen guten Weißen, ich hätte einen aus Baden, einen Ruländer. Und meine Musikanlage ist auch ganz ordentlich." Er unterbrach sich. „Entschuldige, ich will dich nicht bedrängen. Lass mich einfach wissen, was du willst. Ja?"

Am Freitag ging er etwas früher aus dem Büro und fuhr auf dem Heimweg zum Supermarkt. Beim Türken im Quergang vor den Kassen erstand er allerlei kleine „Schmankerln", aber keine bayerischen, sondern echt mediterrane wie Oliven mit Mandeln und Knoblauch, gefüllte Weinblätter, dicke weiße Bohnen in roter Soße und noch so einiges andere sowie eine ganze Reihe von verschiedenen Aufstrichpasten. Er schwankte zwischen Baguette und Fladenbrot, die er aufbacken könnte, und nahm beides. Dazu aus dem Markt Trauben und einige Käsesorten und als Nachtisch ein besonderes Mövenpick-Eis – gefrorene Himbeeren und Mandelsplitter. Im Papierladen erstand er einen Pack Servietten mit dem Aufdruck ‚Wie schön, dass ihr alle da seid', und beim Blumenstand im Hinausgehen drei lachsfarbene

Röschen für die Tischdekoration – Rot wäre ihm zu anzüglich gewesen. Er war so beschäftigt mit Aussuchen, dass ihm erst beim Einpacken seiner Köstlichkeiten ins Auto auffiel, dass sie ja noch gar nicht zugesagt hatte.

Mit vielen Tüten bepackt erblickte er beim Öffnen der Wohnungstür schon das Blinken des Anrufbeantworters am Festnetz. Er nahm sofort ab und hörte: Sie wollte tatsächlich kommen. „Ich freue mich auch", sagte sie. Sein Herz machte einen kleinen Hüpfer.

„Warum wolltest du nicht fragen, wo ich wohne? Hol mich heute gegen acht ab." Es folgte ihre Adresse.

Da war es wieder: eine nicht erfragte Antwort!

Doch jetzt hatte er keine Zeit, lange nachzudenken. Jetzt galt es, den Abend vorzubereiten. Er kramte eine Tischdecke von seiner Großmutter heraus, stellte die Teller darauf und drapierte das Besteck, dann steckte er die lachsfarbenen Röschen in drei besondere Fläschchen, die er extra einmal aufbewahrt hatte, verteilte die Weingläser und dazwischen einige Teelichter in ihren Glasbehältern. Zum Schluss, als besonderen Effekt, streute er glitzernde Sternchen dazwischen, ebenfalls aus dem Papierladen am Supermarkt. So etwas hatte er vorher noch nie gemacht. Mit den besonders gefalteten Servietten darauf war der Tisch jetzt sehr hübsch anzusehen. Das kannte er alles von seiner Großmutter, die früher auch immer umsichtig für das Wohl der Gäste zu sorgen wusste, damals als sein Vater noch lebte. Seine Mutter hatte er kaum gekannt.

Der Ruländer stand im Kühlschrank, ein Bordeaux ebenfalls auf der Anrichte bereit, sollte sie lieber Rotwein trinken. Der Flaschenöffner lag zum Greifen daneben, und das Fladenbrot lag schon im Backofen, fertig zum Aufbacken. Danach stellte er fest, dass es eben erst halb sieben war, noch eine Stunde Zeit bis zum Abholen! Er setzte sich einen Augenblick auf die Couch.

Erinnerungen an seine Tanzstundenzeit stiegen in ihm auf. Damals, als er mit seiner Partnerin zum Mittelball verabredet war, verging die Zeit auch viel zu langsam, und viel zu früh war er auf dem Sprung und nervös, ob und wie alles klappen würde. Im Nachhinein war er seiner Großmutter sehr dankbar, dass sie ihn mit einiger Überredungskunst zu dem Tanzkurs gedrängt hatte, denn seine Tanzpartnerin, ebenfalls eine zierliche Brünette, hatte in ihm zum ersten Mal die bekannten Schmetterlingsgefühle geweckt. Sie war hübsch und lustig und das altmodische Walzertanzen mit ihr ein einziges Vergnügen. Dann hing sie leicht wie eine Feder in seinem Arm und flog mit ihm nur so durch den Raum. Er durfte sie zum Ball mit dem Taxi abholen, das Geld dazu stammte natürlich auch von seiner Großmutter. Ja, damals war es ein wunderschöner Abend! Aber zum Abschlussball hatte sie sich mit einem anderen verabredet, einem Großkotz, der mit dem Auto seines Vaters aufgekreuzt war, sie mal eben zu einer Spritztour an die Mosel einladen konnte und ihn damit bei ihr ausgestochen hatte. Das war eine große Kränkung, stärker, als er es sich selbst eingestehen wollte, er konnte sich bis heute noch lebhaft daran erinnern.

Plötzlich fielen ihm Anjas Erwartungen und Vorstellungen von ihrer Zukunft ein, er dachte an ihr Auftreten, und wie sie wohl gewohnt war zu leben. Ob er da würde mithalten können, wenn …? Er schüttelte heftig seinen Kopf – wo war er bereits mit seinen Gedanken?! Entschlossen wischte er seine Beklemmung beiseite.

Die Uhr zeigte fast sieben. Für die zirka zehn Minuten Autofahrt bis zu ihrer Adresse immer noch viel zu früh. Trotzdem setzte er sich in Bewegung, es könnte ja irgendwo ein Stau sein, oder etwas am Auto oder … Johannes schmunzelte über sich selbst. Bevor er die Tür hinter sich zuzog, wählte er kurz ihre Nummer. Wie üblich: nur der Anrufbeantworter.

„Ich wollte sagen, dass ich jetzt losfahre."

‚Und ich freue mich riesig auf dich', wollte er noch hinzugefügt haben, aber stattdessen sagte er bloß: „Also, bis gleich!"

Und sein ‚du bedeutest mir wirklich sehr viel' fühlte er lediglich tief innen, ohne es sich in Worten eingestanden zu haben.

‚Keine schlechte Gegend', dachte er, als er in ihre Straße einbog: Einfamilienhäuser – Pardon – eher Familienanwesen mit großen Grundstücken darum herum, eine ganze Reihe davon, alle nicht mehr ganz jung. Hier also wohnte das Geld schon seit Jahren. Dann ein Neubau, zwei Etagen mit Penthaus oben drauf, offensichtlich recht aufwändig gebaut. Hausnummer 17, ihre Anschrift. Er stieg aus und klingelt an der obersten Klingel. Kurz darauf ein „Huhu!", und ihr Kopf lugte oben über das Geländer im zweiten Stock. „Ich komme!"

Der Abend begann richtig gut. Anja hatte Appetit mitgebracht, und er versuchte, sie zu bedienen und zu verwöhnen, so wie er es von seiner Großmutter her kannte. Sie genoss das, lobte seinen Ruländer und seine

Aufmerksamkeit, langte bei den Gemüsepuffern und Weinblättern zu, während er das Baguette kleinschnitt.

Sie erzählte von ihrem Studium, das sie teils in England und zwei Semester in Brisbane, Australien, absolviert hatte. Nicht nur Publizistik, sondern auch BWL mit Abschluss. Johannes hörte aufmerksam zu und betrachtete sie. Der weinrote Hosenanzug stand ihr auch sehr gut, dazu die weißen Korallen, passend zu einem weißen Bolero, den sie über den nackten Schultern trug. Ganz wenig dezente Schminke, mehr brauchte sie auch nicht.

Ein solches Kombi-Studium, meinte Johannes, würde ihr ja noch allerhand Aufstiegsmöglichkeiten eröffnen. Das schien sie genauso zu sehen. Auf die Frage nach seinem Beruf konnte er von keinen so glitzernden Erfahrungen berichten. Oder sollte er ihr etwa von dem Innenleben der Schweißroboter berichten, die er mit entwarf und mit denen die Industrie Autokarossen zusammenschusterte?

Wenn sie den Sprung ins Management schaffte, dann betrüge ihr Verdienst leicht ein Vielfaches von dem, was er nach Hause brachte, schoss es Johannes durch den Kopf. Wieder fühlte er die Beklommenheit von damals, als der Großkotz ihm seine Tanzfreundin abspenstig gemacht hatte.

Anja erzählte von ihren diversen Urlauben auf den Galapagos Inseln, auf Feuerland in Südargentinien, währenddessen langte sie beim Gorgonzola zu, und er goss Wein nach.

Johannes konnte mit einigen Campingerlebnissen aufwarten, aber die lagen länger schon zurück. Den letzten richtigen Urlaub hatte er kurz nach dem Studium gemacht. In die Türkei nach Kappadokien. Die Erinnerung an Felsenkirchen, Höhlenhäuser und die bizarre Landschaft war noch gut zu erinnern. Doch vor allem war diese Reise eines: sehr günstig! Seitdem gab es für ihn nur Arbeit und Karriere; bestenfalls hing er an eine Dienstreise mal zwei, drei freie Tage an.

Anja war satt, und sie wechselten auf die Couch hinüber. Ihr wurde warm, und sie legte den Bolero ab. Es stellte sich heraus, dass sie nicht nur klassische Musik liebte, sondern auch Soul, Jazz und Swing, und Johannes fischte aus seiner Sammlung alter Schallplatten – sie stammten noch von seinem Vater – eine Scheibe mit Glenn Miller und Benny Goodman heraus. Der Plattenspieler hatte zwar auch dreißig Jahre hinter sich, tat es aber immer noch.

Anja setzte sich auf dem Sofa etwas tiefer, einer der Träger rutschte ein wenig von der Schulter, sie nahm noch einen Schluck vom Weißen und lehnte sich ein bisschen bei Johannes an. ‚In the mood‘ von Glenn Miller swingte durch die Luft, und Johannes genoss die Musik, Anjas Nähe und ihre Wärme an seiner Schulter sowie den angenehmen Duft ihrer Haare.

Für einen Moment schwiegen sie beide, und etwas von dem Gefühl von letzter Woche beim Verabschieden nach dem Irish Pub lag wieder in der Luft. Einen Moment zu lange, in dem nichts passierte, denn dann klingelte das Telefon.

Johannes zuckte zusammen, stand pflichtschuldig auf und griff nach seinem Handy auf der Anrichte.

„Ach, bist du doch zu Hause, ich habe lange nichts von dir gehört", tönte es aus der Muschel. Es war seine Großmutter. „Wie geht's dir? – Störe ich dich?"

„Ja, nein, äh, ich habe." Mehr brauchte er gar nicht zu sagen, Großmutter kannte ihren Enkel gut.

„Oh, entschuldige bitte! Ich wollte dich nicht belästigen, wir reden morgen, ruf mich an. Tschüss, mein Lieber!" Schon hatte sie aufgelegt.

Johannes kam zurück zur Couch. Anja hatte sich inzwischen wieder gerade hingesetzt, die Stimmung war dahin, und keiner fand im Moment so recht einen Anknüpfungspunkt für die Fortsetzung des Gesprächs. Dann meinte Anja: „Du bist mir schon ein seltsamer Heiliger, oder Stockfisch, das würde es besser treffen."

„Wieso?", fragte Johannes.

„Erst sagst du mir solche Sachen am Telefon, und jetzt bin ich hier, und du hockst nur so herum."

„Welche Sachen?" Johannes verstand überhaupt nichts.

Statt zu antworten kramte Anja aus ihrem Handtäschchen das Handy hervor, suchte nach ‚alte Nachrichten‘ und drückte auf Wiedergabe. Dabei hielt sie ihm das Gerät unter die Nase. *„Ich wollte nur sagen, dass ich es kaum erwarten kann loszufahren. Ich freue mich riesig auf dich. Wartest du auch schon? Also bis gleich. Du bedeutest mir wirklich viel, sehr viel!"*

Johannes war sprachlos. Er hörte zwar seine Stimme, aber es waren nicht seine Worte. Nicht so zumindest.

„Hast du das nicht gesagt?", fragte Anja irritiert.

„Nein – ja, – ich habe es …"

„Nein?" Verwirrung und Enttäuschung zeichneten sich in ihrem Gesicht ab.

„Gedacht", stammelte Johannes. „Ich habe das so nicht gesagt, nicht in der Art, ich meine, die Worte sind …" er suchte händeringend nach Formulierungen.

Anja erhob sich abrupt. „Es ist wohl besser, wenn ich jetzt gehe." Sie schnappte sich ihre Handtasche und den Bolero. „Danke für deine Bewirtung", sagte sie mit eingeübter Höflichkeit. „Gute Nacht", und die Tür fiel hinter ihr mit lautem Klacken ins Schloss.

Johannes blieb in einem Chaos von Gefühlen zurück. Lange grübelte er über die Szene nach. Eines wurde ihm in der Nacht noch klar: Das Handy hatte nicht nur seine Worte, sondern sinngemäß auch seine Gefühle wiedergegeben.

Am nächsten Tag telefonierte er mit Felix wegen dieser merkwürdigen Feststellung. Auch der war ratlos, ebenso ein anderer Bekannter aus der IT-Branche. Einen Algorithmus zur Erkennung von Gefühlen und zum sprachlichen Ausdruck? Davon hatte noch niemand gehört. Und ein System, das sich selbst eine solche Fähigkeit beigebracht hätte – könnte das sein? Der IT-Spezialist versuchte zwar sein Glück mit Johannes Telefonen und dem AB und spielte eine ganze Woche lang verschiedene Möglichkeiten durch, jedoch ohne Erfolg.

Um Klarheit zu bekommen entschloss sich Johannes, die Probe aufs Exempel zu machen und bei Anja anzurufen, obwohl er fürchtete, sie würde ihn sofort abblitzen lassen, wenn er sich meldete. Aber wie erwartet und erhofft ertönte auch diesmal nur der Anrufbeantworter.

Johannes entschuldigte sich bei ihr, weil sie sich durch seine Verwunderung über die veränderten Sprachmeldungen gekränkt fühlen musste. Das sei bestimmt nicht seine Absicht gewesen. Und in Gedanken fügte er hinzu: ‚Bitte rufe zurück, ich will nicht, dass das mit uns so zu Ende geht. Ich möchte dich am liebsten immer um mich herum haben. Bitte!'

Er hoffte, dass auch diese unausgesprochene Botschaft transportiert würde. Aber das Telefon blieb stumm. Heute und in den Tagen darauf. Er versuchte es in verschiedenen Varianten fast ein halbes Dutzend Mal – ohne Ergebnis.

Zwei Wochen vergingen mit Funkstille und Selbstvorwürfen. An einem Freitag hatte sich Johannes endlich wieder einmal aufgerafft und war zu einem Konzert in den Kammermusiksaal gegangen. Streichquartette. Felix hatte ihm die Karte geschenkt, weil er verhindert war.

In der Pause sah er Anja. Sie war in Begleitung, obwohl ihm schien, dass sie ziemlich distanziert mit dem jungen Mann an ihrer Seite umging. Sie hatte Johannes offensichtlich nicht bemerkt, und er verdrückte sich so unauffällig wie möglich, bevor das Konzert weiterging.

Am nächsten Tag griff er noch einmal zum Telefon. ‚Zum letzten Mal‘, dachte er sich. Wie üblich meldete sich der Anrufbeantworter.

„Ich bin es, Johannes", sagte er fast tonlos, „bitte hör mich einmal noch an. Das, was der Anrufbeantworter gesagt hat, ist wahr. Alles! Genauso habe ich es gefühlt, nur nicht zu *sagen* gewagt. Das Verrückte ist aber, mein Handy hat es für mich getan, hat mit meiner Stimme meine Gefühle ausgesprochen. Ob du das nun glaubst oder nicht. Genauso fühle ich immer noch. Ich verstehe das mit der Technik selbst nicht. Und auch kein anderer, den ich zu Rate gezogen habe. Es gibt keinen solchen Algorithmus. Ein Handy, das denkt oder fühlt und handelt, wie ich es mir wünsche! Das wollte ich dir nur sagen." Er holte einen Augenblick Luft, dann fügte er hinzu: „Ich habe dich gestern im Konzert gesehen. In Begleitung. War‘s das wirklich mit uns?"

In Gedanken sagte er noch leiser – wenn das beim Denken überhaupt möglich ist – ‚Oder gibt es für uns vielleicht noch eine Chance?‘

Als er abends nach Haus kam, blinkte der Anrufbeantworter und bei der Wiedergabe der Nachrichten hörte er nur ein einziges Wort.

„Vielleicht."

Die gebackene Jungfrau

Heinz war Koch. Und das mit Leib und Seele. Wenn er am Herd stand, war er in seinem Element. Dann durfte man ihn am besten auch nicht stören. Er stand dann da, rührte ein bisschen, schnippelte Kräuter, schabte oder schlug mit dem Schneebesen, griff in ein Regal und träufelte irgendetwas irgendwo hinein, hielt inne, sinnierte einen Augenblick, um die nächste Zutat zu greifen und baute so sein Geschmacksgebäude immer weiter aus. Er war kein Profi, nein, das wäre ihm viel zu stressig gewesen, in dieser Richtung hatte er nie Ehrgeiz entwickelt. Heinz kochte, wie andere eine Sonate komponierten oder ein Gedicht schrieben: mit Hingabe, Liebe und viel Zeit. Und was dabei herauskam: pure Freude, so als ob er die Muße beim Kochen gleich mit in die Speise eingerührt hätte. Ein Essen bei Heinz stellte immer ein Erlebnis der besonderen Art dar.

Wenn er seine Freunde wieder einmal einlud, denn davon hatte er reichlich und die Gelegenheiten boten sich auch immer wieder, dann kamen alle in freudiger Erwartung, womit er sie diesmal wieder überraschen würde. Berühmt waren seine Suppen, die Kürbissuppe mit Ingwer und Schmand, die Zucchinisuppe mit einem ganz besonderen Geschmack, aber darüber schwieg er sich listig aus. Und die Bouillabaisse, die französische Fischsuppe – ein Gedicht.

Aber das war noch gar nichts gegen seine Kuchen! Schon als Kind hatte er damit angefangen. Seine Mutter war eine gute Lehrmeisterin gewesen, und er stand immer parat, wenn es galt, eine Teigschüssel auszulecken. So blieb es nicht aus, dass er auch selbst anfing zu backen. Damals waren Buttercremetorten noch angesagt, vielstöckig, mit Verzierungen oder kunstvoll ineinander verschachtelten Kuchenringen in hell und kakaofarben, die dann beim Aufschneiden der Torte ein Karomuster erscheinen ließen. Sein Frankfurter Kranz entzückte die Gäste seiner Eltern und spornte ihn zu immer gewagteren Kreationen an.

Heinz arbeitete in der Stadtverwaltung. Daher stellten Herd und Backofen die willkommene Spielwiese für seine Fantasie dar, wenn der Büroalltag ihn frustete. Er lebte alleine, und auch mit Anfang dreißig hatte sich noch keine Dame gefunden, die ihn wirklich auf Dauer hätte fesseln können. Solche Wörter wie Muttersöhnchen und Stubenhocker hatte er sich deshalb schon des Öfteren gefallen lassen müssen. Aber das kümmerte ihn wenig, wobei man sagen muss, dass seine Mutter wirklich eine bemerkenswerte Frau war, die er sehr liebte. Und wenn dann eine Frau kam, die ihr nicht das Wasser reichen konnte, dann hatte sie gleich schlechte Karten bei ihm.

„Eine Frau für dich muss erst noch gebacken werden!", hänselten ihn seine Freunde. „Am besten, du machst das selbst, damit sie dir schmeckt!"

Heinz lachte sich eins und bei nächster Gelegenheit, es war die Zeit um St. Martin und der Martinswecken, präsentierte er seinen Freunden und ihren Begleiterinnen als Nachtisch einen Hefekuchen, der unverkennbar weibliche Konturen aufwies. Er hatte sich viel Mühe gegeben, dass der Hefeteig an den richtigen Stellen die richtigen Rundungen aufwies, aber der Backofen hatte sein Werk wieder nivelliert, und die beiden extra oben auf die Rundungen aufgesetzten hellen Rosinen war schmählich zur Seite gerutscht. Trotzdem, die Weckfrau war ein voller Heiterkeitserfolg. Nur die Begleiterin von Dennis, seinem ältesten Freund aus der aktiven Handballzeit, fand das Gebäck irgendwie unpassend, anrüchig oder weiß Gott was, worauf Dennis demonstrativ eine Scheibe mit genau der fraglichen Stelle von der Weckfrau abschnitt und lustvoll hineinbiss. Großes Gejohle bei den einen, eisige Miene auf der anderen Seite.

Man beriet daraufhin, wie denn die Rundungen besser in Form bleiben könnten, immerhin würde das ja bei gebackenen Osterhasen oder Osterlämmern auch klappen. „Da gäbe es ja auch vorgefertigte Backformen", wusste Maria, Marcos Freundin. Marco gehörte auch zu den alten Handballkumpels.

Zielorientiert, wie es Männern nachgesagt wird, vertiefte sich das Gespräch unter ihnen bald in die Art und Weise, wie man solche Backformen herstellen könnte. Am besten individuell, mit den Gesichtszügen der jeweiligen Dame als besonderes Geschenk zum Martinstag! „Man müsste sie dengeln, so wie es im Basar im Orient geschieht. Kupferblech und einen Hammer mit entsprechend geformten kleinen Meißeln, mehr braucht es nicht", meinte Marco, und er hätte so etwas schon einmal gemacht.

Marco war der Individualist in der Truppe, Goldschmied und Maler, d. h. er malte nicht so viel, sondern zeichnete, was ihm vor die Augen kam. In seinem kleinen Laden in einer Seitenstraße der Haupteinkaufsmeile in der Stadt konnte man nicht nur außergewöhnliche Goldschmiedearbeiten, sondern auch viele seiner Bleistiftzeichnungen und einige Radierungen bewundern; meistens Figuren, Gesichter oder Menschengruppen bei verschiedenen Tätigkeiten.

Dennis Begleiterin hielt ihren dunklen Pagenkopf meistens gesenkt und beteiligte sich nicht am Gespräch. Sie schien sich überhaupt unbehaglich zu fühlen, sodass sie sich nach einiger Zeit unter einem Vorwand verabschiedete und verschwand. Als Heinz verwundert zu Dennis schaute, der ungerührt sitzen blieb, schnappte heraus, dass es gar nicht seine neue Freundin war, sondern Olga, eine Bekannte seiner Herzallerliebsten und dass er sie nur mit Heinz Kochkünsten gelockt und mitgeschleppt hatte, weil er meinte, Heinz solle sie kennenlernen.

„Bist du übergeschnappt, mich verkuppeln zu wollen?", knurrte Heinz.

„Nun hab dich nicht so", entgegnete Dennis. „Du kommst doch sonst nie aus deiner Ecke."

Damit war das Thema für heute vom Tisch.

In der folgenden Woche meldete sich Dennis bei seinem Freund mit der Anfrage, ob er etwas für ihn tun könnte. Was, das wollte er ihm gleich persönlich sagen. Heinz kam ihm an der Tür mit umgebundener Kochschürze entgegen, es war Freitag und seine Mutter bekam Besuch, also war er mal wieder beim Kuchenbacken. Dennis zögerte nicht lange und zog aus einem Einkaufsbeutel ein Stück Kupferblech hervor, das sich bei genauerer Betrachtung als Reliefmaske eines Menschen entpuppte.

„Lena", sagt Dennis nur und hielt sie Heinz hin.

Selbst in der Negativform war schon eine erkennbare Ähnlichkeit mit Dennis alter Freundin Lena festzustellen. Nun wollte Dennis sehen, ob das auch auf einem darin gebackenen Kuchen zu erkennen sein würde. Heinz war perplex.

„Das hast du gemacht?"

„Nur ein Versuch", wehrte Dennis ab, „aber es hat Spaß gemacht!"

„Donnerlittchen!", meinte Heinz. Und weil er sowieso beim Backen war, rührte er schnell einen Teig zusammen, fettete die Form und füllt ihn ein, sodass keine halbe Stunde später das Kunstwerk erstmals im Ofen glühte. Während sie auf das Ergebnis warteten, gönnten sie sich ein Schluck Roten.

„Ich habe Lena ein bisschen vernachlässigt, und das tut mir leid. Dachte, so etwas Besonderes könnte sie versöhnen."

Heinz nickte verständnisvoll.

„Und wie steht's mit deinem Liebesleben, Alter?" Dennis zwinkerte ihm zu. „Das mit Olga muss ich ja als Schuss in den Ofen betrachten, kommt auch nicht wieder vor."

„Schon in Ordnung. War ja auch kein hässlicher Vogel."

„Eben!", echote Dennis.

Obwohl er sich das nicht eingestanden hatte, waren der Abend und Olgas Pagenkopf in der Woche Heinz noch öfters durch den Kopf gegeistert.

„Sie kommt eigentlich aus Polen, ist hier immer noch nicht so ganz locker wie die Mädels bei uns", meinte Dennis.

„Merkt man", antwortete Heinz und sah in Gedanken ihre dunklen, ein klein bisschen mandelförmigen Augen vor sich, wie sie wachsam auf ihn gerichtet waren.

Die Zeitschaltuhr klingelte; der Kuchen war fertig. Es dauerte noch einen Augenblick, bis man ihn endlich stürzen konnte und siehe da: Das Gesicht von Lena war gut zu erkennen.

„Da muss ich noch ein bisschen nacharbeiten", mäkelte Dennis.

„Also, hör mal", protestierte Heinz, „so was hätte ich nie im Leben hingekriegt, schon gar nicht in so kurzer Zeit!"

Dennis trollte sich wieder mit seinem Kuchen, und Heinz erhielt am nächsten Tag per Whats App die kurze Nachricht: „Super gelaufen! Lena war happy, und geschmeckt hat er auch. Danke, Dennis."

Die Tage im Amt nervten, und Heinz ertappte sich immer wieder, dass seine Gedanken abschweiften. Er dachte an Dennis, den Kuchen, seinen ersten misslungenen Versuch mit der Weckfrau und auch die Reaktion von Olga. Er konnte ihr nicht einmal böse sein, obwohl sie die Stimmung für kurze Zeit ganz schön vernichtet hatte.

Mike, ein anderer Freund, rief an und erkundigte sich: „Na, Alter, wie steht's, wie geht's, was macht die Liebe?"

„Sag mal, habt ihr sie nicht mehr alle?", brauste Heinz auf. „Jeder fragt mich nach meinem Liebesleben. Das geht euch einen feuchten Kehricht an, ihr Sexualprotze!"

„Holla, Holla!", sagte Mike. „So impulsiv? Höre ich da so etwas wie Betroffenheit heraus? Hat das etwa bei dir gefunkt? Na, wer ist die Holde? Erzähl mal!"

„Quatsch", entgegnete Heinz „ich finde es nur albern, immer auf diesem Thema herumzureiten. Als ob es nichts Wichtigeres gäbe."

Mike ließ einen kleinen Lacher hören. „Also, jetzt glaube ich wirklich, dass da was im Busch ist, so wie du dich aufregst."

„Tu ich nicht!", stellte Heinz klar und bemerkte im gleichen Augenblick, dass er es tatsächlich *doch* tat!

„Nichts für ungut, mein Alter. Wollte eigentlich nur fragen, ob du am Samstag mit in die Altstadt kommst: Advent-Event, da spielt eine Reihe von Bands, die ich kenne. Marco und Dennis kommen auch, der ist wieder ein Herz und eine Seele mit seiner Flamme!"

„Ich weiß", sagte Heinz, er wusste ja, warum, und dann: „Ok, um neun bei mir zum Vorglühen?"

„Abgemacht. Ich sage es Dennis." Damit legte Mike auf.

Mike war der Schillerndste in der Freundesrunde und kannte Gott und die Welt, was seine Arbeit bei der Lokalzeitung so mit sich brachte. Und nicht nur, dass er so viele Leute kannte, er hatte auch schon alles Mögliche ausprobiert, hatte Bass in einer Band gespielt, für den Handballverein Turniere ausgerichtet, den Tagungsleiter bei einem Symposium über die heimische Fischwelt gegeben und sogar an einem Voodoo-Kongress teilgenommen. Mit Mike im Team war immer was los.

Der Samstag kam, und Heinz ließ es sich nicht nehmen, außer den Getränken auch noch Blätterteigtaschen mit Tomaten-Hackfleisch- und Sonst-irgendwas-Füllung vorzubereiten, damit sie die richtige Grundlage für einen vermutlich feuchtfröhlichen Abend hätten. Mike stand pünktlich um neun mit seiner Neuen vor der Tür, einer Rothaarigen, reichlich extravaganten Person. ‚Die passt zu ihm', dachte Heinz. Dann kam Dennis mit Lena, und zu seiner Überraschung hatten sie auch Olga im Schlepptau. „Sie wäre heute Abend allein", sagte Lena, „oder hast du was dagegen?"

„Natürlich nicht", entgegnete Heinz, und das kam sehr ehrlich heraus. Marco erschien und die Gruppe war komplett.

Das erste Bier machte die Runde, dann der eine oder andere Kurze hinterher, gerade so viel, dass man ein bisschen in Stimmung kam, und die Blätterteigtaschen im Magen schwimmen konnten; die waren wie immer ein Erfolg. Auch Olga ließ es sich schmecken, obwohl sie sonst den Mund wenig aufmachte.

Heinz beobachtete sie heimlich. Ihre Erscheinung, ihre Kleidung, nicht zu verachten! Sie trug ein lässiges blaues Oberteil mit einer gestickten Borte über ihren Jeans, ein Paar coole Sneakers, und ihre Art, sich zu bewegen sowie ihre Stimme, wenn sie denn einmal sprach, das alles sagte Heinz schon zu. Und *diese* Augen! Ein Augenaufschlag und dann das Senken des Blickes wieder, es wirkte zurückhaltend und völlig ungekünstelt, aber gerade deshalb so anziehend.

Schließlich war es Zeit zum Aufbruch.

Die Band im ersten Club hatte gerade mal angefangen, als sie ankamen, und noch hielt sich der Besucherandrang in Grenzen. Sie hockten sich an einen Tisch in einer Nische und hörten der Musik zu, viel reden konnte man bei der Lautstärke sowieso nicht. Aber mehr als einen Drink lang blieben sie nicht, denn die Band war nicht so ganz das Wahre.

„Hab schon gesehen 'n größeren Zwerg!", unkte Marco draußen.

Der nächste Club war rappelvoll, die Musik ebenfalls laut und auch nicht besser. ‚Schon komisch, wie sich die Besucherströme verteilen', dachte Heinz. Vielleicht war dies eben die Kneipe, wo ‚man' sich traf, da spielte das Drumherum dann keine Rolle mehr. Im dritten Lokal trat eine ganz andere Band auf als angekündigt. Mike war sauer, denn die Jungs der anderen Band kannte er und wusste, dass sie gut waren. Auch da hielt es sie nicht allzu lange.

Mittlerweile ging es auf eins, und man beschloss, bei „Willys" einzufallen. Das „Willys" war eine urige Kneipe und das Urigste daran, beziehungsweise darin, war Willy selbst. Ein Bär von einem Mann mit Rauschebart wie der Nikolaus und einer Stimme … – wenn er dröhnend lachte, schepperten die Gläser im Regal. Früher war er Seemann und auf allen sieben Meeren zu Hause, so hieß es, andere behaupteten, er wäre Holzfäller in Kanada gewesen, das passte so schön zu den karierten Hemden und Hosenträgern, die er immer trug. Der Wahrheitsgehalt der Geschichten spielte dabei keine Rolle. Jedenfalls betrieb er seit zehn Jahren das „Willys", und zwar bis in die Morgenstunden, und wenn man gar nicht mehr wusste, wohin, weil alle schlossen, dann blieb natürlich nur das „Willys".

Es wurde noch ein richtig gemütlicher Abend. Lena hatte wohl ein bisschen Wind davon bekommen, wie Heinz ihre Freundin ansah und setzte sich geschickt auf den Platz, den Heinz gerade einnehmen wollte, sodass er auf der Bank neben Olga zu sitzen kam. Mike erzählte von diversen Vorkommnissen bei seinen Recherchen und Reportagen, Lena hatte sich mit der Neuen von Mike ein bisschen in den Haaren, die die Künstlerin heraushängen ließ, obwohl Lena meinte, Gesichter anzutünchen sei ja wohl einfach. Worauf die Neue – Tatjana, das passte! – einen Vortrag über die Kunst der Visagisten und Maskenbildner hielt, bis Lena demonstrativ auffällig ein Gähnen unterdrückte. Dennis, Marco und Mike waren beim ewigen Thema Auto gelandet, und Heinz versuchte, mit Olga ins Gespräch zu kommen. Doch es zog sich.

Immerhin brachte er in Erfahrung, dass sie vor sechs Jahren wegen eines Mannes nach Deutschland gekommen war, der wohl ein rechter Hallodri gewesen sein musste, denn kaum hier, war die Verbindung auch schon zu Ende. Sie stand plötzlich alleine da und musste sich erst einmal in einem fremden Land und einer fremden Sprache zurechtfinden, schlug sich mit schlecht bezahlten Aushilfsjobs durch und arbeitete jetzt seit zwei Jahren in einem Außenhandelskontor mit besonderen Geschäftsverbindungen nach Osteuropa. Ihre Muttersprache war hier natürlich ein großer Vorteil. Natürlich blieb bei alledem das Privatleben auf der Strecke.

Heinz erzählte ein bisschen von sich, seinen Freunden und seiner Leidenschaft für das Kochen und Backen, aber ihre Antworten blieben kurz, es war mühsam, das Gespräch aufrechtzuerhalten. Er rückte auf der Bank, völlig unabsichtlich, versteht sich, ein bisschen näher, aber sie schien das nicht einmal zu bemerken, geschweige denn so zu reagieren, wie er es erhofft hatte.

Gegen drei hatten die Damen genug und wollten nach Hause. Draußen trennten sich die Wege. Dennis wohnte ganz in der Nähe, Marco und Mike mit Begleiterin nahmen ein Taxi, und Heinz fragte, wie Olga nach Hause käme.

„Zu Fuß", sagte sie. Sie wohne auch nur ein Stück weiter die Straße hinunter. Da bot er an, sie heimzubringen. Sie lehnte zwar ab, aber er bestand darauf, eine Frau nachts nicht alleine gehen zu lassen. Also liefen sie ziemlich stumm die Straße hinunter, auf seine Gesprächsversuche antwortete sie einsilbig. Vor dem Haus bedankte sie sich artig und war auch schon in der Haustür verschwunden. Heinz trollte sich nach Hause, enttäuscht oder weiß der Kuckuck, was da in ihm rumorte.

Am Sonntag schlief er lange, denn trotz der Biere war die Nacht ziemlich unruhig. Im Halbschlaf sah er immer wieder ihr Profil mit dem Pagen-Haarschnitt, ihre leicht aufgeworfenen Lippen, die so aussahen als würde sie immer ein bisschen schmollen, und hörte den polnischen Akzent, der ihre Sprache noch reizvoller machte. Er erinnerte sich, wie sie am Glas nippte und es mit einer unnachahmlichen Geste abstellte, so als wäre es ein kostbarer Kristallpokal.

Unter den Freunden blieb nicht lange verborgen, was Heinz so bewegte.

„Du bist verknallt!", stellte Marco unumwunden fest. „Hey Alter, das ist doch mal was! Ich dachte schon du kommst nie aus der Wäsche!"

Es hatte keinen Zweck es abzustreiten, denn mit jedem dritten Wort war Heinz irgendwie immer wieder bei Olga angelangt.

Nach einer Woche fragte Dennis direkt: „Was willst du jetzt tun? So geht das doch nichts weiter."

Heinz hatte keine Ahnung, er schien wirklich ziemlich durch den Wind zu sein.

„Mach was, ruf sie an, geh einen Kaffee mit ihr trinken und wenn's nur ein Milchkaffee ist mit der Milch der frommen Denkart", spottete Mike.

Heinz wehrte ab, aber seine Gedanken kreisten doch immer wieder um dieses Mädchen. Auf dem Amt stellte er bei sich fest, wie er, statt Anträge zu bearbeiten, aus dem Fenster starrte und grübelte, unter welchem Vorwand er sie am besten einladen könnte, ohne sich gleich eine Abfuhr einzuhandeln.

Vierzehn Tage später hatte Dennis Geburtstag, den sie gemeinsam feiern wollten. Heinz bot an als sein Geschenk ein Chili con Carne zu machen und mitzubringen, immerhin für mehr als ein Dutzend Leute. Am Abend erschien er schwer bepackt mit zwei großen Töpfen samt braunem Inhalt, der eine mit Fleischeinlage, der andere mit Soja für einige Vegetarier unten ihnen. Fast alle anderen waren schon da. Die Ankunft des Futters wurde mit entsprechendem Hallo begrüßt und entgegengenommen.

Heinz gratulierte Dennis, ließ sich dann in einen Sessel plumpsen und zischte das erste Bier, während die Töpfe zum Aufwärmen in die Küche wanderten. Einige von den Freunden hatte Heinz schon länger nicht gesehen, und die dazu gehörigen Begleiterinnen waren gänzlich neu, wie das eben so geht.

Zum ersten Mal seit längerem schaute auch Mario wieder herein, der mit Mike vor Jahren gemeinsam bei der Zeitung angefangen hatte. Mittlerweile hatte er bei einer Presseagentur Karriere gemacht und war sogar nach Haiti geschickt worden, um vom großen Erdbeben zu berichten. Vor Ort hatte er natürlich vieles erlebt und erzählte von der Armut und Hoffnungslosigkeit der Bevölkerung angesichts von Kriminalität und Korruption überall. Trotzdem hätten die Menschen ihre Freundlichkeit und Fröhlichkeit nichts eingebüßt. Sehr viele von ihnen würden noch ihrem Voodoo-Glauben anhängen, meistens heimlich. Schon hatte er mit Mike wegen dessen Voodoo-Erfahrungen ein gemeinsames Thema. Sie redeten über schwarze und weiße Magie, die prinzipiellen Vorstellungen der tief gläubigen Houngan oder Mambo, so hießen die Priester dort, dass es nämlich keine Zufälle gäbe und alles mit allem verbunden wäre.

Die Küchentür ging auf und Lena kam mit einem dampfenden Topf herein, den sie auf der Anrichte absetzte, hinter ihr, Heinz zuckte in seinem Sessel zusammen, erschien der Pagenkopf von Olga mit dem zweiten Chilli-Pott. Sie hatte Heinz noch nicht bemerkt. Er stand auf um sie zu begrüßen. Nach dem Absetzen ihres Topfes prallte sie beim Umdrehen fast mit ihm zusammen.

„Oh, hallo", sagte Heinz, mehr fiel ihm in dem Moment leider nicht ein.

„Hallo", erwiderte sie und ließ ein kleines Lächeln sehen. Damit wandte sie sich aber schon wieder ab und der Küche zu, um irgendetwas zu holen.

Heinz ärgerte sich. ‚Schon wieder eine Gelegenheit verpasst', und er nahm sich ein zweites Bier.

Der Abend verlief für ihn unbefriedigend. Wann immer er sich in Olgas Nähe gearbeitet hatte und meinte, mit ihr ein bisschen reden zu können, kam ein anderer lautstark dazwischen, oder Lena rief und brauchte ihre Unterstützung, oder Mike fühlte sich zu einer Geburtstagsansprache verpflichtet. Der Ärger und das Bier schnürte Heinz mehr und mehr die Kehle zu.

Die ganze Zeit führte Mario mit seinen Erzählungen aus aller Welt das große Wort und schien ungeachtet seiner eigenen Begleiterin Olga beeindrucken zu wollen, so kam es Heinz zumindest vor. Als die Stimmung später etwas ausgelassener wurde, verabschiedete sich Olga frühzeitig und so unauffällig wie möglich, und weg war sie. Heinz blieb ziemlich frustriert zurück.

Mike war ein guter Beobachter und Menschenkenner, eine Stärke in seinem Beruf, und er hatte an Dennis Geburtstag in Heinz Gesicht gelesen: seinen Frust, seine Bemühung in Olgas Nähe zu sein sowie seine Hemmungen und vergeblichen Versuche, sie direkt anzusprechen. Er war ja seinem Geheimnis als erster auf die Spur gekommen und überlegte nun, wie er seinem Freund behilflich sein könnte. Die Gespräche, die er mit Mario über Voodoo geführte hatte, brachten ihn auf eine Idee.

Am Telefon weihte er Dennis ein und beauftragte ihn, nach einem der Fotos vom Geburtstagsabend eine Backform zu hämmern, so wie er es für Lena gemacht hatte, es könnte ruhig eine ganze Figur sein, und zwar von Olga. Kurz darauf klingelte Lena bei Heinz an und verlangte von ihm das Rezept für den Teig, mit dem ihr Konterfei gebacken worden war. Für die Silvesterparty bei Mike, erklärte sie ihm. Sie wolle auch einmal etwas backen. Heinz nannte ihr die Zutaten. Am nächsten Tag war Mike am Handy und fragte ihn, ob er denn zwischen den Jahren zu Hause wäre. Heinz erkundigte sich nach dem Grund. Sie hätten da so eine Idee für die Rauhnächte. Mehr wollte Mike nicht sagen.

Die Weihnachtsvorbereitungen liefen bald auf vollen Touren. Heinz würde am Heiligen Abend wie immer bei seiner Mutter sein. Ein verwitweter Onkel und die Mutter seines Vaters würden auch kommen. Sonst gab es niemanden mehr in der Familie.

Heinz komponierte in Gedanken bereits das Menü und die Kuchen für die Feiertage. Eine halbe Woche vor dem Vierundzwanzigsten meldete sich Dennis.

„Es ist alles in trockenen Tüchern. Am 30.12. steigt das Event", sagte er. „Du hast doch Zeit, oder?"

„Was für ein Event denn?", wollte Heinz wissen. „Mike war auch schon so ein Geheimniskrämer von wegen Rauhnächte, und so."

„Lass dich überraschen", sagte Denis heiter. „Die Zeit zwischen 22.12. und Dreikönige ist was Besonderes, da haben die Alten Rituale abgehalten und versucht, die Zukunft zu beeinflussen."

„Ihr macht es ja spannend", meinte Heinz arglos.

„Das kann's werden, Alter! Also, falls wir uns nicht mehr sprechen, feiere schön und bis spätestens nächsten Samstag. Ich hol' dich ab."

Zwei Tage vor dem Heiligen Abend sauste Heinz durch allerlei Geschäft und kaufte ein. Gespickten Rehrücken wollte er machen, dazu hausgemachte Kartoffelknödel, halb und halb, mit gerösteten Weißbrotstückchen darin. Und Apfelrotkohl. Meistens reichte das für zwei Tage. Wenn man ausgiebig gefrühstückt hatte, war der Hunger sowieso nicht groß. ‚Dann einen Kuchen, Spritzgebäck, vielleicht noch Mandelsplitter in Schokolade, mal sehen, was sich noch so ergibt', dachte er. Vor einem Schmuckladen blieb er stehen.

Eine Lapislazuli-Kette fiel ihm in die Augen. Sie sah aus wie die Grabbeigabe aus einer Pharaonengruft: kleine, vielleicht einen Zentimeter lange, ziselierte Lapislazuli-Röllchen, ganz einfach im Wechsel aufgereiht mit ebenso großen aufwändig gemusterten Gold-Röllchen, sonst nichts. Aber die Wirkung war umwerfend. Als sähe man Tutanchamun leibhaftig aus seiner Grube steigen. Für einen Augenblick stellte er sich diese Kette am Halse eines Mädchens mit Pagenkopf und leicht mandelförmigen Augen vor …, bis sein Blick auf den Preis fiel. Das brachte ihn abrupt zurück in die Wirklichkeit: neuntausendneunhundertfünfzig Euro!

Er hatte Olga seit dem Geburtstag nicht mehr gesehen und versuchte, sich mit den Weihnachtsvorbereitungen von den Gedanken an sie abzulenken, nicht immer mit Erfolg. Nun hoffte er, dass sie zur Silvesterparty kommen würde. Er müsste Lena deswegen nochmals anspitzen, nahm er sich vor.

Weihnachten war bereits wie geplant und harmonisch verlaufen, Onkel und Großmutter schon wieder abgereist und der 30.12. stand bevor, ein Samstag. Mike hatte sich telefonisch nochmals vergewissert. „Es bleibt also dabei, wie verabredet?" Heinz bejahte.

Am Samstag gegen vier klingelte es, und er lief hinunter. Mike stieg gerade wieder zurück ins Auto. Draußen dämmerte es schon ein wenig. Mario saß auch im Wagen, und Heinz kletterte hinten zu Lena und Dennis in den Passat. Dann fuhren sie los.

Es ging ein bisschen aus der Innenstadt hinaus in einen dörflichen Vorort. Dort bogen sie von der Hauptstraße zweimal links ab, und der Wagen stoppte unvermittelt vor einem unscheinbaren, eingeschossigen Doppelhaus. Eine typische Arbeitersiedlung, alle Häuser baugleich aus der gleichen Zeit, zum Teil im Laufe der Jahre etwas aufgehübscht mit Vordächern oder Klinkern an der Fassade. Nur die Hälfte, vor der sie schließlich anhielten, war schmucklos und grau.

Mike stieg aus und öffnete den Kofferraum, aus dem Lena vorsichtig ein längliches Brett heraushob mit irgendwas darauf, das mit einem Küchentuch zugedeckt war. Dann liefen sie die drei Schritte durch den winzigen Vorgarten und Mike klingelte.

„Joé Nbembe" stand halbrund über dem Knopf, einfach an die Wand gepinselt.

Als die Tür sich öffnete, empfing sie sogleich ein Schwall von Tabakrauch und Kräuterdunst und dann ein athletischer Mann, der seine weißen Zähne im dunkelfarbigen Gesicht blitzen ließ, als er Mike freudig begrüßte; sie kannten sich offensichtlich. Mike reichte ihm eine Flasche mit Hochprozentigem und einem aufgeklebten Umschlag darauf, die Nbembe beiläufig entgegennahm. Dann bat er sie hereinzukommen.

Er war etwa Mitte vierzig. Im bürgerlichen Beruf manövrierte er, wie Heinz später erfuhr, einen ellenlangen Gelenkbus der Stadtwerke durch den Verkehr, jetzt aber hatte er ein buntes Käppi auf und trug über dem nackten Oberkörper einen mantelähnlichen, bunten Umhang. Vor seiner Brust baumelte an einer Schnur ein Medaillon mit Federn daran neben einem Haifisch- oder Tigerzahn und einem kleinen Kreuz. In der Hand hielt er eine lange, dampfende Pfeife, aus der er ab und zu einen Zug nahm. Er forderte sie auf abzulegen sowie die Schuhe zu tauschen gegen ein Paar der unter der Garderobe aufgereihten Filzpantoffeln. Dann legt er allen feierlich eine farbenprächtige Stola um, auf der Heinz Tiere, Pflanzen und Vögel erkannte wie auf einer Kollage, und schließlich öffnete er für sie eine der alten, braunen Türen im Flur.

Der Raum, den sie betraten, war leicht dämmrig, auf einigen kleinen Regalen und Kommoden ringsum an den Wänden brannten Kerzen und die Luft war erfüllt von Beifußdampf.

Heinz mochte es nicht so sehr.

An der Decke hing eine Metallampel mit bunten Glasscheiben, die schwach vor sich hin leuchtete. Darüber am Lampenhaken waren verschiedenfarbige Tücher verknotet, die wie ein Baldachin nach allen Seiten zu den Wänden führten und dort noch ein Stück über den weinroten Farbanstrich herabhingen. Eine Reihe von Bildern, Fotografien, gewebten kleinen Teppichen an den Wänden, von Figuren, Muscheln und Steinen ringsum auf den Stellflächen ergänzte die Einrichtung.

Nbembe nahm vor dem mit grünen Portieren verschlossenen Fenster Platz, hinter ihm prangte ein fünfzackiger Davidstern auf dem Stoff. Er bedeutete den anderen, sich ebenfalls auf die Hocker zu setzen, die wiederum mit bunten Kissen bedeckt in der Runde um einen niedrigen Tisch standen.

Heinz kam direkt gegenüber Nbembe zu sitzen, Lena links daneben die auf Nbembes Wink hin ihr Brett auf dem Tisch abstellte. Im Hintergrund lief leise eine afrikanisch anmutende Musik mit Vorsänger und antwortendem Chor, dazu rhythmische Trommeluntermalung.

Nbembe zündete eine kleine Kerze auf dem Tisch an, holte die Flasche hervor, von der er irgendwie den Umschlag entfernt hatte, öffnete sie und ehe er einen tiefen Schluck daraus nahm, verspritzte er einige Tropfen aus der Flasche in vier verschiedene Richtungen. Er trank, dann waren alle andern dran, ein echter, alter Rum, der von Hand zu Hand weitergereicht wurde. Anschließend griff sich Nbembe eine flache Handtrommel und begann eine verwirrende Folge von verschiedenen Rhythmen zu schlagen, die sich einige Male wiederholten, wobei er sich mit jeder Änderung des Trommelschlages in eine andere Richtung um seine eigene Achse drehte.

„Paece, paix, Frieden, Shalom, Pace", begann er nach einer kleinen Weile. Anschließend saugte er an seiner Pfeife, beugte sich vor und pustete jedem einen Schwall Tabakrauch hin.

„In den Rauhnächten kann viel passieren, wenn wir wollen", sagte er, und seine leicht kehlige Stimme mit dem unnachahmlichen Timbre des Afrikaners klang geheimnisvoll. Er zog unter dem Tisch eine flache Holzschüssel hervor, angefüllt mit Halbedelsteinen und forderte Heinz auf, sich drei Stück davon auszusuchen.

Heinz zögerte einen Augenblick, fischte dann einen gelben Bernstein heraus, einen Rosenquarz und noch einen Lapislazuli. Er musste unwillkürlich an die Kette neulich im Schaufenster denken.

Nbembe beschaute sich die Steine genau, grinste freundlich und nickte Heinz zu. Er bot die Schüssel auch den anderen an, aber sie lehnten ab.

„Wir müssen die Steine zuerst reinigen und mit den Elementen in Verbindung bringen", verkündete er.

Heinz sollte seine Steine dreimal durch die Flamme ziehen, und zwar der Kerze, die hinter ihm auf einem Regal und neben einer aufgerichteten Schlange stand. Heinz erhob sich und folgte der Anweisung.

„Nun links mit Erde bedecken."

Heinz wandte sich nach links, fand dort vor dem Bild eines Jaguars eine Schale mit Erde. Er buddelte seine Steine unter und schaute fragend zu Nbembe. Dieser wies ihn an, einen Augenblick zu warten, blies ein wenig Rauch in diese Richtung, stellte die Musik etwas lauter, dann folgte die nächste Anweisung: „Aus der Erde holen und hier im Wasser waschen." Damit zeigte er auf ein kleines Wasserbecken hinter sich, auf dessen Rand ein Kolibri saß. Heinz tat wie gesagt und trocknete die Steine mit einem Tuch ab.

Als Letztes sollte er die Steine noch über einem Räucherfässchen von einer Hand in die andere rollen lassen. Rechts an der Wand dampfte es auf der Anrichte, dahinter erhob sich ein bronzener Adler mit ausgebreiteten Schwingen. Die Zeremonie hatte offensichtlich mit den vier Himmelsrichtungen zu tun, ebenfalls die Tierdarstellungen.

Nbembe war zufrieden. Heinz setzte sich wieder und hielt die Steine noch immer in seiner Hand. Die dünne Kerze auf dem Tisch war schon ein ganzes Stück heruntergebrannt. Alle blickten erwartungsvoll in Nbembes dunkles Gesicht.

„Nun sind die Steine bereit für deine Wünsche. Konzentriere dich und denke jetzt an das, was du dir ehrlich und von ganzem Herzen wünschst, einzig und allein an das – aber nur, wenn es etwas Gutes ist!", ermahnte er ihn. Dazu trommelte er einen langsam anschwellenden Rhythmus auf seinem Instrument.

Während Heinz noch versuchte, seine Gedanken und Eindrücke zu ordnen und sich zu fragen, was er sich denn wirklich sehr wünschte, befahl Nbembe Lena mit einer Kopfbewegung das Tuch vom Tisch wegzunehmen, das die unbekannte Sache auf dem Brett immer noch verdeckte. Zu Heinz großem Erstaunen kam darunter ein gebackener Striezel zum Vorschein und der zeigte eine Figur, ein Gesicht …, und das trug unverkennbar die Züge von …

„Olga", sagte Nbembe in diesem Moment.

Es war wirklich Olga. Die Pagenfrisur, die aufgeworfenen Lippen. Dafür hatte Lena die Rezeptur gebraucht, erkannte Heinz.

Nbembe blies ihm eine kräftige Prise Rauch hin und Heinz, der passionierte Nichtraucher, spürte wie es ihm davon leicht schwindelig wurde. Das Gebäck mit Olgas Zügen verschwamm ein wenig und schien sich zu bewegen. Heinz starrte weiter auf den Tisch, doch seine Gedanken schauten durch den Kuchen hindurch und sahen mandelförmige Augen, ein lebendiges Gesicht und eine ganze Figur.

Mit einer raschen Bewegung nahm Nbembe Heinz die Steine aus der Hand und drückte sie der Reihe nach in den Striezel, den Bernstein oben in den Kopf, den Lapis zwischen die Augen und den Rosenquarz irgendwo in der Brustgegend. Dann bekamen Heinz und der Kuchen nochmals einen kräftigen Schwaden Tabakdampf ab.

Nbembe hatte die Musik abgestellt, es herrschte absolute Stille, als ob der Raum für einen Moment den Atem anhielt für Heinz Wünsche. Während die Kerze immer weiter niederbrannte, zog Nbembe erneut die Rumflasche hervor und ließ sie kreisen, bis die Flamme auf dem Tisch schließlich ganz erloschen war. Dann stellte er die Hintergrundmusik wieder an und erhob sich. Das Ritual war vorbei.

Leicht benommen von Tabak, Alkohol und dem Erlebten standen alle bald draußen am Auto. Es war jetzt ganz dunkel. Lena packte das mit dem Küchentuch bedeckte Brett wieder in den Kofferraum.

„Was war denn das?“, brachte Heinz nach einer Pause endlich hervor.

Mike grinste. „Voodoo!“, sagte er und schlug vor, noch auf einen Kleinen bei „Willys“ einzukehren, doch Heinz hatte genug. Er wollte nur heim und nachdenken.

Die Silvesterparty bei Mike begann schon zeitig, „damit man was vom Abend hätte“, meinte er. Außer Marco, Dennis und Mike mit Lena und Tatjana – es schien also doch was Ernsteres mit den beiden zu sein – war Mario mit einer anderen Begleiterin da und zwei Jungs, die er noch nicht kannte, jeweils mit ihren Freundinnen. Nur Olga nicht. Lena bemerkte Heinz suchenden Blick und beruhigte ihn, sie käme später.

Heinz hatte es sich nicht nehmen lassen am Vormittag noch zwei Bleche mit Pizza zu backen und Teigtaschen mit Spinat und Feta. Die Musik lief. Das Bier floss, und irgendwer kam auf die Idee Activity zu spielen, alle waren dabei. Das Beschreiben von irgendwelchen Begriffen, ohne dass das Wort selbst benutzt werden durfte oder das Ganze zu zeichnen, machte auch viel Spaß. Aber das war noch gar nichts gegen den Jux, wenn die Begriffe dargestellt werden mussten. Wenn Mario zum Beispiel, der an sich schon nicht ganz gertenschlank war, vorgebeugt auf einem Bein stand und sich wie mit Schwimmbewegungen nach vorne zu bewegen suchte, die Zähne gebleckt, mit denen er nach etwas Imaginärem schnappte und dabei den Körper wand wie eine Bauchtänzerin, dann blieb kein Auge trocken! Selbst wenn die anderen das Haifischbecken, das er darstellen wollte, gleich erraten hätten, sie hätten es ihm nicht gesagt, die Nummer war einfach zu komisch!

Der Abend schritt rasch voran, Teigtaschen und Pizza verschwanden zusehends von den Blechen und gegen neun erschien Olga. Sie begrüßte alle und schien heute um einiges lockerer zu sein als die letzten Male. Auch Heinz bekam zur Begrüßung ein Küsschen links und rechts und ein aufmerksames Lächeln. Sie trug ein weißes Top mit Spaghettiträgern und eine bunte Stola um die Schultern. Am Hals trug sie, Heinz bemerkte es sofort, eine Lapiskette. Mühelos reihte sie sich in das Spiel ein, konnte wirklich lauthals mitlachen und ihre Darstellung des Begriffes „Eiertanz" war in der Tat saukomisch.

Es ging bald schon auf zwölf. Mike zauberte irgendwoher sehr schöne Sektgläser, man hätte nicht vermutet, dass er so etwas überhaupt besaß. Gerade noch rechtzeitig waren die Gläser gefüllt, da zählte der Fernsehreporter von der Feiermeile in Berlin auch schon rückwärts: „… sieben, sechs, fünf, vier, drei, zwei, eins. Prosit Neujahr!"

Allgemeines Anstoßen, Neujahrswünsche, Trubel, Umarmungen, draußen gingen die Böller los, für einen Augenblick länger und enger als bei den anderen hielt Heinz Olga umarmt. Dann zogen alle rasch etwas über, um das Feuerwerk draußen zu bestaunen.

Als sie durchgefroren wieder hereinkamen und sich auf Sofa, Sessel und Stühle verteilten, erschien Lena mit dem zugedeckten Brett aus der Küche und ließ die Gläser beiseite räumen. Sie platzierte es samt Messer vorsichtig auf dem Couchtisch, dann zog sie das Tuch weg.

„Voilà, ein Neujahrsstriezel, selbstgebacken – nach Heinz Rezept", fügte sie grinsend hinzu. „Und du darfst ihn anschneiden", damit drückte sie Olga das Messer in die Hand.

Mike, Dennis und Mario warfen sich einen flüchtigen Blick zu. Olga stand überrumpelt vor dem Gebäck, und in ihrem Gesicht drückte sich ungläubiges Staunen aus, als sie ihr Konterfei erkannte, verziert mit Bernstein, Lapis und Rosenquarz. Alle anderen sahen es jetzt auch.

„Nun mach schon, sonst verhungern wir noch", drängte Lena.

Olga begann zögerlich ein Stück abzusäbeln, und Lena schob Heinz mit einem „Willst du ihr nicht helfen?" energisch nach vorne zum Tisch.

Mit einer eindeutigen Handbewegung ermunterte sie Olga, ihm das erste Stück zu reichen, und auf einmal war im Raum, wie gestern bei José Nbembe und trotz all der Musik, die weiter aus der Flimmerkiste dröhnte, etwas von Stille und Atemlosigkeit zu spüren, aller Augen richteten sich auf die beiden.

Heinz nahm das Stück Striezel von Olga entgegen und fasste ihre Hand, sie ließ es geschehen, regungslos standen sie sich gegenüber, dann führte er das Gebäck langsam zu seinem Mund.

Tagebuch eines Regenwurms

Dass er schreiben konnte, war schon eine außerordentliche Besonderheit. Keiner der anderen Bodenbewohner war dessen mächtig. Er hatte es sich ganz alleine beigebracht. Die auf die Erde herabgefallenen Zeitungsblätter müssten doch irgendeine Bedeutung haben, dachte er sich immer wieder. Die Zweibeiner in seinem Garten – denn er betrachtete die Erde, durch die er kroch, selbstverständlich als sein Eigentum – die Zweibeiner also schauten immer lange in diese Papiere und redeten miteinander, offensichtlich über die schwarzen Kringel und Linien darauf. Und da seine Gattung in Ermangelung von Sprechwerkzeugen über die Gabe des Gedankenlesens verfügte, wie übrigen der Großteil der krabbelnden Kriecher, reimte er sich den Sinn der Zeichen allmählich zusammen und begann alsbald die Chiffren auch selbst aufzumalen. Er tauchte zu diesem Zweck seine Schwanzspitze in feuchte Erde, wobei sich die schwarze aus dem Komposthaufen am besten dafür eignete, und bedeckte einige der trockenen Blätter mit seinen Erlebnissen und Gedanken. Die des Ahorns boten sich besonders gut zum Schreiben an, sie waren groß und wehten regelmäßig von dem hohen Baum herüber. Das Ergebnis seiner Bemühung kontrollierte er anschließend mittels seines geistigen Auges – noch ein Geschenk der Natur zum Ausgleich für die fehlende Körpergröße.

Nun sollte man meinen, dass ein Leben aus der Wurmperspektive nicht sonderlich interessant sein könnte. Hier irrt man sich aber gewaltig. Nicht nur die Erkundungen im Untergrund, die mannigfachen, verborgenen, vergrabenen Gegenstände, die unterschiedlichen Bodenbeschaffenheiten waren ausgesprochen aufschlussreich, sagten sie doch viel über diejenigen aus, die auf der Oberfläche einmal gelebt hatten. Auch Begegnungen mit anderen Unterirdischen waren spannend, obwohl im Falle von Dachs und Maus nicht ganz ungefährlich. Aber das galt schließlich ebenso für Begegnungen an der Erdoberfläche, insbesondere, wenn die Zweibeiner wieder einmal die Erde umgruben. Achtsam sollte man immer sein – noch so eine ererbte Fähigkeit seiner Gattung, zu der andere sich erst mühsam hin entwickeln müssen. Zumindest kündigten die Zweibeiner mit dem Geräusch des eisernen Werkzeuges, wenn es in den Boden fuhr, die Gefahr schon länger unterirdisch an, sodass man sich in tieferen Schichten in Sicherheit bringen konnte.

Anfänglich berichtete der schriftgelehrte Wurm nur von seinen eigenen, kleinen Erlebnissen, wie etwa dem Kontakt mit etwas Rundem, Metallenem, welches Schriftzeichen und das Abbild eines Zweibeiner-Kopfes trug. Da der Boden in diesem Teil des Gartens viel steiniger und kalkhaltiger war, musste hier früher einmal etwas Festes gestanden haben, vermutlich eine Behausung der Oberflächenbewohner. Eine Schicht in der Nähe enthielt Spuren von Asche und Verbranntem, also hatte es hier einmal ein Feuer gegeben. Und bald erschienen vor seinem geistigen Auge allerlei Figuren: Zweibeiner mit eigenartigen Metallplatten bedeckt und blitzenden Metallgeräten in der Hand, die aufeinander einschlugen und andere, kleine wie große ohne solche Geräte, die den blanken Metallgegenständen zum Opfer fielen. Ihr Blut versickerte in der Erde, Steine und Holzteile ihrer verbrannten Behausung stürzten auf sie herab und begruben die Toten. Auf seinen Ahornblättern war dann nachzulesen, dass vor langer Zeit diese eigenartigen, metallbewehrten Gestalten hier nur deshalb gegenseitig auf sich eingedroschen hätten, weil jeweils eine Hauptfigur auf der einen und auf der anderen Seite es befohlen hätte. Als Begründung für diese verrückte Aktion wurden lediglich verschiedenartige Vorstellungen über das Ende des Lebens, beziehungsweise sein Fortdauern über den Tod hinaus angegeben und wie man am sichersten dorthin gelangen könnte. Wie albern! Der Wurm wusste es viel besser: Alle – ob krabbelnd, kriechend, laufend oder fliegend landeten in der einen oder anderen Form doch immer nur am gleichen Ort: bei ihm und seinen Artgenossen in der Erde.

Einmal waren ihm sogar eine größere Anzahl dieser runden Scheiben begegnet, dazu andere Dinge aus dem gelb schimmernden Metall, darum herum Holzreste von einem Behältnis, das die Gegenstände einst umschlossen hatte. Wieder stiegen die Bilder im vorderen Teil seines Gliederkörpers auf: Von irgendeinem Jemand, der diese Dinge von einem anderen Jemand mit Gewalt geraubt hätte, wobei dieser andere Jemand vorher dritte und vierte Gestalten bestohlen hätte, die die gelben Scheiben ihrerseits den fünften oder sechsten weggenommen hätten – und so weiter und so weiter. Und alle hatten geglaubt, dass dieser Besitz aus ihnen etwas ganz Besonderes machen würde. Aber wo waren sie gelandet, alle diese Jemande, genauso wie die gelben Scheiben? – Bei ihm in der Erde, wo sie endlich keinen Schaden mehr anrichten konnten.

Über die Aufbewahrung seiner Niederschriften machte er sich keinerlei Gedanken. Er überließ die beschrifteten Blätter einfach wieder dem Wind. Und wenn er darauf angesprochen wurde, warum er sich denn erst so viel

Mühe machte, um das Elaborat hinterher so sorglos zu behandeln, antwortete er, dass heutzutage ja sowieso kaum jemand mehr fähig wäre, längere Passagen konzentriert zu studieren. Einzelne kleine Geschichten aber, über die man zufällig stolperte, noch dazu, wenn sie kostenlos hereingeschneit kämen, wären für diese Zeit die passendere literarische Form. Er nannte sie daher auch seine „verwehten Blätter" und dafür sorgte tatsächlich der Wind.

Nach und nach gelangte er zu einer gewissen Berühmtheit im Garten und weiter um den Ahornbaum herum. Denn Krähen und Elstern waren ja recht schlaue Wesen, das wussten sogar die Zweibeiner, und sie konnten ebenfalls lesen – das wussten die Zweibeiner *nicht!* Und sie keckerten die Ahorn-Neuigkeiten durch die ganze Gegend. Auch vom Uhu meinte man übrigens zu wissen, dass er diese Kunst ebenfalls beherrschte, wenngleich man diesen Nachtaktiven ja nie so recht traute. Das Lesen oder Hören und Weitererzählen der Wurmnotizen wurde bald zum beliebtesten Zeitvertreib, zumindest unter den kleineren Bewohnern in, auf und über der Gartenerde.

Die Großen auf der Weide nebenan waren dafür viel zu domestiziert und hielten derlei Beschäftigung für Firlefanz. Sie widmeten sich lieber dem Einverleiben einer gewaltigen Menge von Gewachsenem aus ihrer Umgebung, und zwar so viel davon, dass sie wegen ihrer Gier hinterher das Verschlungene nochmals wiederkäuen mussten. Diejenigen, die mit weniger auskamen, hatten solche Probleme nicht. Dafür ging bei ihnen das geflügelte Wort um: „Hast du heute schon geahornt?" Und jeder wusste, was damit gemeint war, konnte auch von dem einen oder anderen der vielen, wirbelnden Blätter etwas zum Besten zu geben.

Zum Beispiel das von der Stille. Die schätzten die zahlreichen Nicht-Redenden wie Käfer, Larven, Fliegen und Schmetterlinge besonders. Nachts, wenn der Ahornblattverfasser ab und zu aus der Erde lugte, genoss er die Ruhe und das Rauschen des Nachtwindes oder das Raunen der Knospen im Frühling. Er vernahm das Zittern in der Luft vor einer Gewitterfront oder das sehnsuchtsvolle Seufzen der Clematisblüten im Sommer. Die Stille füllte sein Wurmherz bis zum Bersten an, sodass sein Klopfen die Stengel der Blumen und Stauden noch oben im Garten zum Vibrieren brachte.

Das alles entging den Zweibeinern, die auf der harten glatten Fläche vor dem Garten in blinkenden Ungetümen vorbeisausten und den Boden zum Beben brachten. „Wie viel von ihrer Kraft vergeuden sie in den stinkenden Apparaten durch ihre Hast?", fragte er seine Mitbewohner. „Lasst dem Leben seinen eigenen Rhythmus, aus der Ruhe schöpft ihr die Fülle", setzte er hinzu und sprach damit den einen aus dem Herzen, und den anderen ins Gewissen. – Dann schrieb er sogar ein Sonett:

Stille schweigt uns hohe Lieder,
nieder sinkt der Geist zur Rast,
Träume, Licht, erstehen wieder,
die du längst vergessen hast.

Liebe hebt sich voller Beben
aus der trauten Nacht empor,
will die Seele dir erheben,
flüstert Süßes dir ins Ohr:

„Ihr seid Teil in meinem Meer,
seid der Tautropfen am Blatt,
den die Sonne lustvoll trinkt,
nichts wird dem im Leben schwer,
der mich aufgesogen hat,
bis sein letzter Atem sinkt."

Er sprach über die Luft, auf der die vielen Geflügelten seiner Welt schaukelten, die sie hoch und leicht über Wiesen und Beete trug. „Welche Freude", sagte er, „die Atmungsorgane mit köstlicher Frische und Energie zu füllen, die überall und jedem gratis zur Verfügung stehen, es sei denn, dass die Zweibeiner wieder einmal das Atmen mit dem Qualm aus ihren Sauseapparaten vergällten. Haben sie denn keinerlei Gespür für den Odem des Lebens, so wie es sogar die weisen Vertreter ihrer eigenen Gattung beschreiben?" Der Atem war es, das wusste er, der sie mit allem und jedem verband, genauso wie er sich als kleiner Wurm mit dem Ahornbaum oder der Eintagsfliege verbunden fühlte, oder wie Regen und Erde Teil seines Wesens waren.

Seine Leser lauschten innerlich seinen Worten, und ihnen wurde warm ums Herz. Er warnte sie auch vor Gefahren. „Wer kann die Wonnen des Lindenduftes genießen oder die erste Feuchtigkeit des nahenden Regens in der Sommerluft riechen, wenn der Gestank vom Giftgebräu der Großfüße das nahe Feld verschandelt? Hütet euch, ihm zu nahe zu kommen." Die Schmetterlinge seufzten, wenn sie an beides dachten: die Duftmoleküle, welche sie zu fernen Wiesenblumen lockten, oder die Schwaden der Zweibeiner, denen schon so viele ihrer eigenen Art zum Opfer gefallen waren.

Das majestätische Licht beschrieb der unterirdische Dichter, dem er sich selbst jedoch nur ungern aussetzte. Zu stark, zu gewaltig war seine Wirkung, aber er fühlte seine Wärme bis tief hinab in sein Reich eindringen. Mit ihm fühlten es die Samen und Keimlinge, die Larven und Engerlinge, spürten, wie das Leben in ihnen erwachte, und er rief seinen Anhängern zu: „Das Licht in euch strahlt aus auf alle um euch und kommt vielfach verstärkt zu jedem zurück. Ist das nicht Glück?" Seine Leser schwiegen ergriffen, fühlten sich gewärmt und dem Alltag enthoben, der für sie oft nur mühsames Krabbeln und Knabbern unter kargen Bedingungen bedeutete. „Nein", fuhr er fort, als ob er die geheimen Einwendungen gehört hätte, „es gibt genug von allem und für jeden. Dafür sorgt Pachamama, Mutter Erde!"

Woher er die indianische Erdgöttin wohl kannte? Aber niemand traute sich zu fragen, so abgehoben erschien ihnen schon seine Weisheit. „Ja selbst, wenn Pachamama beschließt, dass euer Ende nun gekommen sei, dann ist es gut so, denn alles, was ist, ist gut. Ihr kehrt in ihren Schoß zurück und ersteht eines Tages wieder, verwandelt und erneuert zu neuem Leben."

Diese und viele andere Themen behandelten die ‚verwehten Blätter' und seine Visionen zeigten seiner Anhängerschaft ein Panorama des Himmels- und Erdkreises, wo jeder seinen Platz hatte, wenn er nur gewillt war ihn anzunehmen. Von den großen Wassern sprach er und dem vielfach wimmelnden Leben darin, obwohl keiner von ihnen es je gesehen hatte. Doch die Kraft seiner Phantasie weckte in ihnen Bilder von ungeahnten Wundern. Von der Weisheit der Steine selbst erzählte er. Sogar seine näheren Verwandten hatten Mühe ihn zu verstehen, weil sie sich zu oft im Erdreich hart den Kopf daran stießen. Doch er bestand darauf, alles sei Teil des großen Planes, alles sei zu achten. Überdies könnten sie alle die Ausstrahlung der Mineralien spüren, die an- oder aufzuregen vermöchten oder zu heilen und auszugleichen. Die Echse aus dem Gartenteich nickte andächtig, als die Krähe ihr davon berichtete; ihr war das längst bekannt. „Ja", meinte sie, „der große Geist ist überall", und sie war über ihre eigene Einsicht höchst erstaunt.

Immer wieder kam der Erdpoet auch auf die unbehausten Zweibeinern zurück, die die Melodie des Lebens nicht mehr hörten und sich erhaben dünkten über kleine und größere Lebewesen, ja sogar über das erhabene Leben an sich. Sie hatten offenbar keine Ahornblätter zum Lesen und waren auf eine besondere Art und Weise blind. Es teilte sich ihnen keine Ahnung mit, wie sehr sie doch abhängig waren von Mutter Erde! Der Schreiber allerdings ahnte für sie voraus, wie mächtig Pachamama sie es eines Tages spüren lassen würde.

Von einem bestimmten Tag an im Herbst blieben die beschrifteten Blätter aus. Kein einziges Neues mehr kam geflogen, so sehr auch alle suchten, weil sie in ihrem Verfasser längst ihren vertrauten Lehrer oder Begleiter sahen. Überall hielten sie Ausschau – vergebens. Die wenigen noch erhaltenen Aufzeichnungen wurden wie Kostbarkeiten weitergereicht, nochmals und nochmals gelesen und gehört, und dabei bemerkten alle erst jetzt so richtig, wie viel ihnen die Worte des kleinen Wurmes bedeutet hatten. Es ging das Gerücht um, dass es der Tag gewesen sein müsste, ab dem der Dichter schwieg, als der Garten neben dem Ahornbaum mit großen ratternden Apparaten völlig umgegraben wurde, tiefer und nachhaltiger als es die Zweibeiner vorher jemals gemacht hatten. –

Mit der Zeit zerbröselten die verbliebenen Ahornblätter, verblassten die Erinnerungen an die Zeilen darauf und erloschen die hohen Gefühle, die sie einmal hervorgerufen hatten. Nur von einem wurde der Wurm noch lange und schmerzlich vermisst – man staune: von der Eule! Sein großes Herz hatte sie besonders berührt. So ist das manches Mal mit den verkannten Zeitgenossen.

Im Volksglauben der Krabbler und Kriecher blieb der Wurm als Märchenfigur erhalten, von der man sich nur gelegentlich noch erzählte. Im Garten und unter dem Ahornbaum aber keckerten die Elstern und krächzten die Krähen bald wieder wie eh und je nur sinnlose Laute und alberne Sentenzen, denn die Dummheit stirbt leider nie.

Die Eingebung

Barbara stand auf der Gartenterrasse und stemmte die Arme in die Seiten. Sie hatte den ganzen Nachmittag über gejätet, gebuddelt und geräumt, bis alles einen anderen Platz hatte. Nun war sie fast fertig – ganz fertig wurde sie sowieso nie.

„Und was mache ich jetzt mit dem Steintrog?"

„Bau einen Stall drum herum und halte dir Schweine", antwortete Erwin lakonisch.

Und wie Barbara noch mit dieser kuriosen Vorstellung rang – zack! – stand der Stall da und drei mittelgroße Schweine drängten sich am Futtertrog.

„Mein Gooottt!", schrie Barbara und bekam den Mund nicht zu. Und dann womöglich noch lauter „Iiiihhh, wie die stinken!"

„Dann eben nicht", meinte Erwin, schüttelte kurz den Kopf, und der Stall war wieder weg,

„Was war denn das?", schluckte Barbara. „Hast *du* das gemacht? Wie geht denn so was?"

„Das kommt manchmal, und dann geht es auch wieder." Erwin bemühte sich um einen möglichst beiläufigen Ton, obwohl er sich insgeheim diebisch freute über die Verblüffung seiner Angetrauten. Ja, er konnte so etwas! Seine Gedanken mussten nur überraschend und konkret genug sein, dass im Augenblick bei seinem Gegenüber kein anderer mehr in den Kopf passte, und dann sahen und erlebten sie seine Fantasie als pure Wirklichkeit.

Entdeckt hatte er das einmal vor Jahren im Freibad. Sie lagen mit einer ganzen Gruppe von Freunden im Gras und alberten herum. Einer seiner Kumpane kramte eine Zigarette heraus und fragte ihn: „Hast du mal Feuer?" Aus Jux, weil er ja schlecht in der Badehose ein Feuerzeug stecken haben konnte, schnippte er mit den Fingern vor der Zigarette und sagte: „Hier hast du Feuer!" Und zu seiner Verwunderung zog der Freund an dem Glimmstängel, nahm genüsslich einen tiefen Lungenzug, um dann den imaginären Rauch in die Gegend zu pusten. „Schmeckt das?", fragte Erwin ironisch. Und der Freund musterte plötzlich entgeistert seine nicht angezündete Zigarette und dann ihn, er hatte tatsächlich gemeint er rauche. –

Auch in der Straßenbahn war es ihm schon passiert. Er hatte vergessen, die Fahrkarte am Automaten abzustempeln, und an der nächsten Haltestelle stieg der Kontrolleur zu. Das mit dem Abstempeln fiel ihm natürlich erst jetzt ein, und als er seinen Fahrschein zückte, um ihn vorzuweisen, dachte er sich intensiv den Stempel darauf ... und alles ging gut!

Erwin nutzte seine Fähigkeit nicht aus, dazu war er ein viel zu moralischer Mensch.

Aber gelegentlich verschaffte er sich damit schon einmal die eine oder andere Erleichterung oder Vergnügung.

Einmal ging ihnen am Abend das Bier aus. Sie feierten seinen Geburtstag, und er hatte mit so vielen Freunden einfach nicht gerechnet. Was tun? Zum Kiosk laufen, wenn der überhaupt noch geöffnet hatte? Oder gestehen, dass sie ihn trocken gesoffen hatten? In dieser Zwangslage stellte er sich einfach eine volle Bierflasche vor und goss daraus allen nach. Sie tranken auch tatsächlich genüsslich, wurden immer lustiger, sodass er immer noch einmal ‚nachfüllen' musste – mit der leeren Flasche! – bis sie sich schließlich ziemlich angeheitert verabschiedeten und gingen.

Einer der alten Freunde – Gerhard war das, wenn er sich recht erinnerte – stieg mit seiner Freundin sogar noch ins Auto. Unglücklicherweise stand aber nicht weit davon entfernt ein Streifenwagen, aus dem heraus zwei Polizisten sie beobachteten. Der Wagen folgte ihnen, und an der nächsten Ecke wurden sie angehalten. Die Beamten kontrollierten die Papiere, schnupperten, rochen Bier und ließen Gerhard ins Röhrchen blasen – kein nennenswertes Ergebnis. Der Polizist wunderte sich. ‚So wie der mit der Freundin aus der Wohnung gewankt war, muss etwas mit dem Röhrchen nicht stimmen', dachte er sich. Also erkundigte er sich ordnungsgemäß, ob Gerhard mit einer Blutprobe einverstanden wäre. Der willigte ein. Die Blutprobe wurde entnommen, und Gerhard – mittlerweile wieder völlig klar und nüchtern – hörte zu seiner eigenen Verwunderung, dass er gehen könne, die Probe habe 0,1 Promille ergeben; sie sei also auch in Anbetracht der mittlerweile vergangenen Zeit nicht zu beanstanden. Die 0,1 stammten von den davor genossenen Bierchen, ehe der Gerstensaft ausgegangen war.

Bei größeren Menschenmengen versagte Erwins Fähigkeit leider. Während eines Aufmarsches, der immer mehr in Erscheinung tretenden Rechtsradikalen stellte er sich vor, wie es wäre, wenn er das Häuflein der Gegendemonstranten am Straßenrand zahlenmäßig deutlich aufstocken würde. Wenn er die kleine, bunte Truppe aus langhaarigen Alternativen im Selbstgestrickten mit Kinderwagen, strubbeligen Minihunden und eigenhändig geschriebenen Transparenten plötzlich auf das Zehnfache der tatsächlichen Anzahl anwachsen lassen würde, wenn die kleinen Kläffer für die Kahlköpfe und Tätowierten in der Straßenmitte plötzlich zu einem Dutzend Kampfhunde würden, und die Kinderwagen zu eisenbewehrten Rammböcken, bereit wie ein Donnerkeil zwischen den braunen Aufmarsch zu fahren. Der Zug näherte sich und gleich zu Anfang in der dritten Reihe liefen einige Glatzen mit, die sich die Seelen aus dem Leib brüllten, wohl um zu überdecken, dass sie eigentlich recht mickrige Figuren waren und ihr ganzer martialischer Aufzug nur dazu diente sich selbst Mut anzuschreien. Die Protestler am Straßenrand begannen zu rufen, die Hunde zu kläffen und an den Kinderwagen mit den Leinen daran zu zerren. Erwin setzte seine Fantasie in Gang, und den eben noch grölenden Großmäulern am Rande des Aufmarsches verschlug es die Sprache bei einem Blick zur Seite hin. Entsetzt drängten sie sich zur Straßenmitte. Doch bis dorthin reichte Erwins Fantasie leider nicht, und so bekamen die Angsthasen vom Rande auch aus der Mitte heraus Zunder von ihren Kumpanen. Und bei einem, das sah Erwin genau, färbten sich die Blue Jeans im Schritt und die Beine hinab deutlich dunkler …

Als Barbara einmal für einige Tage zu ihrer Mutter gefahren war und ihm vorher eingeschärft hatte, nur ja ihre frisch eingepflanzten Knollenbegonien zu wässern, was er am Mittwoch auch noch brav befolgte, vergaß er das aber prompt am Donnerstag. Und als am Freitag einige Termine abgesagt wurden, denn der Mai war dieses Jahr schon brütend heiß, nutzte er die überraschende Freizeit für ein verlängertes Wochenende am Waldsee.

Dorthin hatte Barbara partout nie mitkommen wollen, wenn er es ihr vorschlug. Mit „Langweilig und öde" lehnte sie sein Ansinnen stets ab und fügte verständnislos hinzu. „Was kann man nur am Angeln finden?"

Jetzt angelte er also, schlief in einem winzigen Ferienhäuschen, las stundenlang seine Krimis, ohne unterbrochen zu werden, und legte die Beine hoch. Abends kochte er sich ein Nudelsüppchen und beguckte die Sterne. So erholsam, ohne die ständigen Aufgaben, die Barbara sonst immer verteilte, waren die Tage schon lange nicht mehr vergangen.

Aber als er dann am Montag nach Haus kam, sah er das Malheur. Die Pflanzen: total vertrocknet! Und unglücklicherweise meldete sich Barbara am Telefon, sie wäre auch bald zurück, ‚ob er sich denn freue?'

‚Und wie!!!', dachte Erwin und hatte seine liebe Not, das Geschirr von letzter Woche und so einige andere Frühstücks- und Abendbrotreste wegzuräumen sowie die Socken und all seine getragenen Kleidungsstücke in die Waschmaschine zu stopfen, denn diese Teile hatten bei ihm immer das fatale Bestreben sich möglichst gleichmäßig über Küche, Bad, Flur, Schlaf- und Wohnzimmer zu verteilen. Nur für die Knollenbegonien gab es keine Rettung, und schon hielt draußen vor der Eingangstür Barbaras Taxi.

Er nahm ihr das Gepäck ab und begrüßte sie so freundlich wie es ihm angesichts der Blumenkatastrophe möglich war. Sie ging zielstrebig durch Flur und Küche in den Garten. Wahrscheinlich ahnte sie, dass es mit den Pflanzen nicht zum Besten stand, was dann ihrerseits wieder Anlass für langwierige Vorträge und Vorwürfe sein würde, wie Erwin voraussah, die schließlich in dem einen Satz gipfeln würden: „Auf dich kann man sich ja sowieso nie verlassen!"

Deshalb konzentrierte er sich jetzt rasch auf das Blumenbeet und auf wunderschöne Knollenbegonien darin. Zu Barbaras sichtbarer Überraschung strotzten die Blümchen anscheinend nur so vor Saft und Kraft „Das hätte ich nicht gedacht! Na also, du lernst ja doch!"

Mehr an Freundlichkeit konnte er nicht erwarten. Sie drehte sich auf dem Absatz um und wirkte trotz der scheinbaren Blumenpracht etwas unzufrieden. Vermutlich hatte sie sich die Predigt für ihn schon zurechtgelegt und war nun enttäuscht, sie nicht halten zu können. Dafür gab es in der Wohnung noch das Eine oder Andere auszusetzen oder mit dem Lappen die Spüle zu wischen. „Warum machst du das nie?", seufzte sie, ehe sie zur Nachbarin entschwand, um mit ihr ausgiebig zu quatschen.

Erwin nutzte die Pause und schwang sich ins Auto, fuhr zur Gärtnerei am Rande der Siedlung und erstand eine Steige mit Knollenbegonien. Wie erhofft war seine Frau bei seiner Rückkehr noch immer bei der Nachbarin. Und als er eben in Windeseile die alten Blumen auf den Kompost geworfen, die neuen eingepflanzt hatte und den Gartenschlauch zum Wässern betätigte – wobei er gar keine Zeit hatte, sich über sein gärtnerisches Geschick zu wundern – erschien Barbara höchst vergnügt von ihrer Plauderstunde.

Sie sah den Schlauch und nickte anerkennend. „Du kannst ja, wenn du nur willst!" Doch selbst das klang bei ihr immer noch nach Vorwurf.

Natürlich war Erwin kein solcher Stießel, um nicht zu wissen, dass es mit seiner Ordnungsliebe nicht allzu weit her war. Aber daran trug Barbara auch ein gehöriges Maß Mitschuld. Weil sie aus unerklärlichen Gründen keine Kinder haben konnte, galt Barbaras ganze Aufmerksamkeit der Wohnung. Im Sommer milderte das Gärtnern zwar ihre Aufräum- und Putzwut etwas ab, aber im Winter galt diese Einschränkung nicht. Und dann, weil sie sich, wie schon erwähnt, um keinen Nachwuchs kümmern musste, kümmerte sie sich um so mehr um Erwin. Alles was er auch nur einen Moment aus der Hand legte, räumte sie sofort wieder auf. Jeden Krümel, den er hinterließ, kehrte sie mit dem Tischbesen weg und etwaiges Einräumen in die Schränke seinerseits konnte sie selbstverständlich viel besser als er und nahm ihm die Dinge aus der Hand. Daher meinte sie auch ständig ihm wie bei zu erziehenden Kindern Ratschläge oder Anweisungen geben zu müssen. Anfangs ihrer Ehe konnte er darüber gut hinwegsehen, denn sie war eine sehr attraktive Frau, gleichzeitig gewöhnte er sich aber auch eine gehörige Schlamperei an, quasi als Ausgleich für die Gängelung, wobei ihr seine Schlamperei wiederum als Rechtfertigung für ihre Nörgeleien diente. So blieb alles einigermaßen im Lot.

Doch mit der Zeit entwickelte dieser Mechanismus ein Eigenleben. So wie man alles verstärkt, worauf man sich konzentriert, verstärkte sich auch bei ihr die Kritik an ihm, und aus Trotz wuchs seine Unordentlichkeit weiter – ein beliebtes Thema bei ihrem monatlichen Kaffeekränzchen. Jede von Barbaras fünf Freundinnen, die sich reihum trafen, wusste eine weitere Strophe in diesem unendlichen Lied zu singen, und es verging kaum ein Treffen, ohne dass sie sich nicht wieder einmal lustvoll auf dieses Thema eingeschossen hatten. Ihre Nachbarin gehörte ebenfalls zu dem illustren Kreis. Sie hatte zwar ein Kind, dafür aber keinen Hang zum Gärtnern, das besorgte ihr Mann. So blieb genug Zeit und Muße für sie um sich mit Barbara und den anderen über Hauswirtschaft zu ergehen mit der Kritik an den jeweiligen Männern.

Erwin sah die Entwicklung in seiner Ehe sehr wohl und versuchte gegenzusteuern. Er nahm sich vor, Barbaras Stärken in Haus und Garten mehr zu loben und etwas ordentlicher zu werden. Allerdings misslang ihm das gelegentlich wieder, und dann war ihre Reaktion um so bissiger. Er erbot sich, eigenhändig einen Kuchen für die Damenrunde zu backen, um seiner Frau zu zeigen, dass er nichts gegen ihre Treffen habe. Früher hatte er das aus Spaß öfters gemacht. Doch als er nun seine Kreation auftrug, eine Mandarinen-Sahne-Torte, kam er gerade im falschen Augenblick, denn man war eben dabei, sich über den Gatten der Nachbarin zu empören, also bei einem Lieblingsthema. Und sein Auftritt verpuffte. Die Torte wurde nur nebenher hinuntergemümmelt, denn das Zerfleischen der Zielperson in ihrem Visier samt entsprechenden Kommentaren und Ratschlägen nahm sie viel zu sehr in Anspruch. Er konnte das alles deutlich im Nebenzimmer hören.

Wie wäre es, kam ihm in den Sinn, wenn er sich diesen Herren einmal ganz positiv vorstellen würde? Ob das bei den Damen die nämliche Illusion hervorrufen könnte? Er überlegte, ob man die etwas unterwürfige Art des Nachbarn eventuell als besondere Bescheidenheit und Rücksicht umdeuten könnte? Oder die beklagte Ungeschicklichkeit und Unwilligkeit bei Reparaturen im Haus nicht als Sorgfalt und Genauigkeit? Desgleichen könnte man den Geiz als Sparsamkeit und Vorsorge für die gemeinsame Zukunft werten. Auch das Werkeln im Garten, das Erwin manchmal wie eine Flucht vor dessen angetrautem Hausdrachen vorkam, erschiene ihnen dann bestimmt als einfühlsamer Umgang mit der Seele der Natur.

Zu seiner Verwunderung bemerkte Erwin kurz darauf, dass sich das Gespräch im Esszimmer völlig gedreht hatte. Vier der Damen fanden den Mann der Nachbarin plötzlich doch recht sympathisch, zurückhaltend, zuvorkommend, bescheiden, ja sogar würdevoll. Erwin war verblüfft und begeistert. Nur die Nachbarin selbst erreichte er nicht, zu tief war sie in ihren negativen Gefühlen verstrickt. Und weil die anderen mit einem Mal so entgegengesetzter Meinung waren, argwöhnte sie hinterher bei Barbara, er, Erwin, hätte ihnen Hasch in den Kuchen eingebacken. Barbara sagte nichts dazu, obwohl sie es hätte besser wissen müssen. Zu so einer infamen Tat war er wirklich nicht fähig.

Aber es lief mit Barbara schon länger nicht mehr gut. Während sie sonst nur jeden freien Nachmittag im Garten zubrachte, es sei denn, es regnete junge Hunde, war es jetzt jede freie Stunde. Erwin glaubte einige Zeit später bemerkt zu haben, dass sich der schräge Gartenvogel von nebenan bei ihr eingeschleimt hatte. Barbara entschwand womöglich noch öfter als sonst im Grünen und wurde merkwürdigerweise dort gar nicht mehr gesehen, vielmehr hörte er die Tür zum Gartenhäuschen des Nachbarn quietschen. Und dann lange nichts mehr. Offenbar war der Schuss während des Kaffeekränzchens nach hinten losgegangen, musste sich Erwin eingestehen. Sie fand jetzt offensichtlich etwas an dem, den sie vorher als Weichei und Westentaschen-Tarzan verspottet hatte. ‚Selbst daran Schuld', dachte sich Erwin, und es war kein angenehmes Gefühl.

Erwin grübelte darüber nach, ob er seine Fähigkeiten nicht anders einsetzen könnte, quasi mit umgekehrten Vorzeichen, um den Nachbarn seiner eigenen Frau wieder begehrenswert erscheinen zu lassen. Aber damit war er ja schon während des Kaffeeklatsches gescheitert. Also: Wie könnte er seiner eigenen Gattin den Nebenbuhler wieder verleiden, wobei sich in ihm alles sträubte, dieses Mickermännchen als solchen zu betrachten. Trotzdem war es so. Er versuchte es tapfer mit seiner Fantasie, stellte sich und – wie er hoffte – auch seiner Frau den anderen als das Würstchen vor, das er seiner Meinung nach ja wirklich war und übertrieb in der Ausmalung der unterwürfigen Art, dem pflaumenweichen Gerede und der nicht sonderlich attraktiven Gestalt des Nachbarn noch zu dessen Ungunsten. Aber entweder funktionierte seine Gabe nur bei positiven Gefühlen – auch die gegen die glatzköpfigen Braunlinge zählte er übrigens dazu – oder aber versagte sie grundsätzlich bei jemandem, der sich gerade frisch verguckt hatte, denn wenn das Herz redet, ist ja bekanntlich der Verstand im Anderswo.

Wie auch immer, seine Frau wandelte weiter auf ihren Abwegen, es blieb dabei. Die häusliche Atmosphäre kühlte langsam bis zum Gefrierpunkt ab, Erwin, der seine Frau einmal wirklich geliebt hatte, fühlte zunehmend Leere und Trostlosigkeit und beschloss nach gründlichem Nachdenken, dem ein Ende zu bereiten.

An einem freien Wochenende – die Gattin gärtnerte natürlich wieder einmal oder ließ sonst etwas bei ihrem Nachbarn wachsen – konzentrierte er sich lange Zeit angestrengt auf die Bermudas, bis sie so lebhaft vor seinen Augen standen, dass er deutlich den Geruch von Sonne und Meer wahrnehmen konnte. Dann nahm er seinen Ausweis, die Papiere und Kreditkarten in die Hand und sich selbst ein Herz und entschwand auf Nimmerwiedersehen in seiner eigenen Fantasie.

Des Apfels Kern

Die Buden auf dem Weihnachtsmarkt drängten sich wieder dicht an dicht um den Brunnen auf dem Marktplatz, der Christbaumschmuck aus dem Riesengebirge neben den Zauberer- oder Hexenhüten und Taschen aus Filz, der Kerzenstand mit den Teelichtampeln, die die Flämmchen durch sternförmige Aussparungen schimmern ließen, daneben die Bude mit den Holzbrettchen und Löffeln, in die der nicht mehr ganz junge Verkäufer Namen oder Sprüche einbrannte. Dazu die Fressbuden und Zuckerwarenstände mit den gebrannten Mandeln und Kai aus Norddeutschland, der Blechspielzeug und anderen Krimskrams anbot. Über allem schwebte wie ein Baldachin das Gemisch aus Glühweinduft und Mandelsüße, Bratwurst- und Pommesfrites-Schwaden.

Es flötete allgegenwärtig aus den Lautsprechern: „Ihr Kinderlein kommet …" Doch das war eher Wunsch als Realität. Nur wenige Leute liefen in den Budengassen herum, der Mulch am Boden war bislang kaum zusammengetreten worden und der Mann von der Schlittschuhbahn am Rande gähnte unverhohlen, obwohl es erst auf den späten Nachmittag zuging. Für ein echtes Weihnachtsmarkt-Gefühl war es viel zu feucht und nicht kalt genug. Bald darauf schlug es vom Turm der Marktkirche sechsmal.

‚Heute geht die Zeit gar nicht um', dachte Jost. Wenn es hier voll war, samstags oder sonntags, da machte es richtig Spaß am Stand zu stehen. Er erinnerte sich an das vorletzte Jahr, als Ende November sogar schon Schnee gefallen war. Er hatte sich eine zweite lange Unterhose gekauft und irgendwelche Pads besorgt, die man knicken musste, dann gaben sie Wärme für die klammen Finger ab. Aber der Anblick draußen, die vermummten Besucher im Schnee, die weiß bepackten Dächer der Buden, die Eiszapfen seitlich an den Dachüberständen und das Getümmel auf der Eislaufbahn waren trotzdem ein Wintermärchen.

Jost lehnte in seinem Häuschen an der Wand und wartete auf Kunden für seine kandierten Früchte, Schokobananen und die glasierten, roten Äpfel. Beim Aufbauen wäre ihm einer fast auf den Boden gefallen, er hatte ihn gerade noch auffangen können.

„Willst du wohl hierbleiben!", meinte er. ‚Nein!', glaubte er, den Apfel sagen zu hören. Jost lachte über seinen Gedanken. Er hatte sich viel Mühe gemacht, die Spieße mit den von Kuvertüre überzogenen Trockenfrüchten akkurat hinter die Vitrinenscheiben zu stapeln, hatte einen Schokoladen-brunnen aufgebaut, an dem man sich selbst das köstliche Braune über die Obst-Schnitzel laufen lassen konnte, und als besondere Attraktion ver-kaufte er in diesem Jahr noch Werkzeuge und Gerätschaften aus purer Schokolade, alle kunstvoll auf dem Verkaufstisch drapiert. Bei dem Geruch von all dem Süßem träumte er mittlerweile allerdings eher von sauren Gur-ken, Boskoop-Äpfeln oder rheinischem Sauerbraten. Früher, als Junge, war das noch anders, dachte er. Da ging ihm nichts über die süßen Köstlichkei-ten. Wie er diese so ansah, klopfte kurz eine vage Erinnerung von einem Zuckerapfel bei ihm an.

Der Markt hatte zwar erst ein paar Tage geöffnet, sodass man eigentlich noch nicht viel sagen konnte, aber so schlecht wie dieses Jahr hatte noch keiner in den vergangenen Jahren begonnen. Jost machte den Ferienjob nun schon seit Studienbeginn, nachdem der Vater eines alten Kumpels plötzlich wegen Krankheit ausgefallen war. Längst war dies zur festen Einrichtung geworden, und er betrachtete den Stand fast schon als seinen eigenen.

Ein paar Müßiggänger ließen sich blicken und schlenderten vorbei, ebenso einige Sparkassenangestellte von der Filiale um die Ecke, von denen er den einen oder anderen schon kannte. Sie tranken mit Kollegen nach Feierabend gelegentlich einen Glühwein im Zelt neben der Minibühne, um alsbald nach Hause vor die Flimmerkiste zu verschwinden. Zu den Bänkern gesellten sich einzelne Hausfrauen, die zufällig eine Freundin getroffen hatten und hier ein Schwätzchen hielten, schließlich noch ein paar Rentner, die so-wieso nichts brauchten oder kauften, das war's dann schon für heute.

Nachmittags kamen bei gutem Wetter – leicht erkennbar – die Großmütter oder -väter zum Platz, aber nur mit den ganz Kleinen. Die größeren Kinder fanden es öde, waren schon so überfrachtet von allem, dass sie gar keine Zeit mehr hatten zum Staunen oder Freuen. Die Armen mussten ja heutzu-tage bereits im Grundschulalter ständig twittern, um in ihrer Gruppe Prä-senz zu zeigen; ‚Klicks‘ als neue Währung schon in der Schule! Freunde hatten sie dutzendweise. Je mehr, umso besser! Aber keinen richtigen Freund, keine Herzensfreundin mehr. Früher schloss man noch heimlich Blutsbrüderschaften, erinnerte sich Jost. Die ganz Harten ritzten sich sogar mit einem Messer, um dann die Wundflächen aufeinander zu drücken, das Blut ‚auszutauschen‘.

Jost kicherte in sich hinein. Er sah sich mit Katja in der Laube ihres Gartens stehen. Es dämmerte schon ein bisschen, und Katja hatte zu seinem Entsetzen Ernst gemacht mit der Blutsbrüderschaft, sich sogar einen kleinen Schnitt auf dem Handrücken beigebracht. Nun musste er auch, traute sich aber nicht recht. Aber er konnte sich doch nicht so vor einem Mädchen blamieren! Er raffte schließlich allen Mut zusammen, schloss die Augen und zog sich das Taschenmesser rasch über den Handrücken. Es kam tatsächlich ein klein wenig Blut, Gott sei Dank! Beim Anblick seines Blutes wurde ihm flau in der Magengegend. Katja hatte dann seine Hand genommen, ihre Hand mit der kleinen Wunde auf die seine gehalten und ihn angewiesen auch seine zweite Hand darüber zu legen so wie sie. Sie hatte ihm gerade in die Augen geschaut und gesagt: „Für immer und ewig." Er hatte wiederholt: „Für immer und ewig", und ihnen beiden war sehr feierlich zumute gewesen. Sie fühlten sich von etwas berührt, das sie noch nicht genau benennen konnten. Darüber war später kein Wort mehr gefallen, obwohl sie noch einige Jahre gemeinsam zur Schule gegangen waren.

Ein kräftiger Windstoß fegte über den Platz, sodass die Verkäufer rasch aus ihren Buden sprangen, um die angehängten Taschen, Mützen und Tücher zu sichern. Ein paar Regentropfen waren auch dabei.

‚Das kann ja heiter werden', dachte Jost und schaute, ob alles in Ordnung war bei seinen braunen und roten Süßigkeiten. Dabei musste er wieder an Katja denken, merkwürdigerweise. Vielleicht, weil er glaubte, sie vor ein paar Tagen gesehen zu haben. Es war auf der Rückfahrt von seinem Studienort, als sein Bus am Bahnhof gerade aus der Haltebucht ausscherte, da fingen draußen direkt vor dem Fenster braune Locken unter einer gehäkelten Mütze seinen Blick ein, auch den Riemen der Umhängetasche hatte die Person wie Katja immer schräg über der Brust, alles so vertraut und doch lange her. Das Gesicht sah er nicht. Da war der Bus auch schon vorbei, und er wusste im nächsten Moment nicht mehr, ob sie es wirklich war oder nur eine Assoziation an die vergangene Zeit beim Heimkommen in seine Stadt. Vielleicht war er auch nur überempfindlich, denn er und Rosa hatten sich nach drei Jahren Gemeinsamkeit vor ein paar Wochen endgültig getrennt.

Mit Katja hatte er gemeinsam zur höheren Schule gewechselt, dieselbe Klasse besucht und sich wie selbstverständlich morgens immer auf dem neuen Schulweg mit ihr getroffen, um die restlichen fünfhundert Meter zusammen zurückzulegen. In ihrem letzten Jahr an der Schule, ehe sie ins Internat wechselte, als sie schon keine Kinder mehr waren, als die ersten Annäherungen und manchmal sogar schon mehr unter den Mitschülern begannen, da war Katja für ihn – ja was eigentlich? Immer dabei, ganz selbstverständlich, vertraut wie die Schwester, die er gerne gehabt hätte, ein besonderer Kumpel, natürlich nicht wie ein Junge. Aber das Kribbeln, das sich bei zwei oder drei anderen Mädchen zu jener Zeit erstmalig bei ihm einstellte, das war nicht dabei.

Polina, hieß eine der Freundinnen von Katja, eine zierliche mit rötlichem Schopf, und schauen konnte sie, dass die Jungs gleich rudelweise hinter ihr her pfiffen. Das nutzte sie auch für allerlei Annehmlichkeiten aus, die man damit erkaufen konnte: Wenn sie die Hausaufgaben mal wieder nicht gemacht hatte oder wenn sie in der Pause Durst verspürte und jemand heimlich zum Büdchen über die Straße sauste, um ihr eine Cola mitzubringen, rein zufällig hatte sie an dem Tag kein Geld dabei. Manchmal hatte sie auch nur ihren Spaß, wenn sie den einen oder anderen erst mit einem Blick anmachte und ihn dann abblitzen ließ. Und da war da noch die andere, die große, schlanke, die niemanden zu bemerken schien, kühl wie eine Eisprinzessin, wunderschön und unnahbar. Sie hatte ihn tatsächlich einmal angelächelt, vielleicht nur aus Versehen. Später ging das Gerücht, dass sie sowieso Mädchen lieber hätte.

Jost stellte den Schokoladenbrunnen ab. Heute würde wohl kein kleines Schleckermaul mehr vorbeikommen, und die großen schütteten sich eher Punsch und Glühwein in den Hals. Eine Brünette trat seitlich an seinen Stand, perfektes Büro-Outfit, Kostüm unter dem offenen Stoffmantel, Handtasche im Laptopformat, das Make-up fast messerrückendick auf einem Alltagsgesicht, den Kopf eine Idee zu weit nach hinten geneigt, als wollte sie von einer Anhöhe das Geschehen besser überblicken. Sie ließ sich von einem ebenso geleckten Jungkarrieristen an ihrer Seite eine Schokobanane kaufen. Dabei kicherte sie unversehens wie ein Schulmädchen, während der Begleiter Süßholz raspelte. „Bei deiner Figur könntest du zehn davon essen." – Das Kichern passte so gar nicht zu der tadellosen Aufmachung. ‚Nur Fassade', dachte Jost, ‚und was versteckt sich dahinter?' Er nahm dem Mann drei Euro ab. ‚Bei dem hätte ich auch zehn verlangen können. Um vor seiner Begleiterin den Galan zu spielen, hätte der jeden Preis gezahlt.'

Wieder schaute er auf den leeren Markt. An einem Werktag nach sieben – damit hatte es sich wohl für heute. Er begann, die Schokoladenwerkzeuge und Geräte vorsichtig mit Alufolie abzudecken. ‚Ihr müsst noch ein bisschen bei mir bleiben', sagte er zu den roten Äpfeln und verstaute sie im abschließbaren Kühlschrank. ‚Mal sehen', hörte er es sagen. Er hielt verdutzt inne und lachte ein bisschen in sich hinein. ‚Man wird schon etwas eigen, wenn so gar nichts los ist', dachte er.

Die Eisbahn hinten hatte auch schon die Segel gestrichen, kein Wunder. Drüben kratzte der Würstchenmann mit einem Schaber die Rückstände vom Bratrost, während die Frau daneben Theke und Ablagebord wischte. Jost zählte die Einnahmen: mäßig, sehr mäßig. Der Vater seines Freundes würde nicht begeistert sein, jetzt, da er als Frührentner jeden Cent brauchen konnte. Er steckte das Geld zurück in die Börse und nahm für die letzte halbe Stunde, die der Markt noch geöffnet war, ergeben seinen gewohnten Platz ein.

Drüben, wo man zwischen den Buden auf die Marktkirche schauen konnte, kam noch eine Besuchergruppe in Sicht, fünf junge Frauen, die lebhaft miteinander redeten und lachten. Jost wollte nicht aufdringlich erscheinen und schaute, als sie näher kamen, nur flüchtig hin. Plötzlich ließ ihn ein Lachen aufhorchen! Er blickte irritiert hoch und hatte noch keinen Gedanken daran verschwendet, was ihn eben die Ohren spitzen ließ, als das Gelächter erneut zu ihm herüber perlte.

Da sah er sie, Katja! Umringt von vier anderen Mädels, die stehengeblieben waren, und mit ihr lachten. Sie warf dabei den Kopf in den Nacken, so wie sie es immer gemacht hatte, wenn sie lachte. Und *wie* sie lachte! Das hatten sie oft zusammen getan, denn ihr Lachen war einfach ansteckend.

Jost stierte sie an und konnte die Augen nicht abwenden. Es war schon so lange her, seit sie nach dem Tod ihrer Eltern ins Internat gegangen war. Sie wollten sich schreiben, hatten sie sich versprochen, zwei- oder dreimal war auch Post von ihr gekommen. Sie berichtete von der neuen Umgebung, den Lehrern, den Mitschülern, die es ihr nicht leichtmachten. Wenn auch ihr Onkel die teure Schule bezahlte, so konnte sie mit den Söhnen und Töchtern aus ,gutem Hause' in der neuen Schule nicht mithalten, weder bei deren diversen Aktivitäten noch bei der Kleidung. Sie trauerte der alten Schule nach, schrieb sie. Natürlich wollte er zurückschreiben; es kamen noch zwei weitere Postkarten, und immer dachte er daran, unbedingt antworten zu müssen. Aber dabei blieb es.

Mitten im Lachen hielt Katja mit plötzlich inne und schaute sich um, schien etwas zu suchen, bis ihr Blick bei seiner Bude und ihm hängen blieb. Ungläubige Überraschung breitete sich in ihrem Gesicht aus. Jost kam es wie eine kleine Ewigkeit vor, in der sich ihre Blicke trafen; dann nickte er ihr einen kurzen Gruß zu. Die Freundinnen hatten Katjas Erstarrung bemerkt und folgten ihren Augen erst zu ihm, dann wieder zurück zu ihr. Und während Katja noch leicht den Kopf schüttelte, als wollte sie es nicht glauben, begann das Quartett offensichtlich anzügliche Bemerkungen loszulassen, die Jost nicht verstehen konnte. Katja drehte sich zurück und lachte die Sticheleien weg, aber ganz so unbefangen wie eben klang das nicht mehr, meinte Jost heraus zu hören.

Die Gruppe zog weiter zum Glühweinstand und platzierte sich um die Theke. Katja nahm auf einem Barhocker seitlich am Ausschank Platz, sodass sie über die Schulter zu ihm hinüberschauen konnte. Bald waren die Freundinnen wieder ganz von ihren Gesprächen absorbiert, und Jost stellte sich vor, wie nun alle Bekannten, Kollegen, Chefs etc. der Reihe nach durchgehechelt würden. Er versuchte allmählich die Feierabendordnung in seinem Stand herzustellen. Dabei bemühte er sich, nicht allzu oft zur Glühweinbude zu schauen, doch mit mäßigem Erfolg. Zwei-, dreimal drehte Katja mitten im Gespräch den Kopf wie beiläufig zur Seite und warf einen Blick in Richtung Fruchtschaschlik und Zuckeräpfel.

‚Ihr Gesicht ist schmäler geworden‘, konstatierte Jost. ‚Merkwürdig, wie man nach so langer Zeit und dieser kurzen Begegnung so etwas wissen kann‘, dachte er. Und warum hatte ihn vorhin der Lacher so getroffen? Irgendetwas arbeitete innen, ‚das Bauchhirn meldet sich wohl‘, dachte er. Er wusste vom Studium, dass dort zwischen den Häuten der Därme mehr Nervenzellen schlummerten als im Gehirn. Und jetzt waren sie wohl wach geworden! Aus seinen Kindertagen leuchtete etwas herauf. Ein Wohlgefühl, eine gewisse Leichtigkeit und Sorglosigkeit, etwas wie grenzenloses Zutrauen, dass alles und jedes im Leben wunderbar werden würde, wie man sich das eben als kleiner Junge vorstellte.

Jost verstaute die roten, glasierten Äpfel endgültig in der Kühlung. Genauso einen hatte er einmal auf einem Markt geschenkt bekommen – von wem? Er dachte nach – er war dort mit jemand anderem gewesen, mit Katja natürlich und einem Mann. Das müsste ihr Onkel gewesen sein, der ihr später das Internat ermöglicht hatte. Katja hatte immer sehr von ihm geschwärmt. Jost kribbelte es plötzlich in den Händen, obwohl er nur den Griff des Kühlschranks in der Hand hielt, in dem die Äpfel gerade verschwunden waren. Katja schaute eben wieder so auffällig unauffällig zu ihm, da kam ihm eine Idee.

Er trat rasch aus der Seitentür seiner Bude, rief der Filzmützenfee von nebenan zu, mal bitte kurz auf seinen Stand aufzupassen, und lief zum Ende der Budengasse zum Spielzeugstand von Kai. Auch der hatte schon vieles eingepackt, die Blechautos und Flugzeuge, den aufziehbaren Blechclown, an den sich Jost von früher noch gut erinnern konnte. Er liebte sowieso alle möglichen alten Gerätschaften. Seine Mutter sagte immer, er sei ein Lumpensammler – von wem er das wohl hätte? Sicher von Opa. Den mochte er ebenfalls sehr. Sein Großvater besaß viele solche Schätze, zum Beispiel eine Märklin-Eisenbahn Spur 0 (null) von Anno sieben- oder achtunddreißig. Er erinnerte sich, dass er damit als Kind nur ganz vorsichtig spielen durfte. Jost schüttelte den Kopf, wo war er denn heute ständig mit seinen Gedanken? Er wandte sich dem Spielzeug zu.

Die Mädchenabteilung hatte Kai noch nicht eingepackt. Jost suchte und fand unter den Barbies und Kens, den Armreifen und Haarspangen auch den flachen Karton mit den eingesteckten Kinderringen. Gestern hatte er sie zufällig gesehen. Er fand ein paar ganz hübsche Ringelchen mit gedrehtem Reif und herzförmigen Steinen. Aber welche Farbe? Rot, das hätte er zu albern gefunden, also grün, das war ok.

Kai sagte „Zwei Euro für dich."

Jost drückte ihm einen Fünfer in die Hand und hatte keine Zeit, auf das Wechselgeld zu warten, war schon wieder auf dem Weg zurück zu seiner Bude. Katja saß noch immer drüben beim Glühwein.

Er zückte sein Schweizer Taschenmesser, so eines hatte er immer noch bei sich, holte einen der roten Äpfel wieder aus dem Kühlschrank und machte einen kleinen Schnitt hinein. Dann stopfte er das Ringelchen in die Frucht, sodass nur noch der grüne Stein auf dem roten Zuckerüberzug zu sehen war und tütete ihn in einen Plastikbeutel ein. ‚Na also', freute er sich. ‚Hab ich's nicht gesagt?', meinte der Apfel. Jost stutzte und begann langsam an seinen Ohren zu zweifeln. Oder seinem Verstand: Hatte der Apfel nicht eben gesprochen?

Als er gerade anfing zu überlegen, wie er sein Tütchen an den Mann beziehungsweise die Frau bringen sollte, kam drüben Bewegung in die Glühweingesellschaft. Die Frauen zahlten, standen auf und schlenderten langsam zurück in seine Richtung. Fast auf Höhe seines Standes schaute Katja noch einmal wie zufällig zu ihm, und Jost machte reflexartig ein Handzeichen zu ihr, das so etwas wie ‚Hallo!' oder ‚Ich hab dir was zu sagen!' bedeuten konnte. Katja zögerte einen Moment, schickte die Freundinnen mit einer kurzen Bemerkung weiter und kam auf ihn zu.

„Du hier? Ich dachte vorhin: Das kann ja nicht wahr sein!", lachte sie und fasste seine Hand.

Jost erwiderte irgend etwas von Ferienjob', ,auch überrascht gewesen'. So ganz genau konnte er sich später nicht mehr daran erinnern. ,Er hätte sie vor ein paar Tagen am Bahnhof gesehen, aber dann gedacht, er hätte sich getäuscht.'

Sie bemerkte jetzt, dass sie seine Hand noch immer festhielt und suchte rasch und bemüht nach irgend etwas in ihrer Umhängetasche. Der Riemen hing natürlich wieder schräg über der Brust. Und als wäre es erst gestern gewesen, seit sie sich zuletzt gesehen hatten, sprudelte sie dann heraus mit dem, was damals in der Schule los gewesen war, was sie in der Ausbildung und nun im Job erlebt hätte und den vielen Erlebnissen seitdem. Jost hörte ihr die ganze Zeit nur zu.

Erst nach einer Weile fiel Katja auf, dass ihre Freundinnen ja noch an der Marktkirche auf sie warteten und halb im Weggehen fragte sie: „Wohnst du noch immer bei deinen Eltern?"

„Wieder", entgegnete Jost. „Zumindest bis nach Neujahr."

„Ja, dann, äh …" Jost schaute auf seine Tüte. „Ich habe noch was für dich. Erinnerst du dich?" Er hielt ihr die Tüte mit dem Apfel hin.

„Oh, danke", sagte Katja und strahlte, als sie sie nahm. „Wie früher. Und ob ich das noch weiß. Aber eigentlich reicht doch die Eva dem Adam den Apf…"

„Wir können es doch mal umgekehrt probieren", meinte Jost. Er freute sich, dass ihm spontan etwas Gutes eingefallen war. Dabei glaubte er einen roten Schimmer über ihr Gesicht huschen zu sehen.

„Wenn du meinst", erwiderte sie, und ihre Stimme klang tief und warm. Sie hielt den Kopf etwas gesenkt und blickte schräg von unten zu ihm hoch. „Ich muss jetzt … also …" Sie machte ein paar Schrittchen rückwärts in Richtung ihrer Freundinnen, ohne ihn aus den Augen zu lassen.

„Sehn wir uns?", fragte Jost.

Sie nickte ein paarmal stumm, dann drehte sie sich rasch um und eilte den anderen nach.

„Schau dir den Apfel richtig an!", rief Jost ihr noch hinterher.

Lange stand er regungslos in seinem Weihnachtshäuschen, den Blick in Richtung Marktkirche, ohne sie wirklich zu sehen. Er musste an die Laube seiner Eltern denken, an die Dämmerung, die damals heraufzog, an sein

Taschenmesser, das Blut auf seinem Handrücken und die fremde Stimmung danach …

Der kühle Abend fühlte sich mit einem Male unglaublich warm an.

Der Asteroid

Der Asteroid A/1997 C 429 hatte seine Bahn aus unbekannten Gründen verändert. Oder vielleicht war sie auch anfangs nach seiner Entdeckung vor mehr als zwanzig Jahren fehlerhaft berechnet worden. Jedenfalls bedrohte er nach einer neuerlichen Kalkulation des astronomischen Instituts der Universität Bonn akut die Erde. Die bekanntesten Institute weltweit schlossen sich dieser Schlussfolgerung an. Es war nur noch eine Frage von Monaten, bis es zu einer verheerenden Kollision kommen würde, bei der die Erde, oder zumindest alles, was wir bislang an Leben auf ihr kannten, ausgelöscht würde. Trotz der Bemühungen der Astronomen, diese Tatsache vorerst geheim zu halten, gelangte die Information an die Öffentlichkeit und hatte ungeheure Reaktionen zur Folge.

Die einen versuchten weiterhin, ein „normales" Leben zu führen. Feuerwehrleute versahen getreu ihren Dienst, Handwerker arbeiteten weiter auf einer Baustelle, Ärzte versorgten die Kranken – getreu der Anekdote von Luther, der am Vorabend des Weltunterganges noch ein Apfelbäumchen pflanzen würde. Die vage Hoffnung vieler konzentrierte sich dabei auf die geballten Anstrengungen der Wissenschaft, Technik und Politik, doch noch einen Ausweg aus der drohenden Katastrophe zu finden.

Ein nicht unbeträchtlicher Teil der Menschen schlug dagegen über alle Stränge. Sie kannten außer dem Bestreben, möglichst viel vom Rest ihres Lebens noch mitzubekommen, keinerlei Hemmung gegenüber Gesetz, Moral, Anstand oder Achtung vor dem anderen. Die Kriminalität breitete sich rasant aus, allerdings auch die heftige Gegenreaktion der verbliebenen „Anständigen". Rechtsnormen hatten praktisch keine Bedeutung mehr. Wer auch nur in den Ruch kam, an den Massenraubzügen, Plünderungen, Gewaltorgien –besonders Frauen gegenüber – beteiligt gewesen zu sein, die das Land überzogen, fand sich bald in riesigen provisorischen Lagern wieder, welche in Sportstadien oder auf Inseln rasch eingerichtet worden waren. Und die Verhältnisse dort konnte man mit Worten kaum mehr beschreiben. Wer draußen noch nicht Opfer von Zügellosigkeit und Gewalt geworden war, in dieser Zusammenballung von krimineller Energie wurde er es. Die Todesfälle dort zählte man kaum mehr.

Leider gehörten bald auch die Bewacher zu den Tätern, denn wenn die einen schon als Abschaum, Müll und Pest der Gesellschaft angesehen wurden, fanden die anderen nichts dabei, die „Müllabfuhr" zu spielen. Auschwitz ließ grüßen ... Die Gesellschaften verharrten nicht nur in dem Land des unseligen Angedenkens an die Naziherrschaft in Erstarrung und Schockstarre, sondern weltweit. Daran änderten auch krampfhafte Bemühungen der Herrschenden wenig, die Bevölkerung mit Hoffnung weckenden Nachrichten oder besonderen Massenvergnügungen abzulenken. Immer radikalere Aktionen der Ordnungskräfte brachten zwar die Gewalt einigermaßen unter Kontrolle, aber die Freiheit aller litt erheblich darunter.

Investitionen in die Zukunft unterblieben aus verständlichen Gründen sowieso, dafür boomte der Konsum, und die Regierenden unterstützten die Bevölkerung zur Ablenkung noch dabei.

Heerscharen von Endzeitpredigern durchstreiften nun das Land und die Kommunikationskanäle, forderten zu Reue, Buße und manches Mal zu pervers anmutenden Sühneaktionen auf, dabei griffen sie ihren Anhängern hemmungslos in die Taschen. Die abgedrehten Anführer wollten noch einmal für kurze Zeit Genuss, Macht und Überfluss ausleben.

Doch auch die aberwitzigen Leugner der Situation kam zum Zuge. Sie verbreiteten, dass die ganze Geschichte nur ein ruchloser Schachzug einer Gruppe von Hasardeuren sei, die in der allgemeinen Panik auf die Katastropheninformation hin billig große Vermögenswerte zusammenrafften, weil sie für die Verkäufer angesichts des Weltuntergangs so gut wie wertlos waren. In der Tat gab es solche Aufkäufer, die aus der menschlichen Not und Angst Profit schlugen. Es war unbekannt, ob es für diese sowieso schon Begüterten eine letzte, quasi sportliche Betätigung darstellte, ob sie also nur aus Routine so handelten oder ob das ernsthafte Kalkül dahinterstand, man werde schon noch einen Ausweg finden, und dann hätten sie ihre wirtschaftliche Macht potenziert.

Währenddessen sprudelten alle Gazetten von Plänen über, wie das scheinbar Unabwendbare zu verhindern sei. Man wollte dem Asteroiden eine gigantische Wasserstoffbombe entgegenschicken, um ihn aus seiner Bahn zu stoßen. Andere bezweifelten, ob die Kraft einer Explosion dazu ausreichend würde und gedachten ein himmlisches Billard zu veranstalten. Die Bombe sollte einen anderen, kleineren Himmelskörper so weit aus der Bahn abdrängen, dass er mit dem Asteroiden zusammenstoßen müsste. Die träge Masse und Geschwindigkeit des anderen Asteroiden würde die Kraft der Bombe quasi multiplizieren und für eine Kurskorrektur von A/1997 C 429 ausreichen. Dritte sahen Laserkanonen im All, welche kontinuierlich eine minimale Verschiebung in der Flugrichtung des bedrohlichen Gesteinshaufen anschieben sollten.

Das Erstaunlichste aber war, dass die allgemeine Bedrohung etwas zustande brachte, was alle Endzeitszenarien durch Überbevölkerung, durch Umweltverschmutzung oder die Klimakatastrophe unter den Nationen bisher nie erreicht hatten: Die Einsicht, dass wir alle auf einem einzigen kleinen, bedrohten Planeten im riesigen All zu Hause waren und egoistische Einzelwünsche von Gruppen oder Nationen nicht mehr zählten. Die Uno fasste Mehrheitsbeschlüsse, die mittels militärischer Macht der Großmächte auch durchgesetzt wurden. In der Zwischenzeit bastelten die Forscher in intensiver Zusammenarbeit aller nur möglichen Forschungsinstitute weltweit und computervernetzt an der Rettung des Planeten.

Eine Pressezensur wurde eingeführt, zuerst stillschweigend geduldet von allen Beteiligten in dem allgemeinen Konsens, die Stimmung nicht noch mehr aufzuheizen. Man druckte und sendete nur noch Zuversicht verbreitende Beiträge, Forschungsberichte über den Fortgang der Rettungsarbeiten oder Porträts von den Alltagshelden, die unbeirrt ihre Arbeit machten und entsprechend geehrt wurden. Die Regierung stiftete eigens eine Auszeichnung, die mit einer beträchtlichen Geldsumme dotiert war, und monatlich an ein Dutzend Menschen für ihre unbeirrte Pflichterfüllung vergeben wurde. Was zu anderen Zeiten keinerlei Erwähnung würdig gewesen war, wurde nun plötzlich bejubelt und in den Himmel gehoben. Die Absicht dabei war nur allzu deutlich erkennbar. Allmählich fühlte sich die Regierung berufen, Abweichler von der allgemeinen Linie der Berichterstattung auch zu maßregeln, dann anzuprangern und schließlich auf Beschluss des Parlaments sogar unter Strafandrohung zu stellen.

Alle Welt fieberte dem Tag X entgegen, an dem von Cape Kennedy, von Baikonur in Kasachstan, vom europäischen Weltraumbahnhof in Französisch-Guayana und einer chinesischen Basis aus vier riesige Raketen starten sollten, bestückt mit jeweils zwei der größten jemals gebauten Wasserstoffbomben: der russischen Tsar Bombe von 1961 mit 58 Megatonnen Sprengkraft. Im Zielgebiet, zwei Monate Flugzeit entfernt, sollten diese mit unvorstellbaren 464 Megatonnen Sprengkraft den entscheidenden Kick auf den kleinen, anderen Asteroiden ausüben: Unternehmen Weltraumbillard.

Einziger Nachteil: Bei einem Fehlschlag wäre für eine weitere Mission keine Zeit mehr. Daher würde die ganz Aktion gleich zweimal in kurzem Abstand hintereinander durchgeführt.

Darüber gingen die Sorgen und Nöte der einfachen Bürger unter. Dass nichts mehr investiert wurde, spürten die Industriebetriebe gleich reihenweise. Anfangs waren die Arbeitnehmer noch durch Kündigungsschutz und Lohnfortzahlung abgesichert, aber wenn ein Betrieb nichts mehr einnahm, konnte er auch nicht mehr zahlen und die Insolvenzmasse reichte anschließend hinten und vorne nicht, obwohl Lohnzahlungen dabei an erster Stelle standen. Doch, wie gesagt, wo nichts ist, kann man auch nichts holen. Die Betroffenen landeten sehr schnell bei Arbeitslosengeld und Harz IV. Arbeitsverlust, Wohnungsverlust, Freunde, die sich zurückzogen, Ehen und Familien, die daran zerbrachen ... – eine einzige Abwärtsspirale. Neben der Bedürftigkeit standen dann auch noch Beschnüffelungen, die Einschränkungen und die Angst.

Konstantin H. war ein Musterbeispiel für diese Entwicklung. Er war gut gewesen in seinem Beruf als Verkäufer, verdiente in einem großen Möbelhaus früher nicht schlecht. In der Küchenabteilung kassierte er zuweilen satte Provisionen, sodass sein Einkommen für Zinsen und Abzahlung seines geräumigen Reihenhauses, für eine solide Ausbildung der beiden Kinder und ein angenehmes Leben reichte. Nach der Schocknachricht vor einigen Monaten bemerkte er die Auswirkungen allerdings sehr schnell, als er plötzlich überhaupt nichts mehr verkaufte. Die unausweichliche Folge: Kündigung und Arbeitsplatzverlust, Insolvenz der Firma, von heute auf morgen nur noch Arbeitslosengeld, das natürlich nicht ausreichte, obwohl die Kinder selbst schon verdienten.

Die Initiative zur gemeinsamen Linderung der sich häufenden Probleme, in der er sich mit alten Kollegen zusammenschloss, wurde rasch zu einer allgemeinen Anlaufstelle für Betroffene an seinem ganzen Wohnort. Sie berieten dort, wie sie dem Druck der Banken entgegentreten könnten, um nicht auch noch die Wohnung oder das Eigenheim zu verlieren. Ihr gemeinsames Ansinnen, die Zahlungen für den Kapitaldienst einstweilen aussetzen zu können, wurde von den Geldgebern harsch zurückgewiesen. Anderen ginge es auch so, wo käme man da hin, Verpflichtung sei Verpflichtung, und auch die Banken hätte ihre Kosten und deren Anteilseigner ihre berechtigten Interessen. Staatliche Einrichtungen stellten sich ebenfalls taub, die Probleme seien zu groß und zu allgemein, als dass man auf Einzelne Rücksicht nehmen könnte.

Wenn Konstantin H. eines konnte, dann reden. Das war die Grundlage seines beruflichen Erfolges gewesen, und so wurde er rasch Sprecher der Initiative und stand plötzlich im Mittelpunkt der öffentlichen Aufmerksamkeit. Die Zeitung berichtete über die Versammlungen der IKG (Initiative Katastrophengeschädigter) und über ihn sowie ihre Aktionen und Versuche, Nachbarschaftshilfe zu organisieren, über rührende Beispiele von Hilfsbereitschaft untereinander oder originelle Sparideen, um mit dem Wenigen, was man noch hatte, auszukommen. Daneben schrieben sie natürlich auch über den Streit mit den Banken und anderen Geldgebern, die Konstantin H. in Interviews als herzlose Profiteure einer allgemeinen Notlage anprangerte. Und es gab dafür nicht wenige Beispiele, was wiederum den Zulauf zur IKG erhöhte.

Bis zu diesem Zeitpunkt hatte Konstantin H. Noch keinerlei Berührung mit den Ordnungsbehörden gehabt. Das änderte sich, als die IKG einen Forderungskatalog aufstellte, wie die Behörden, Banken, andere Geldgeber und Politiker mit direkt Betroffenen umgehen sollten, welche Hilfen und welchen Schutz vor kriminellen Aktionen man erwarte und wie das Vorhandene gerechter verteilt werden sollte. Das herrschende Geldsystem sei überfordert und durch eine neue Bewertung der individuellen Leistung zu ersetzen, statt den Besitz von Geld mit weiterem Besitz zu belohnen. Der Tenor des Kataloges deckte sich mit dem einer Reihe von anderen Schutzgemeinschaften, die sich anderswo ebenfalls gebildet hatten, nur zeitlich etwas später, sodass Konstantin H. plötzlich als Galionsfigur einer ganzen Bewegung gesehen wurde, und zwar bundesweit.

Die IKG war zu einem Machtfaktor geworden. Ihre Forderungen wurden nun unüberhörbar allgemein diskutiert, allen Sanktionsandrohungen der Regierung zum Trotz. Entsprechende Schreiben stapelten sich bei H. Zu diesem Zeitpunkt bekam Konstantin H. eines Abends Besuch von drei Herren aus einer Nachbarstadt, die ihn wegen der Verfolgung weiterer IKG-Ziele sprechen wollten, so die Auskunft am Telefon.

Für Konstantin H. kam wegen seiner exponierten Stellung mittlerweile jede Unterstützung gelegen, von wo auch immer, und er empfing die mit Aktenkoffern bestückten Herren zu Hause in seinem Wohnzimmer. Nach einigen einleitenden Floskeln über sein gepflegtes Heim – schließlich war er ja mal Möbelverkäufer gewesen – kamen die Herren langsam auf den Grund ihres Besuches zu sprechen. Sie erwähnten, dass die negativen Schlagzeilen seiner IKG in der Presse wegen der weiteren Beunruhigung der Bevölkerung nicht erwünscht und unter Umständen auch strafrechtlich relevant sein könnten und rieten ihm, einen gemäßigteren Ton anzuschlagen.

Konstantin H. erkundigte sich, etwas misstrauisch geworden, in wessen Auftrag und Namen sie denn hier mit ihm sprächen.

Die Herren blieben diese Antwort schuldig und schwadronierten weiter über sein schönes Heim und wie schön eine heile Familie sei. Seine Kinder lebten ja auch nicht mehr alleine und bereits in guten Positionen – sie kannten sich offenkundig in seinen Verhältnissen vorzüglich aus – und er wünsche doch sicher, dass dies alles so bliebe ...

Spätestens bei dieser Bemerkung schrillten bei H. die Alarmglocken. Eine Ahnung von dem, was da noch kommen würde, stieg in ihm auf, und seine Gedanken kreisten um eine Strategie, wie dem zu begegnen sei. Er rief seine Frau herein und bat sie, den Herren etwas anzubieten, während er sich für einen Augenblick entschuldigte. Von seinem Schlafzimmer aus telefonierte er mit vier seiner Kollegen aus der IKG und bat sie dringend, sofort vorbei zu kommen; aber leise und nicht klingeln, schärfte er ihnen noch ein, es sei sehr wichtig. Dann kehrte er wieder ins Wohnzimmer zurück.

Seine Frau hatte sich mit den Herren ein wenig unterhalten, aber anscheinend nur über Belanglosigkeiten, zu trinken hatte sie noch nichts bereitgestellt. Die Herren lehnten zwar höflich ab, aber H. bestand darauf und zog seine Frau in die Küche. Während er vernehmlich mit Türen klappte und Gläser aneinander klirren ließ, flüsterte er seiner Frau zu, sie solle seine Kollegen an der Tür abfangen und leise (!) ins Nebenzimmer bringen, die Schiebetür dort zum Wohnzimmer war nie ganz geschlossen. Dann erschien er wieder im Wohnzimmer mit ein paar Flaschen Bier und einem Mosel-Riesling im Arm. Man hätte sich doch so angeregt unterhalten, das sollte man bei einem guten Schluck fortsetzen. Er holte umständlich aus, wie es zur Gründung der Initiative gekommen sei, sprach von der Notlage der Mitglieder, über Erfolge, die man schon erzielt habe und welche Ziele man noch verfolge, stetig goss er den Herren nach und diskutierte mit ihnen ausgiebig über die Schwierigkeiten der geplanten Weltraummission und die hoffentlich guten Aussichten dieser Anstrengungen. Zwischendurch holte er in der Küche noch Salzbrezeln und vertiefte nach Rückkehr in die gute Stube die Diskussion über die generell angespannte Lage. Auch das dauerte, sodass einer der Herren verstohlen auf seine Uhr schaute.

Nach einem weiteren Gang in die Küche und einem kurzen Blick ins Nebenzimmer kehrte H. mit Chips und deutlich gelöster zu ihnen ins Wohnzimmer zurück. Ohne Umschweife lenkte er nun das Gespräch auf den

Grund ihres Hierseins. Was sie denn vorhin damit meinten, dass alles so bleiben sollte wie bisher. So gut sei seine Lage wahrlich nicht.

Das müsse ja nicht so bleiben, meinte der etwas Korpulente der Herren, der vorher auch schon den Ton angegeben hatte. H. stellte sich begriffsstutzig: Was müsse nicht so bleiben? Der Zweite aus der Runde meldete sich zu Wort und meinte, seine Agitation wäre für viele in der Gesellschaft schädlich und würde der Initiative auch nichts weiter als Ärger einbringen. Er könne sich trotzdem eine gute Zusammenarbeit mit ihm vorstellen, wenn man aufeinander zugehe. Jeder würde nur gewinnen, er könne seine finanzielle Situation entscheidend verbessern; z. B. wären auf Fürsprache hin eventuell Zugeständnisse bei der Hausfinanzierung denkbar, dafür solle er aber Zurückhaltung in seinen Äußerungen üben. Schließlich repräsentiere er eine Reihe von unzufriedenen Leuten, die imstande wären, die Ordnung erheblich zu stören. Wessen Ordnung, fragte H. direkt. Nun mischte sich der etwas unscheinbare Dritte ein. In einer Gesellschaft wie der unseren gehe es doch darum, den Wohlstand zu erhalten, und der würde nun einmal durch das Heer der Arbeitgeber, durch den Staat und die maßgeblich an der Wertschöpfung beteiligten Industriekonzerne garantiert. Unordnung schade allen, und eine Revolte bringe nur Verluste für jedermann.

Einen Moment schwiegen alle in der Runde. H. schaut einem nach dem anderen ins Gesicht. Daher wehte der Wind, dachte er. Dann fragte er direkt: „Wie viel wäre Ihnen mein Entgegenkommen wert?"

Der Korpulente zögerte einen Augenblick, begann dann über Tilgungsstreckung bei Haushypotheken zu sprechen.

H. unterbrach ihn abrupt. „Keine Peanuts, wie man in ihren Kreisen zu sagen pflegt."

Die Herren schauten sich an, und der Korpulente nickte. Der Unscheinbare griff seinen Aktenkoffer, legte ihn auf seine Knie, öffnete und drehte ihn H. zu. „Eine Million."

H. war nicht einmal überrascht. Alles schien wie in einem schlechten Krimi.

„Eine Million?", fragte er so gelassen wie es ihm bei seiner aufsteigenden Wut möglich war. Sie meinen, mit Geld lässt sich alles regeln, dachte er. Aber dafür steckte er mit seinen Emotionen schon zu tief in der Initiative und ihren Zielen, hatte zu viel Not bei den Mitgliedern gesehen. Entschlossen, die Angelegenheit auf die Spitze zu treiben, schaute er wieder von einem zum anderen, konnte sich ein winziges, grimmiges Grinsen nicht verkneifen, sagte aber lange nichts.

Der Korpulente holte Luft, schaute wieder zu den anderen hin, und der Mittlere griff nach seinem Aktenkoffer, den er nach dem Öffnen auch H. zudrehte. „Zwei."

H. nickte leicht vor sich hin. So viel war ihnen seine öffentliche Meinung also schon wert. Wie weit sie es wohl treiben würden? Zwei Millionen! Für einen Normalsterblichen unerreichbar! Das bedeutete: Nie mehr Geldsorgen, nie mehr arbeiten müssen, es sei denn aus Spaß daran. Und wie vielen Leuten könnte er damit unter die Arme greifen – wenn er sie jetzt verraten würde. Er schüttelte leicht den Kopf angesichts der Unverschämtheit dieses Angebots.

Die Pause dauerte an. Schließlich unterbracht der Korpulente die Stille. „Drei, unser letztes Angebot!" Damit packte er den letzten Aktenkoffer aus.

Drei Millionen für seine Glaubwürdigkeit, seine Ehre, er würde sich nie mehr im Spiegel in die Augen schauen können. H. fühlte, dass die Stunde der Wahrheit gekommen war, dass er Farbe bekennen musste. Obwohl … drei Millionen – wer würde da nicht einen Augenblick nachdenken?

„Sie wollen also für drei Millionen meine Meinung kaufen", stellte er fest, „wollen, dass ich allen, die mir in der Initiative vertraut haben, vor den Kopf stoße." Er hielt einen Moment inne.

Der Unauffällige machte eine wegwerfende Handbewegung.

„Und was, wenn nicht? Wenn ich ablehne?" Wieder eine kurze Pause.

„Dann …", der Mittlere zog das Wort wie Gummi in die Länge und wiegte ein wenig den Kopf hin und her.

„Nun?", insistierte H. „Was bedeutet Ihr Gerede von vorhin über die Familie und die Kinder? Sie waren ja erstaunlich gut informiert. Würde es dann nicht mehr so schön bleiben?"

Die Herren schwiegen.

„Was wäre denn dann? Sprechen sie nur."

Immer noch Schweigen. „Würde dann mir oder meinen Kindern oder meiner Frau zufällig irgendetwas zustoßen? Ist das so? Eine verirrte Kugel aus einem Jagdgewehr…? Oder ein bedauerlicher Unfall mit einem Lastwagen? Wie? Sagen Sie es mir!"

Der Mittlere entgegnete eisig: „Wenn Sie es unbedingt so genau wissen müssen: Ja, es kann immer etwas passieren, jedem und an jedem Ort, wenn Sie sich mit uns anlegen. Ihr bisschen Popularität nützt Ihnen da gar nichts."

„Also, noch haben Sie die Wahl, Sie können entscheiden", schloss der Korpulente die Rede des anderen. „Aber nicht mehr lange", fügte er hinzu, und seine sowieso schon kleinen Augen verengten sich zu kleinen Schlitzen.

H. stand wortlos auf und ging zur Schiebetür, dann öffnete er sie. Seine vier Kollegen standen in einer Reihe dahinter und hielten ihre Handys in der Hand. Zwei von ihnen fotografierten die Herren mit den geöffneten Geldkoffern auf den Knien, und der dritte sagte: „Alles auf dem Handy, in Bild und Ton."

Und Heiner, der vierte, auch aus dem Möbelhaus von H. und früher einmal Möbelpacker, meinte: „Und dass Sie so eine schöne Spende für die Initiative mitgebracht haben, das ehrt Sie sehr." Damit griff er einen der Geldkoffer, und gegen seinen Griff gab es keine Gegenwehr. Zwei seiner Kollegen kamen ihm bei den anderen Koffern zur Hilfe, klappten sie laut zu und klemmten sie unter ihre Arme.

Die drei Herren waren so überrumpelt, dass sie erstaunlicherweise kurz wortlos blieben. Als der Korpulente gerade wieder tief Luft holte, wahrscheinlich, um irgendwelche Drohungen auszustoßen, schnitt ihm H. das Wort ab.

„Ich denke, es wäre das Beste für Sie, wenn Sie die Spendenversion sofort bestätigen, und zwar hier und jetzt, mit Video dokumentiert. Oder möchten Sie morgen in der Zeitung lesen, dass Sie mich mit drei Millionen bestechen wollten und im Falle meiner Weigerung Morddrohungen gegen mich und meine Familie ausgesprochen haben? Das käme als Verhandlungsergebnis auch in Ihren Kreisen nicht gut an."

H.'s Ehefrau kam aus der Küche und hatte einen Schreibblock und einen Kuli in der Hand. „Was du schwarz auf weiß besitzt …", meinte sie fröhlich – praktisch wie Frauen eben sind!

Die drei Herren hatten sowieso keine Farbe mehr im Gesicht, die sie wechseln konnten. Sie reichte den Block an Heiner weiter, der nach wie vor bedrohlich nahe vor den sitzenden Herren stand und ihnen nun den Block vor ihre Nasen hielt. Als die Schenkung formuliert und unterschrieben war und sich das Trio erheben wollte, fügte H. noch hinzu: „Wir werden morgen die Schenkung publik machen und uns sehr für Ihre Großzügigkeit bedanken. Die Fotos und das Video von vorhin werden wir übrigens kopieren und sicher bei einigen Notaren hinterlegen, falls Ihnen nachträglich noch einfallen sollte, etwas gegen mich oder meine Familie unternehmen zu wollen."

Durch das Geld hatte sich die Situation der Initiative schlagartig verbessert, drohende Hausräumungen konnten abgewendet und Notfälle subventioniert werden. Aber das bezog sich eben doch nur auf einen kleinen Kreis der Bevölkerung.

Die generelle Verunsicherung und Belastung hielten an, die Bespitzelung blieb alltäglich, Meinungsfreiheit war passé. Raubkäufe von finanzstarken Firmen oder Privatleuten gab es weiterhin. Eine gigantische Umverteilung und Konzentration von Geld und Macht war im Gange. Und diesmal nicht nur auf nationaler Ebene, sondern weltweit unter dem Dach und der Komplizenschaft der UNO sowie der geballten militärischen Macht der verbündeten Großen. Zwar starteten die Raketen noch spektakulär in den Himmel, sollten auch die gewünschte Wirkung erzeugt haben, aber eigenartigerweise gab es von diesem Ereignis, das die ganze Zivilisation bewegte, keinerlei Dokumentation. Kein einziges, nachprüfbar echtes Bild von den Wasserstoffbomben-Explosionen war verfügbar, obwohl genügend Teleskope in den Himmel gerichtet waren und auch Hubble immer noch um die Erde schwebte. Stattdessen füllten Dutzende von Computeranimationen die Sendekanäle und erweckten den Anschein von einem vermeintlich authentischen Geschehen.

Natürlich herrschte riesige Erleichterung nach der verkündeten Rettung durch die Technik. Das Leben normalisierte sich erstaunlich rasch, die hinausgeschobenen Investitionen sorgten jetzt für einen Boom in der Wirtschaft und auch wieder für Beschäftigung unter den Menschen. Aber viele waren verarmt, um Hab und Gut gebracht und der Willkür riesiger Vermögensverwaltungen und gigantischer Wohnraumkonzerne ausgeliefert. Produktion und Vertrieb ballten sich in den Händen von länderübergreifenden Konzernen zusammen, selbst traditionelle Dienstleistungen wurden nur noch zentral gelenkt von Lohnabhängigen erbracht.

H. erinnerte sich: Hatte es nicht in der Zeit der Bedrohung Stimmen gegeben, die vor einem ungeheuerlichen Bluff warnten? Wo waren sie denn jetzt?

Die eingeführten Beschränkungen der Meinungsfreiheit blieben trotz der Proteste aus der Bevölkerung bestehen sowie auch einige der Lager. Die Medien selbst gehörten inzwischen den Großkonzernen und bliesen daher ins gleiche Horn. Eine Mittelschicht existierte quasi nicht mehr. Nur noch hoch über den Wolken schwelgte eine fette Oberschicht in streng abgeschotteten Arealen im aberwitzigen Luxus. Der Rest lebte von der Hand in den Mund, blieb daher für die da oben wunderbar abhängig und manipulierbar.

Manche wünschten sich den Asteroiden zurück ...

Das Loch

Das Loch ist ein Chamäleon! An sich ist es ja ein Nichts, aber ein Nichts mit einem Etwas darum herum, sonst würden wir es gar nicht wahrnehmen, weil man bekanntlich *nichts nicht* sieht! Aber man bemerkt es trotzdem! Man könnte sagen, das Loch ist eine Art Aussparung in der Realität, dennoch eine sehr reale Angelegenheit. Denn stellen Sie sich einmal das Loch in einer Rede vor: Nichts wird gesagt, und trotzdem denkt jeder ‚Aha, jetzt hängt er und weiß nicht weiter. Hat er auch schon Alzheimer? Ein Glück, dass ich jetzt nicht an seiner Stelle dort oben stehe, ich würde vergehen vor Scham. Warum hat er denn keinen Spickzettel dabei? Freie Rede ist ja schön und gut, aber bevor ich mir so eine Blöße gebe – aha, jetzt hat er's wieder. Mal gucken, wie lange bis zum nächsten Hänger.'

Da ist das Loch also sehr kreativ in den Köpfen der Zuhörer. Vielleicht ist es aber nur ein Kunst-Loch des Redners gewesen, um die Aufmerksamkeit der Zuhörerschaft zu komprimieren und auf eine besondere Aussage zu richten. Apropos komprimieren: Das bringt mich auf ein anderes Loch: das Schwarze Loch. Dank des Astronomen und Physikers Steven Hawkins wissen wir, dass da nicht *nichts,* sondern unendlich *viel* drin ist, zusammengefallen zur sogenannten ‚Singularität'.

Jetzt muss ich wohl etwas ausholen. Wenn Masse komprimiert wird, d. h. mit einer solchen Kraft zusammengedrückt, dass unsere Erde beispielsweise die Größe einer Murmel hätte, dann fliegt ab einer gewissen Grenze alles Äußere um das Loch herum dort hinein. Und alles wird gedehnt durch die enorme Anziehungskraft der darin zusammengepressten Materie. Befände sich ein Mensch in einem Schwarzen Loch, dann würde die Anziehungskraft der gewaltigen Masse im Inneren stärker auf die Füße als den Kopf einwirken, weil der etwas weiter vom Mittelpunkt entfernt wäre, und er würde auseinandergezogen wie ein Spaghetti. Deshalb nennen die Wissenschaftler das auch lustigerweise: Spaghettisierung! Aber damit nicht genug! Die Dehnung würde immer größer, bis unsere einzelnen Moleküle auseinandergerissen und genauso wie alles andere rund herum zu dem Mittelpunkt hingezogen würden. Das ganze, für uns dort sichtbare Universum wäre in einem einzigen Flug unterwegs in das Zentrum des Schwarzen Loches, in das Nichts, in die ‚Singularität'. Und was ist das? –

Keiner weiß es, aber da ist es schon wieder: das Loch – in unserer Vorstellung. Das Nichts, das doch so viel Etwas ist. Verrückt!

Das Loch begleitet uns immer und überall, es ist quasi der Gegenentwurf zu all dem, was um uns herum existiert. So wie Schatten zum Licht und Stille zum Lärm gehören. Und es kann manchmal ganz schön nerven.

Nehmen wir zum Beispiel das Loch im Verstand unter dem blonden Toupet eines mächtigen amerikanischen Politikers, aus dem kurioserweise andere Löcher hervorquellen. Luftblasen, denn aus einem Loch kann eben auch nichts anderes herauskommen. Oder doch? Wenn sich in diesem Loch Müll befände, dann müsste logischerweise das, was aus seinem Redeloch nach draußen dringt, ebenfalls Müll sein. Und wenn wir schon bei der Biologie sind und uns das Loch am anderen Ende seines ‚Redelochs' ansehen, und falls wir boshafterweise einen solchen Menschen mit der populären Bezeichnung für dieses andere, ‚gegengepolte' Loch versehen sollten, dann ist natürlich klar, was bei ihm dort den Weg ins Freie fände. Leider! Das sagen nicht nur die Ökonomen landauf, landab.

Es gib aber auch erfreulichere Manifestationen des Loches: Eine Seifenblase ist ein Loch mit Seifenwasser darum herum. Oder die Höflichkeit: Ein Nichts, also ein Loch, und trotzdem tut sie so wohl und dämpft das Aufeinandertreffen von Gegensätzen so angenehm. Und dann das Sommerloch! Es ist nichts los, nirgends, alle liegen faul in der Sonne, pflegen nur den Müßiggang, dieses Loch im Trott des Alltags. Und dann quellen die Gazetten über von Love- und Skandalstorys, jeder Journalist saugt an einem anders gefärbten Strohhalm Wortblasen aus der Leere des Sommerloches und spuckt sie aufs Papier, das, wenn es nicht so verdammt geduldig wäre, aufstöhnen müsste vor gequälter Langeweile. Die ist übrigens eine Schwester des Loches. Eine sozusagen ‚gezogene' Realität, die noch nicht ganz zum Loch aufgerissen ist. Andere werfen sich in dieses Sommerloch hinein wie der Spatz auf die Pferdeäpfel, glücklich, endlich einen Ort der Leere gefunden zu haben, an dem sie ihre Leichtgewichte ausbreiten und Aufmerksamkeit erringen können, die ihnen sonst nie vergönnt wäre.

Kürzlich war ich in Mexiko, genauer in Yucatan. Die ganze Halbinsel ist, zumindest im nördlichen Teil, von Urwald bedeckt, in das die Menschen lange Schneisen gezogen haben. Schnurgerade Straßen ziehen von einer Ansiedlung zur nächsten, in denen sich die meisten Bewohner Yucatans zusammenballen. Die übrigen hausen im Urwald an Löchern. An den Cenoten. Das sind große Löcher in der Erdkruste, manchmal offen, viele teilweise noch von Gesteinsmassen überspannt, manche überhaupt nur durch ein kleines Loch zugänglich – ein Loch zum Loch quasi. Die meisten liegen wohl unentdeckt unterhalb der Erde: Höhlen im weichen Kalkgestein. Unterirdisch miteinander verbunden fließt dort das Wasser der Tropengewitter zum Meer, dafür gibt es keine Flüsse an der Oberfläche.

Ich hatte den Spaß, zum Schwimmen in zwei dieser Löcher eintauchen zu können. Über mir Stalaktiten und die Nester der Vögel, die dort brüteten und unter mir viele Meter tief das kühle, klare Wasser. Schon die Mayas bauten an diesen Wasserlöchern ihre Städte. Tief drinnen fanden Taucher reiche Überreste von Kult- und Begräbnisstätten. Soweit zu der Aussage, Löcher seien *nichts* und *leer*. Ich war erfüllt von Staunen.

Loch an Loch und hält doch, wer kennt das Rätsel nicht? Die Kette! Wie raffiniert also so ein Loch sein kann! Es spart durch seine Nichtexistenz Materie. Genauso wie die Löcher in den seitlichen Stützmauern einer gotischen Kathedrale Baumaterial einsparten, das nicht unbedingt für die Statik des Baus notwendig war.

Das Loch in den Jeans ist modisch. Oder idiotisch, weil es zum Zweck des In-Seins extra hineinplatziert und für teures Geld verkauft worden ist. Das Loch im Gedächtnis kann tragisch sein, wenn die Klausur dadurch verhauen wird; und das im Asphalt sehr ärgerlich für die Stoßdämpfer, falls ich mit 60 darüber brettere. Sollte es mit 100 sein, dann kann es unter Umständen tödlich enden, weil der Reifen platzt. So tödlich, wie das Ozonloch werden kann, wenn wir es weiterhin mit Abgasen und Chemie vergrößern. Leider gilt auch beim Ozonloch wieder, dass man glaubt, es sei nichts, weil man es ja nicht sieht! Das kann dann verdammt wehtun, wenn die Haut ungeschützt in der Sonne verbrennt. So wie das Loch in der Denkmaschine des oben beschriebenen Toupet-Politikers wehtut. Vielleicht sollten wir den blonden König der Löcher einmal für längere Zeit unter das Ozonloch in die Sonne setzen. Schmerz soll ja bekanntlich das Lernen fördern.

Weh tut es übrigens auch, wenn der Zahnarzt im Dreier unten links ein Loch ausbohrt zwecks Füllung. Aber ob ich endlich daraus lernen werde, auf Süßigkeiten zu verzichten …? Noch nicht, denke ich in bester Lochkönig-Logik, noch habe ich ja ein paar gesunde Zähne.

Die ärgerlichsten Löcher aber sind für mich die in der Logik. Was regst du dich auf, wird der eine oder andere sagen, es muss doch nicht *alles logisch* sein, um uns zu dienen oder schön und angenehm zu sein.

Hier irrt der Zeitgenosse! Das Bestehen auf Schönheit im Leben bedeutet absolut kein Loch in der Birne, sondern ist etwas durch und durch Logisches: in der Logik des Lebens nämlich. Grazie und Harmonie – und nichts anderes bedeutet für mich die Schönheit – sie sind der Kitt, der die Seele zusammenhält, der vieles erträglich macht oder heilt, was sie angreift. Wie schön, wenn alles logisch und praktisch ist, (manches Unlogische ist auch wirklich einfach nur lästig, ärgerlich und unnütz) doch wie so oft: Allzu viel ist ungesund.

Logik pur ist nur eintönig und öde! Die Logik des Lebens sagt etwas ganz anderes: Mach mal Pause in deinem Leben und Streben, lass mal ein Loch zwischen dem Eintauchen in immer mehr von allem und jedem, ein Luftloch sozusagen zum Durchatmen; genau das sagt die Logik unseres Daseins!

Vielleicht brauchen wir diese Aussparung im Arbeitsgalopp lediglich dazu, um etwas völlig Unlogisches oder Unproduktives zu machen, vielleicht um eine Raupe über den Weg kriechen zu sehen! Als ich vor einigen Jahren auf der ersten Etappe des Jakobswegs die Pyrenäen hinaufkeuchte – obwohl ich zu Hause ganz ordentlich trainiert hatte, vier Wochen vor Antritt der Reise jeden Abend mit Rucksack und Stöcken bewaffnet zwei Stunden durch die Gegend gewandert war und den einzig verfügbaren Hügel der Stadt bestiegen hatte! – als ich also loszog und der Weg von St. Jean aus zwanzig Kilometer lang durch die Pyrenäen immer nur bergauf ging, da stand ich nach drei Stunden mitten in einer steilen Steigung erschöpft auf einem großen Stein und verschnaufte, gönnte mir ein Loch, ein Luft-hol-Loch. Da kreuzte eine kleine orange-bräunliche Raupe den Weg. Sie war mit schwarzen Punkten gezeichnet, die Härchen standen strubbelig in die Luft wie bei einem zerzausten Welpen. Sie sah so emsig bemüht aus, um über all die Steine hinwegzukommen und so zerbrechlich und zierlich und schön. Und ich stand da und schaute und freute mich und vergaß alle Luftnot. Danach ging es erstaunlich gut weiter. Bis heute freut mich die Erinnerung an dieses Loch in meiner Pilgerschaft. Und dann gibt es da noch so ein Loch, ein unsichtbares, das keine Ruhe gibt, so circa vier Zentimeter unter den Rippen links, das ein weiblicher Jemand schon vor langer Zeit zuerst in diese pumpende Muskelmasse gebohrt und sich darin eingenistet hatte – so fühlte es sich zumindest an.

Auch wenn Sie mir jetzt sagen wollen, das seien winzigste Mengen eines obskuren Stoffes mit noch obskureren Eigenschaften, eines Hormons nämlich, das ab einem gewissen Alter der Lebewesen ganze Bataillone davon zu allen möglichen und unmöglichen Dummheiten anregt – nein, ich weiß es besser. Es ist ein Loch und es vergrößert sich noch! Als die Erstbesiedlerin es verließ – wiederum angetrieben von diesem unheimlichen Stoff – und eine neue Mieterin gefunden war, passte das Loch nicht so recht, war auf der einen Seite zu groß und drückte auf der anderen. Also wurde es zwecks Anpassung hier zugemauert, dort erweitert und so weiter und so weiter und das bei jedem neuen Umzug. Mittlerweile ist es von beträchtlicher Größe, und ich bin schon zufrieden, wenn überhaupt noch jemand in dem ruinierten Gewölbe wohnen möchte. Aber daran habe ich mich gewöhnt, wie man sich sowieso mit der Zeit an viele Löcher gewöhnt.

Dasjenige, das Kinder hinterlassen, wenn sie zur Freude der Eltern selbstständig ihren eigenen Weg suchen und doch dieses Loch zurücklassen. Dasjenige, das die Älteren unter uns oft emsig mit Hobbys und Kaffeefahrten auszufüllen suchen, wenn sie dem Beruf Adieu gesagt haben. Oder dasjenige, unabänderliche und nicht mehr zu stopfende, wenn es wieder einmal angesagt ist eine Karte mit abgegriffenen Mitgefühlsworten zu bedecken und ein Gebinde oder einen Kranz zu besorgen.

Bleibt zum Schluss nur noch das eine, das große Schwarze Loch, das furchterregende, unbekannte, das keine Rücksicht nimmt, ob wir es fürchten oder verfluchen, ihm entfliehen, die Augen davor verschließen wollen oder vielleicht sogar herbeisehnen. Dabei wäre es immer gut, wenn man schon vorher einmal versuchte hineinzuschauen. Manche tun das unfreiwillig in der kurzen Zeit des klinischen Todes bei einer OP zum Beispiel oder einem Unfall, ehe sie zurückgeholt werden. Dann stellen sie erstaunt fest, dass in diesem Loch unendlich viel drin ist: Unglaubliches, Unerhörtes, Undenk- und Unbeschreibbares, ja sogar viel Tröstliches und Wärmendes.

Na also! Wenn es einmal soweit ist, was soll dann noch schiefgehen?

So gibt's Geschichten noch und noch von diesem oder jenem Loch,
eins zieht dich runter, eines hoch.
Es ist ein Nichts und trifft dich doch!

Walter Buchenau

Santiago einfach, bitte!

Pilgerwege - Lebenswege

Die Landschaften Nordspaniens, von den Höhen der Pyrenäen, über die Meseta in Leon/Kastilien, das Bierzo, über die Berge und Almen Galiziens, bis zur Atlantikküste – der Jakobsweg führt durch all diese Regionen, und auf ihm begegnet der Wanderer den unterschiedlichsten Menschen aus aller Herren Länder, die sich wie durch ein geheimes Band verbunden fühlen und ihre Geheimnisse miteinander teilen. Auch die eigenen, verschütteten Erinnerungen entstehen vor den Augen auf den einsamen Strecken, allein mit sich und seinen Gedanken. Daraus entstanden zusätzlich Gedichte über besondere Orte oder Emotionen und fiktive Dialoge.

Ebenfalls erhältlich bei www.tredition.de/buchshop

„Santiago einfach, bitte" v. Walter Buchenau

ISBN: 978-3-7439-7737-2 (Paperback)
       978-3-7439-7738-9 (Hardcover)
       978-3-7439-7739-6 (eBook)

Zeitfracht Medien GmbH
Ferdinand-Jühlke-Straße 7
99095 Erfurt, Deutschland
produktsicherheit@kolibri360.de